Natalie Jakobi

Spiegelscherben

Das weiße Buch

Für DICH!
Weil Du mich in Tiefen und an Grenzen gebracht hast,
die unmöglich erschienen und ihre Spuren hinterlassen
haben…

Bibliografische Information der Deutschen Nationalbibliothek: Die Deutsche Nationalbibliothek verzeichnet diese Publikation in der Deutschen Nationalbibliografie; detaillierte bibliografische Daten sind im Internet über dnb.dnb.de abrufbar.

Herstellung und Verlag: BoD – Books on Demand, Norderstedt

ISBN: 978-3-748-1496-75

Kapitel 1

Traurig legte Nina den Kopf in den Nacken, schaute ein letztes Mal in den sternenklaren Nachthimmel empor. Wieder war kein Wunder geschehen, welches den unerträglichen Schmerz, der an ihren Eingeweiden nagte, hätte abmildern können. Ein tiefes Seufzen entrang sich ihrer Brust, in der ihr Herz wild pochte. Gleich würde es endlich vorbei sein, gleich würde der Kummer, all das Leid und der Schmerz, der sich in knapp vierzig Lebensjahren aufgestaut hatte, ebenso in den schwarzen Fluten untergehen, wie ihr eigener nutzloser Körper auch. Nina ballte ihre Hände zu Fäusten und ließ sie, mit voller Wucht, auf die spiegelglatte, schwarze Oberfläche des Sees niedersausen. Die Wut auf sich selbst und die Welt, war schon lange ein dauerhafter und treuer Begleiter für sie geworden. Wie oft hatte sie sich eingeredet, dass dies ein gutes Zeichen sei, denn so lange sie noch Wut empfand, würde sie auch die Kraft aufbringen zu kämpfen. Doch heute Nacht, das wusste sie, würde auch die Wut nicht mehr verhindern können, was sie im Begriff war zu tun. Es würden Wochen, vielleicht sogar Monate vergehen, bis Irgendjemand bemerken würde, dass sie nicht mehr da war. Hier, wo sie seit einigen Monaten lebte, kannte sie praktisch Niemanden. Die große Liebe hatte sie hierher geführt, gelockt mit einer aussichtsreichen, rosigen Zukunft, in der sie endlich ein Zuhause hätte und nie wieder Allein auf der Welt sein würde. Angekommen, ja, so hatte sie sich gefühlt, endlich angekommen. Nun war sie vorbei, die große Liebe

1

und zurück blieb nur sie, wieder Allein und, so schien es, mit einer Seele, die in tausend Scherben zerbrochen war. Wie immer, wenn Nina daran dachte, rannen ihr auch dieses Mal wieder Tränen die Wangen hinunter. Sie hatte aufgegeben sie unterdrücken zu wollen, wozu auch, es gab Niemanden, der sie sehen könnte. „Eine verlorene Seele", flüsterte sie leise in die Dunkelheit, bevor sie einen Schritt tiefer in das kalte Wasser ging, das jetzt gierig ihre Oberschenkel umschloss und sie erschauern lies. „Eine verlorene Seele, die endlich von hier verschwinden wird."

„Was ist eine verlorene Seele?" Die Stimme, die plötzlich aus der Dunkelheit links neben ihr ertönte, ließ Nina zusammen zucken, ein leiser Schrei entfuhr ihr und sie wäre um ein Haar bäuchlings im Wasser gelandet, hätte nicht eine schmale, blasse Hand nach ihr gegriffen und sie festgehalten, bis sie ihr Gleichgewicht zurück erlangt hatte. Nina blickte angestrengt in die Dunkelheit, um die Person zu erkennen, die sich offenbar zu ihr ins Wasser gesellt hatte. Ihr Herzschlag wummerte laut in ihren Ohren und ihre Atmung ging keuchend, sie war zu Tode erschrocken. Die Umrisse einer Frau, mit langen Haaren, wurden erst erkennbar, als sie etwa dreißig Zentimeter neben ihr stand und ihr entschuldigend zulächelte. „Ich wollte dich nicht erschrecken, aber ich glaube, du warst gerade im Begriff etwas sehr Dummes zu tun, da wollte ich lieber keine Zeit mehr verlieren." Die Fremde schlang fröstelnd die Arme um sich. Nina starrte sie wortlos an, Wut kroch wieder in ihr hoch. Nicht einmal ihr eigener Tod war ihr vergönnt. Es war ja fast zu erwarten gewesen, dass wieder mal etwas schief gehen musste. Frustriert biss sie sich auf die Unterlippe, um nicht laut los zu brüllen. Die Fremde schien das nicht zu bemerken und wiederholte ihre Frage. „Also, was ist eine verlorene Seele?" Interessiert blickte sie Nina an, trotz der Schwärze der Nacht, schien sie ihr direkt in die Augen zu blicken.

„Eine Seele, die in dieser Welt einfach keinen Platz hat", presste Nina mühsam hervor. „Eine Seele, die unerwünscht ist, die furchtbare Dinge erleiden muss, weil sie eigentlich nie hätte hier sein sollen." Sie schluckte und wandte ihren Blick ab, ließ ihn unruhig über das Wasser huschen, in Gedanken nach einer Möglichkeit suchend, wie sie dieser überaus unangenehmen Situation entkommen könnte. „Eine Seele, die dazu verdammt ist, ihr Leben lang nach einem Platz zu suchen, wo sie hingehört. Sie wird ihn aber niemals finden und ist damit zu einem Leben in der Hölle verdammt, weil sie immer wieder Dinge tun wird, die sie nicht will, nur um nicht wieder vertrieben zu werden." Nina verstummte.

„Da irrst du dich aber gewaltig", erwiderte die Frau neben ihr und in ihrer tiefen, melodischen Stimme, schwang ein unterdrücktes Lachen mit. „Keine Seele kann jemals ungewollt in diese Welt gelangen. Es gibt immer einen Plan, für jede Einzelne, sonst wäre sie nicht hier". Nina schnaubte wütend. „Ach ja? Wer bist Du? Gott vielleicht oder woher willst du das so genau wissen?" Trotz des harschen Tonfalls blieb die Frau, die ganz offensichtlich fürchterlich zu frieren schien, gelassen. Ihre Stimme zitterte ganz leicht vor Kälte, als sie belustigt antwortete. „Selbstverständlich bin ich nicht

Gott, glaubst du ernsthaft sonst würde ich hier bibbernd im eiskalten Wasser stehen?"

Auch Nina spürte inzwischen, wie die Kälte an ihr hochkroch und ihre Muskeln sich mehr und mehr verkrampften. Trotzdem versuchte sie das Zittern zu unterdrücken. „Würde es dir etwas ausmachen, wenn wir unsere Unterhaltung auf außerhalb des Wassers verlegen würden? Aufmunternd, aber ohne eine Antwort abzuwarten, griff die Fremde wieder nach Ninas Arm und zog sie mit sich, Richtung Ufer. Widerwillig musste Nina ihr Schritt für Schritt folgen, sehnsüchtig drehte sie den Kopf um noch einen Blick auf die Mitte des Sees zu werfen, in dem ihr Leben jetzt eigentlich hätte sein Ende finden sollen. Sie war so kurz vorm Ziel gewesen. Warum um alles in der Welt hatte diese Person hier auftauchen müssen? Und wer war sie überhaupt? Neugierig schielte sie hinüber und versuchte einen Blick in das Gesicht der Fremden zu erhaschen, doch es blieb im Dunkel der Nacht verborgen.

„Ich heiße übrigens Lola", nahm die Fremde ihr die Frage vorweg. Bevor Nina etwas erwidern konnte, hatten sie das Ufer erreicht und kletterten, schwerfällig und mit vor Kälte steifen Gliedern, die kleine Böschung hinauf. Beinahe wäre Nina über ein am Boden liegendes Bündel gestolpert, im letzten Moment jedoch erkannte sie das Hindernis und wich zur Seite aus. „Ah, da ist ja mein Rucksack." Lola beugte sich hinunter und wenige Sekunden später, hielt sie Nina eine grob gewebte Decke, die den Duft von frischem Gras verströmte, vor die Nase. „Du solltest aus der nassen Hose raus, wickle dich darin ein, du holst dir sonst noch den Tod." Bei ihrer letzten Bemerkung musste sie ein Kichern unterdrücken und sogar Nina huschte ein verhaltenes Grinsen über das Gesicht, als ihr die Ironie des Gesagten bewusst wurde. Wenige Minuten später saßen beide Frauen trocken und eingewickelt in die Decken am Ufer. Nebeneinander kauernd blickten sie schweigend auf den schwarzen See hinunter.

„Gerade noch rechtzeitig", murmelte Lola schließlich erleichtert vor sich hin. Nina warf ihr einen mürrischen Seitenblick zu. „Das liegt dann wohl im Auge des Betrachters", gab sie schnippisch zurück. Doch Lola ließ sich nicht beirren und schien zu lächeln. Jedenfalls glaubte Nina, für einen kurzen Augenblick etwas Weißes aufblitzen zu sehen, dort wo sie den Mund der Fremden vermutete.

„Erklär es mir, wie kommt man auf die Idee, seine Seele wäre verloren und würde nicht hierher gehören?" Lolas Stimme klang aufrichtig interessiert und Nina suchte nach den richtigen Worten. „Kennst du das Gefühl, wenn dir im Leben nur Schlechtes widerfährt? Wenn Niemand dich wirklich in seiner Nähe haben möchte und das Glück immer nur die Anderen findet, während du selbst ein Magnet für Pech und Misserfolg zu sein scheinst"? Lola schüttelte vehement den Kopf. „Nein", begann sie, doch Nina unterbrach sie sogleich wieder. „Dachte ich mir schon, ich kenne Niemanden, der so ist wie ich, eine verlorene Seele eben." Ihr Ton klang beinahe triumphierend, als sei aus ihrer Sicht die Beweislage damit eindeutig.

„Ich kenne dieses Gefühl nicht, weil es nicht existieren kann", setzte Lola erneut an. Als Nina tief Luft holte, um ihr wieder ins Wort zu fallen, legte sie ihr bestimmend eine Hand auf den Arm. „Lass mich bitte ausreden", ermahnte sie und Nina schluckte die böse Bemerkung, die ihr auf der Zunge lag, herunter. „Das Leben, die Natur, ja die ganze Welt besteht aus Polaritäten", begann Lola zu erklären. „Wo es Gutes gibt, ist das Schlechte vorhanden, wo Licht ist, gibt es Schatten und so weiter." Sie räusperte sich kurz. „Wenn du nie Glück empfunden hättest, wie solltest du dann wissen, wie sich Leid anfühlt?" Nina unterbrach sie nun doch. „Ich sehe es fast täglich bei den Menschen um mich herum", rief sie aufgebracht. „Okay, so wie du ihr Leid, ihren Kummer und ihren Schmerz auch siehst?" Irritiert zuckte Nina zurück, schwieg aber. „Du siehst nur das, was die Menschen dich sehen lassen und vor Allem nur das, was du sehen willst." Ihre Stimme war nur noch ein leises Flüstern, trotzdem hatte Nina keine Mühe sie zu verstehen. „Könnte es nicht einfach sein, dass du mit unterschiedlichen Blickwinkeln schaust und beurteilst? Bei dir selbst siehst du nur schwarz, alles ist Negativ und voller Schmerz." Lola fuhr sich nachdenklich durch die Haare. „Bei den Anderen siehst du das, was dir im eigenen Leben verborgen bleibt, als hättest du einen blinden Fleck." Sie verstummte um Nina einen Moment Zeit zu geben, über ihre Worte nachzudenken, bevor sie fortfuhr. „Du sagst, Deine Seele hat keinen Platz, keine Daseinsberechtigung?" Das letzte Wort zog sie betont lang. „Hast du schon Mal darüber nachgedacht, dass du am falschen Ort gesucht haben könntest"? Nina erwiderte Nichts, starrte nur Gedankenverloren ins Leere.

„Du wärst nicht hier, wenn es keinen Platz für dich gäbe. Kein Leben, keine Seele wird jemals verschwendet. Jede Einzelne hat ihren Platz und ihre ganz eigenen Aufgaben." Nina schüttelte verzweifelt den Kopf. „Wenn das wirklich so wäre, warum fühlt sich dann Alles so Leer, so sinnlos an? Warum sind mir dann so viele schlimme Dinge passiert? Warum ist mein Körper so unvollkommen und warum zur Hölle will mich Niemand auf der Welt bei sich haben?" Sie hatte sich in Rage geredet und die letzten Worte schrie sie förmlich hinaus in den Nachthimmel.

Wieder reagierte Lola gelassen. „Das sind gute Fragen, nicht wahr?" Nina nickte bestätigend, mit Mühe hielt sie die Wut im Zaum, die sich immer weiter in ihr empor kämpfte. „Falsch!" rief Lola. Entgeistert zuckte Nina zusammen. „Was?" fragte sie perplex. „Sie sind falsch!" wiederholte Lola ungeduldig. „Du stellst ganz einfach die völlig falschen Fragen zu den Antworten die du suchst." Nina schnaubte und die anfängliche Überraschung schlug wieder in Wut um. „Ach ja? Da du ja anscheinend Frau Allwissend und Superschlau bist, wie lauten denn die richtigen Fragen?" Wäre es heller gewesen, hätte Lola den nackten Zorn in ihren Augen funkeln sehen können, doch sie schien, wie schon zuvor, den Gefühlsausbruch ignorieren zu wollen.

„Du hast in deinem Leben die völlig falsche Perspektive eingenommen", begann sie sanft zu erklären. „Du suchst Alles was Du willst im Außen, in deinen Mitmenschen, Gegebenheiten und wer weiß wo sonst noch. Doch dort wirst du niemals Antworten finden." Sie verstummte und Nina beugte sich ungeduldig ein Stück zu ihr hinüber. „Wie müssten dann die korrekten Fragen lauten?" zischte sie leise. „Was kann ich tun um mich nicht mehr so leer zu fühlen? Was brauche ich, um mich nicht sinnlos und verloren zu fühlen? Wie kann ich mir meinen eigenen Platz, meine Daseinsberechtigung erschaffen, so wie es meinen Bedürfnissen und Möglichkeiten entspricht?" Nina starrte sie mit offenem Mund an. „Wie um alles in der Welt kommst du darauf, dass es die Aufgabe Anderer wäre, Dir all das zu geben, wonach du dich sehnst?" Nina wusste nicht was sie darauf sagen sollte und schwieg betreten. „An was glaubst du? Was sind deine Aufgaben, Wünsche, Pläne, Ziele und was tust du selbst dafür? Ist es nicht so, dass du erwartest, dass es dir erfüllt wird? Wo ist dein eigener Anteil dabei?" Lolas Stimme klang nicht vorwurfsvoll, sondern sanft und eindringlich. Nina knetete nervös ihre Hände, während die Worte der Fremden in ihrem Inneren wiederhallten, als hätten sie ein Echo erzeugt. Langsam wich ihre Wut zurück und machte einem anderen Gefühl Platz. Ein Funken Schuldbewusstsein glimmte auf und Nina beobachtete entgeistert, wie dieses Gefühl mehr und mehr Raum in ihrem Inneren einnahm, als sei aus dem Funken in kürzester Zeit ein beachtliches Feuer entstanden.

„Ich schlage dir einen Deal vor", setzte Lola an und fuhr fort, als sie sicher war, dass Ninas Aufmerksamkeit wieder uneingeschränkt ihr galt. „Du wirst deinem Leben heute Nacht kein gewaltsames Ende bereiten. Stattdessen begleitest du mich auf eine kleine Reise." Überrascht keuchte Nina auf, doch Lola gab ihr zu verstehen, sie nicht zu unterbrechen. „Wenn du am Ende unserer

Reise noch immer davon überzeugt bist, eine verlorene Seele zu sein, werde ich dich höchstpersönlich wieder hier an dieser Stelle absetzen und nicht abhalten zu tun was du tun willst." Nina dachte darüber nach, ob sie auf dieses Arrangement eingehen sollte. "Was hast du zu verlieren? Ob du heute stirbst, oder erst in ein paar Tagen, was macht das für einen Unterschied?" bohrte Lola weiter. Nach einigen Minuten Bedenkzeit, die sie schweigend nebeneinander gesessen hatten, nickte Nina schließlich zustimmend. Sie war noch immer unschlüssig, ob diese Reise irgendetwas ändern würde, andererseits, würde Lola sie in dieser Nacht so oder so nicht wieder zurück in den See steigen lassen um ihr Vorhaben doch noch in die Tat umzusetzen. „Warum tust du das?" fragte sie leise. „Weil du selbst es Niemals tun würdest. Für jeden anderen vielleicht, aber ganz sicher nicht für dich selbst", war Lolas ernüchternde Antwort, während sie in ihrem Rucksack wühlte. Endlich schien sie gefunden zu haben, was sie suchte und reichte den Gegenstand an Nina weiter. „Das wirst du brauchen", sagte sie zuversichtlich. Nina griff vorsichtig danach und in der beginnenden Morgendämmerung konnte sie erkennen, dass sie ein, in weißes Leder, gebundenes Buch in den Händen hielt. Überrascht fuhr sie über den weichen Einband, der keinen Schriftzug über Titel oder Autor zu enthalten schien.

Langsam schlug sie die erste Seite auf. Das Papier fühlte sich fest und kühl an, ganz im Gegensatz zum Einband. Verwirrt blätterte sie Seite um Seite um. „Es ist leer", stellte sie enttäuscht fest. Lola war aufgestanden und stopfte gerade ihre Decke zurück in den Rucksack.

„Ja noch scheint es das zu sein, aber glaub mir, es wird sich schon sehr bald füllen." Sie griff Nina unter die Arme und half ihr aufzustehen. Dann begann sie die zweite Decke einzupacken, während Nina weiterhin ratlos das seltsame Buch, ohne Inhalt, anstarrte. „Stelle nur die richtigen Fragen, zur richtigen Zeit, am richtigen Ort und es wird dir seine Geheimnisse verraten." Aufmunternd klopfte Lola ihr auf den Rücken, bevor sie den unhandlichen Rucksack mühelos schulterte, als würde er Nichts wiegen. „Steck es in deine Tasche und verlier es nicht", forderte sie schon im Gehen. Nina tat wie ihr geheißen und beeilte sich, der seltsamen Fremden zu folgen. „Wohin gehen wir?" fragte sie neugierig. Doch statt einer Antwort griff Lola ihre Hand und zog sie mit sich, fort von dem See, hinein in den dunklen Wald, der sich plötzlich vor ihnen auftat und den Nina hier noch nie bemerkt hatte.

Kapitel 2

Eine Weile folgten sie schweigend dem breiten Weg, auf dem Nina hier und da Abdrücke von Pferdehufen zu erkennen glaubte. Das dichte Blätterdach ließ das Sonnenlicht nur zögerlich durch und so liefen sie noch im Halbdunkeln dahin, obwohl es mittlerweile sicher schon helllichter Tag war. Nina schaute sich nicht um, sie starrte nur vor sich auf den Boden, konzentriert darauf, einen Schritt vor den anderen zu setzen. „Hast du Schmerzen?" unterbrach Lola die Stille zwischen ihnen. „Ein bisschen", gab Nina zu. „Das kalte Wasser hat mir nicht wirklich gut getan." Sogleich ärgerte sie sich, dass ihr das rausgerutscht war und erwartete eine Erwiderung, dass sie selbst Schuld sei oder ähnliches. Doch Lola sagte Nichts dazu, sie beobachtete sie nur aufmerksam, während sie behände neben ihr her schritt. „Wechsel mal die Perspektive", schlug sie schließlich vor und erntete dafür einen fragenden Blick von Nina. Lola lächelte sie auffordernd an. „Das du Schmerzen hast, ist eine Tatsache an der Du Nichts ändern kannst. Es ist egal ob du dich auf sie konzentrierst und sie beobachtest oder nicht. Sie werden dich treu begleiten, also kannst du genauso gut auf etwas anderes schauen." Nina schien noch immer nicht verstanden zu haben. „Was hindert dich daran, dich einfach mal umzuschauen und deinen Fokus auf etwas Schönes zu lenken?" forschte Lola nach. „Während du hier durch diesen Wald läufst, entgeht dir so viel Wunderbares, dass dir Kraft und Freude geben könnte, wenn du nicht die ganze Zeit auf den Boden starren und deine Schmerzen verfluchen würdest." Freundlich lächelnd griff sie nach Ninas Hand und zog sie ein Stück an den Wegesrand auf einen großen Baum zu. „Hier, fühl mal, die Rinde dieses Baumes ist ganz glatt, während der Baum daneben sich rau und rissig anfühlt." Sie hob Ninas Hand und führte sie an den Baumstamm. Zögerlich lies Nina ihre Fingerspitzen über die Rinde des Stammes gleiten, sagte aber Nichts. „Wir laufen schon seit Stunden durch diesen Wald, hast du überhaupt etwas davon wahrgenommen? Die Rehe, die uns eine ganze Weile am Wegesrand begleitet haben zum Beispiel? Oder die Vögel, die uns umkreisten?" Geistesabwesend schüttelte Nina den Kopf, während ihre Hände noch immer die Rinde des Baumes ertasteten. „Du sagst, in deinem Leben gibt es nichts Schönes. Aber ich glaube, du hast es einfach nur verpasst, weil du es gar nicht beachtest und lieber mit deinem Schmerz allein sein willst, so lange, bis ihn dir Irgendjemand nimmt. Und ich meine nicht nur den körperlichen Schmerz". Provozierend reckte Lola ihr Kinn nach vorne und blickte Nina angriffslustig direkt in die Augen, diesmal schien sie auf einen erneuten Wutausbruch gefasst zu sein. Doch Nina wandte sich wortlos ab, mit hängenden Schultern ging sie weiter in den Wald hinein. Egal was sie hätte erwidern wollen, es hätte alles zu sehr nach Ausrede geklungen, das war ihr klar.

Die nächsten Minuten trottete Nina nur neben Lola her, wagte sich nicht aufzuschauen und hing ihren Gedanken nach. Erst nach einer Weile begann sie möglichst unauffällig um sich herum zu schielen. Lola hatte Recht, dieser Wald war atemberaubend schön, saftige grüne Bäume und Sträucher, überall wuchs meterhoch der Farn und Moos schmiegte sich einladend und weich in die Kuhlen des Waldbodens, wo immer er Platz fand. Überrascht drehte Nina den Kopf mal hier hin und dann wieder dorthin. Sie war in ihrer Kindheit des Öfteren in verschiedenen Wäldern unterwegs gewesen, aber sie konnte sich an ein solch intensives Farbenspiel nicht im Geringsten erinnern. Gierig sog sie die würzige Waldluft ein, die schwer war vom Harz der Bäume. „Sieh mal dort", rief Lola, die gutgelaunt neben ihr her schlenderte, fröhlich. Nina folgte dem ausgestreckten Arm und sah unter einer Gruppe von hohen Bäumen eine kleine Lichtung, auf der eine ganze Hasenfamilie umher hoppelte und ausgelassen im warmen Sonnenschein spielte. Fasziniert beobachteten die beiden Frauen das bunte Treiben und schlichen sich vorsichtig näher heran. Lola ließ sich auf die Knie, in das weiche Moos sinken und lächelte versonnen vor sich hin. Nina blieb ein wenig zurück und nutzte die Gelegenheit, sich ihre Begleiterin genauer anzuschauen. Sie war ein ganzes Stück kleiner als sie selbst, bestimmt einen halben Kopf, und war von kräftigerer Statur, was ganz im Gegensatz zu ihren schmalen Händen stand. Die langen honigfarbenen Haare fielen ihr in zerzausten, glatten Strähnen weit über die Schultern und umrahmten ihr Gesicht, mit breiten Wangenknochen und einem vollen Mund, der irgendwie immer zu Lächeln schien. Ebenso wie die haselnussbraunen Augen, die weit auseinanderstanden und von dunklen, langen Wimpern umsäumt waren.

Nina ließ den Blick tiefer wandern. Lola war in eine grob gewebte, sandfarbene Tunika gehüllt und trug darunter eine dunkelbraune Stoffhose. Ihre Füße steckten in Lederschuhen, die beinahe aussahen, als seien sie von Hand genäht. Nina musste bei dem Gedanken grinsen, sie konnte sich lebhaft vorstellen, wie Lola mit Nadel und Faden da saß und ihre eigenen Schuhe nähte, vielleicht während sie ein Liedchen über den Weltfrieden trällerte und dabei Kamillentee schlürfte.

Als ihr Blick wieder nach oben wanderte, bemerkte sie, dass Lola sie aufmerksam musterte. „Und, wie viele deiner Vorurteile und Klischees bediene ich?" fragte sie amüsiert. Ertappt blickte Nina zur Seite und spürte wie ihre Wangen sich rot färbten und heiß wurden. „Mach dir Nichts draus. Es scheint in der Natur des Menschen zu liegen, Alles und Jeden zu beurteilen. Nur zu verständlich, dass dabei auf bereits vorhandene Eindrücke zurückgegriffen wird." Sie erhob sich und wischte sich ein paar Erdkrumen von den Knien. „Ich singe übrigens nicht, ich Summe lieber vor mich hin." Spitzbübisch grinsend puffte sie Nina in die Seite. „Komm, gehen wir weiter, es liegt noch ein ganzes Stück Weg vor uns und ich würde gerne vor der Dunkelheit ankommen.

„Verrätst du mir nun endlich wohin wir gehen?" Nina beeilte sich mit Lola Schritt zu halten, doch diese schüttelte nur geheimnisvoll den Kopf. „Du wirst es sehen, wenn wir dort sind." Dann lief sie einen Schritt schneller und begann vor sich hin zu summen, während sie Nina ein Stück hinter sich zurück lies. Irgendwie ist sie seltsam, schoss es Nina durch den Kopf. Angstvoll zuckte sie zusammen, was, wenn Lola auch diesen Gedanken gehört hatte? Doch die Fremde lief in zügigem Tempo und augenscheinlich gut gelaunt vor ihr auf dem Weg entlang, streckte hin und wieder die Arme nach einem Baumstamm oder einem Farnblatt aus und schien ganz in ihrer eigenen Welt versunken zu sein. Nina blickte ihr nachdenklich hinterher. Woher hatte sie gewusst, was Nina gedacht hatte? Wo kam sie überhaupt her? Und wo waren sie hier? Sie war sich sehr sicher, dass ihr ein Wald, von solchen Ausmaßen, bestimmt nicht entgangen, wäre in den letzten Monaten. Sie liefen jetzt schon seit Stunden diesen Weg entlang und er schien kein Ende zu nehmen. Im Gegenteil, irgendwie wirkte es eher so, als würde er dichter und vielfältiger werden. Immer öfter sah sie kleine und größere Wildtiere und es hätte sie nicht wirklich überrascht, wenn irgendwann ein Bär oder gar ein Wolf ihren Weg gekreuzt hätte. Selbst ein Einhorn erschien ihr möglich, denn irgendwie machte es den Eindruck, als sei dieser Wald, diese Vielfalt an Natur, direkt aus einem Märchen entsprungen.

„Einhörner wirst du wohl leider keine sehen". Nina zuckte zusammen, sie hatte nicht bemerkt, dass Lola ihr Tempo gedrosselt hatte und nun neben ihr lief. „Kannst du bitte aufhören meine Gedanken zu lesen?" Nina blickte sie mürrisch von der Seite an. „Noch Nichts von Privatsphäre gehört? Lola kicherte. „Tut mir leid, aber du bist einfach zu lesen und deine Gedanken springen mich förmlich an. Ich kann Nichts dafür."

Abrupt blieb Nina stehen. „Ich gehe keinen Schritt weiter, wenn du mir nicht sagst, wer du bist und wo du herkommst." Nun war es an ihr, das Kinn hervor zu recken, um ihre Entschlossenheit zu untermauern. Sie begann an ihrem eigenen Verstand zu zweifeln und fragte sich langsam, ob sie vielleicht doch im See gelandet war und das hier der Vorhof zu ihrer eigenen Hölle, dem Paradies oder was auch immer war. Diese Frau, mit der sie jetzt schon einige Stunden unterwegs war, schien jedenfalls nicht normal zu sein und hatte ein paar Fähigkeiten, die ihr mehr und mehr suspekt wurden. Lola war schon zwei Schritte weiter gegangen, hielt ebenfalls an und drehte sich langsam zu ihr um.

„Lass uns einen Pakt schließen", schlug sie vor. „Ich bemühe mich, deine Gedanken nicht mehr ungefragt zu sehen, im Gegenzug dafür stellst du mir keine Fragen mehr." Verblüfft starrte Nina sie an, sprachlos öffnete sie den Mund und schloss ihn wieder. Lola grinste entschuldigend. „Es ist nicht so, dass ich ein großes Geheimnis darum machen möchte, aber zum jetzigen Zeitpunkt würdest du es weder verstehen, noch würden die Informationen dir nützen. Ich möchte, dass du unvoreingenommen bleibst." Als wäre das Erklärung genug, setzte sie sich wieder in Bewegung. „Aber", setzte Nina an, doch Lola winkte ab und lief einfach weiter.

Unschlüssig blieb Nina stehen, ihr Plan, keinen Schritt weiter zu gehen, bevor sie die gewünschten Informationen bekam, war gründlich in die Hose gegangen. Lola ließ sie eiskalt stehen und Nina wägte ihre Optionen ab. Sie konnte hier einfach mitten im Wald, allein und ohne Proviant zurück bleiben, in der Hoffnung Lola würde irgendwann zurückkommen und ihre Fragen beantworten, was unwahrscheinlich war. Sie konnte aber auch genauso gut umkehren und den Weg einfach zurück laufen. Irgendwann, da war sie fast sicher, würde sie wieder am See heraus kommen. Beides erschien ihr keine gute Wahl. Blieb nur die dritte Möglichkeit, sie ging auf Lolas Abmachung ein und ließ sich überraschen, wohin diese Reise führen würde. Langsam setzte Nina sich in Bewegung, sie hasste Überraschungen. Sie wollte wissen worauf sie sich gefasst machen musste und plante gerne im Voraus. Trotzdem hatte sie im Moment keine andere Möglichkeit als mitzuspielen und wenn sie ehrlich war, dies war mit Abstand das Spannendste, was sie seit Langem erlebt hatte. Ein letztes großes Abenteuer, sozusagen das Finale in ihrem Leben.

In gemächlichem Tempo trottete sie der neuen Gefährtin hinterher, darauf bedacht, den Abstand zwischen ihnen nicht zu verringern. Nina genoss es, allein mit sich selbst zu sein, die Augen mittlerweile nicht mehr stur auf den Boden gerichtet, sondern sie versuchte irgendwie Alles auf einmal zu sehen. Wie ein trockener Schwamm saugte sie die verschiedenen Gerüche, Anblicke und Geräusche in sich auf und spürte, wie mit jeder Stunde, die sie hier umherwanderte, die Last auf ihren Schultern geringer wurde. Nach einer Weile stellte sie verwundert fest, dass die Schmerzen in ihren Beinen zwar gleichbleibend spürbar waren, aber sie hatten sich trotz des stundenlangen Marsches nicht verschlimmert, was verwunderlich war. Normalerweise schaffte sie nur wenige hundert Meter, bevor sie Pause machen musste, weil die Schmerzen sie sonst in die Knie gezwungen hätten. Und noch etwas fiel ihr auf, etwas, dass sie nur ungern vor sich selbst zu gab. Lola hatte Recht gehabt. Sie war zwischenzeitlich so abgelenkt und verzaubert von dem, was sie umgab, dass sie die Schmerzen meist nur noch dumpf im Hintergrund wahrnahm, sie manchmal sogar vergaß. Verwundert über diese Erkenntnis blieb sie abrupt stehen. Hatte sie sich wirklich so sehr auf den Schmerz, im Inneren wie im Äußeren konzentriert, dass sie ihr Umfeld und das was es zu bieten hatte gar nicht mehr wahrnehmen konnte? Traurig schüttelte sie den Kopf und ging noch ein bisschen langsamer weiter. Das war eine ziemlich bittere Erkenntnis, musste sie feststellen. Wer wusste schon, was ihr da entgangen war?

„Hast Du Durst?" Erschrocken blieb Nina stehen, Lola war direkt vor ihr aufgetaucht und hielt ihr einen Beutel mit Wasser vor die Nase. Dankbar nickte sie und griff nach dem Getränk, setzte an und trank gierig ein paar Schlucke. Sie wusste nicht, wann sie das letzte Mal etwas getrunken hatte und das kühle Wasser rann ihr erfrischend die Kehle hinab. Es schmeckte leicht nach Eisen und kribbelte ein wenig auf der Zunge. „Ich habe es vor unserer Reise an einer natürlichen Quelle aufgefüllt, es ist also schon ein bisschen abgestanden, daher der Geschmack", beeilte Lola sich zu erklären, doch Nina trank ohne zu Zögern noch einen weiteren großen Schluck und reichte ihr den Beutel zurück.

„Wie geht es dir?" Lola hatte sich Ninas Tempo angepasst und sie liefen nebeneinander her. „Erstaunlicherweise recht gut", gab Nina zu. Sie stockte kurz und suchte nach den richtigen Worten. „Glaubst du wirklich, ich habe das Leben um mich herum verpasst, weil ich mich so auf meine Schmerzen konzentriert habe?" Unsicher blickte sie zu Lola hinüber, die kurz über die Frage nachzudenken schien, bevor sie antwortete. „Nein, eigentlich glaube ich eher, dass du die Schmerzen genutzt hast, um eine Ausrede zu haben und dich vor der Welt und den Menschen darin verstecken zu können." Sie lächelte Nina wohlwollend zu, die sie, wie so oft seit ihrem Aufeinandertreffen, entgeistert anstarrte. „Wie meinst du das?"

„Ich denke, du bist schon so lange davon überzeugt, eine verlorene Seele zu sein, dass du versucht hast dich unsichtbar zu machen, um nicht noch weitere Enttäuschungen oder Verletzungen einstecken zu müssen." Sie schob die Riemen ihres Rucksacks wieder zurecht und fuhr fort. „Ich verstehe, dass es mühsam ist, mit diversen Schicksalsschlägen oder Enttäuschungen klar zu kommen. Der Weg den du für dich gewählt hast, war der totale Rückzug und da kam dir dein unvollkommener Körper gerade recht. Statt weiter zu kämpfen, mit erhobenem Haupt durch die Gegend zu laufen und vor Allem darauf zu vertrauen, dass Alles seinen Sinn hat und gut werden wird, bist du geflüchtet." Nina schaute sie gequält an. Diese Worte machten Sinn und es war ihr unangenehm, weil sie sich auf eine Weise ertappt und entblößt fühlte, die ihr fremd war. „Das ist nicht Schlimm", tröstete Lola sie eilig. „Ich verurteile dich dafür nicht, sollte das deine Angst sein. Manchmal brauchen wir einfach ein paar mehr Anläufe, bis uns etwas gelingt und in anderen Fällen schaffen wir es ohne Hilfe gar nicht."

Nina spürte, wie ihr Tränen in die Augen stiegen, sie schluckte schwer. „Es war schon immer schwer für mich, mich in der Welt zurecht zu finden, irgendwie war ich immer anders und bin überall angeeckt oder abgelehnt worden. Als mein Körper dann auch nicht mehr so richtig funktionierte und ich dadurch eingeschränkt war, hatte ich Angst, dass es jetzt noch schwieriger werden würde und hab es aufgegeben irgendwo dazu gehören zu wollen." Ihre Stimme versagte, ein leises Schluchzen entfuhr ihr. Lola griff zaghaft nach ihrer Hand und sie liefen eine Weile schweigend nebeneinander her.

„Ich verstehe, warum du so entschieden hast", sagte Lola schließlich. „Aber, als du gemerkt hast, dass es dir nicht gut tut, warum hast du keine neue Entscheidung getroffen?" Nina zuckte bedrückt die Schultern. „Ich war irgendwann so weit weg von Allem, dass ich den Weg zurück nicht mehr gefunden habe. Meine Einschränkungen waren für mich irgendwann so übermächtig, dass ich mich nicht mehr getraut habe irgendwas zu ändern."

„Und trotzdem hattest du noch nicht ganz aufgegeben und hast dich auf das größte Abenteuer überhaupt eingelassen, die Liebe!" Triumphierend grinste Lola und puffte sie leicht in die Seite. Nina zuckte zusammen und ihr Blick verdüsterte sich augenblicklich. Lola bemerkte den Stimmungswechsel und blieb stehen. „Ich weiß, dass bedeutet im Moment für dich den größten Schmerz, aber bitte, erzähl mir davon."

Nina blickte sich überrascht zu ihr um. „Was möchtest du denn wissen?" Lola setzte sich wieder in Bewegung und zuckte die Achseln. „Na, zum Beispiel warum du dich überhaupt darauf eingelassen hast, wo du doch eigentlich komplett mit der Welt abgeschlossen hattest?"

Ein zaghaftes Lächeln überzog Ninas Gesicht und ihre Wangen nahmen eine leicht rosa Färbung ein. „Es hat mich einfach erwischt, ich wusste es vom ersten Augenblick an. Es fühlte sich vollkommen, überragend und einfach unglaublich an. So war es noch nie gewesen." Sie hielt kurz inne und suchte nach den richtigen Worten. „Wir schienen uns so gleich zu sein, dieselben Wünsche, Pläne, Ziele, wir konnten uns auf Kilometer spüren und wussten genau wie es dem Anderen ging, wann wir schliefen oder aufwachten, einfach alles. Es war, als würden unsere Seelen und unsere Herzen denselben Takt haben." Jetzt waren ihre Wangen dunkelrot und beschämt blickte sie zur Seite. „Es hört sich ganz schön albern und kitschig an, ich weiß. Aber ich kann es nicht anders in Worte fassen." Lola lächelte verstehend. „Und warum hat es dann geendet?"

Ninas Augen wurden dunkel vor Schmerz, ihre vollen Lippen pressten sich aufeinander, bis nur noch ein schmaler Strich zu sehen war. „Das weiß ich nicht genau. Irgendwann bekam ich zu hören, es wäre immer nur um mich gegangen, es wären Alles nur meine Wünsche und Ziele gewesen und diese Liebe würde Alles zerstören. Es wäre kein Platz mehr zum atmen und Niemand von uns wäre mehr er selbst." Sie räusperte sich, um die erneut aufkommenden Tränen zu verdrängen. „Im Nachhinein betrachtet sieht es so aus, als hätten wir niemals zusammen gepasst, das Gefühl, sich zu kennen und sich blind vertrauen zu können war plötzlich weg. Ich saß mit einer völlig fremden Person da und flehte sie an, zu mir zurück zu kommen. Doch diese Person war eine vollkommen Andere, als die, mit der ich vorher zusammen gelebt hatte. Wir hatten keinerlei Gemeinsamkeiten mehr und alle Wünsche und Pläne waren verschwunden, sie waren nur noch eine Last." Sie verstummte und ihr Blick wanderte unruhig umher. Es fiel Nina noch immer unglaublich schwer darüber zu reden, es schnürte ihr die Brust ab und das Atmen fiel ihr mit Jedem Wort schwerer. „Das tut mir leid." Lola schluckte betroffen. „Da habt ihr euch aber in einer sehr unguten Kombination zusammen gefunden, so etwas sollte normalerweise nicht passieren." Nina hatte nur mit halbem Ohr hingehört, sie war in ihrem Schmerz gefangen und versuchte das Schluchzen, das ihr immer wieder entfuhr, unter Kontrolle zu bekommen. „Hört sich nach einem Reflektor an", murmelte Lola mehr zu sich selbst, doch Nina schaute sie fragend an. „Was ist ein Reflektor?" wollte sie wissen, doch ihre Gefährtin winkte eilig ab. „Dazu kommen wir später, aber ich verstehe jetzt, warum es dich so aus der Bahn geworfen hat, dass du in den See steigen wolltest." Sie beschleunigte ihren Schritt, als wolle sie Nina und weiteren Fragen entkommen, doch diese dachte gar nicht daran sich abschütteln zu lassen und zog das Tempo ebenfalls an. „Zählt diese Frage auch zu den Dingen, die ich momentan noch nicht wissen darf?" bohrte sie weiter. Lola nickte zögernd und wich ihrem Blick aus. „Sagen wir einfach, es ist keine Liebe, wovon du da sprichst, den Rest erkläre ich dir später." Vollkommen verdattert war Nina stehen geblieben. „Es ist keine Liebe?" fragte sie entrüstet. Lola schüttelte vehement den Kopf. „Nein, für dich fühlt es sich so an, aber ich versichere dir, es hat nicht das Geringste mit Liebe zu tun."

Der Weg machte vor ihnen eine scharfe Rechtskurve und Lola atmete erleichtert auf. Endlich hatten sie das Ziel für die heutige Etappe erreicht. Nina war ein paar Schritte hinter ihr und schnaubte verächtlich. „Wenn das keine Liebe war, WAS ist dann bitte Liebe?" Ihre Stimme überschlug sich beinahe vor Wut. „Das ist das erste Mal, dass du eine richtige Frage stellst" lächelte Lola begeistert. „Was genau ist Liebe und was bedeutet sie." Sie legte Nina versöhnlich einen Arm um die Schulter und schob sie ein Stück vor sich her. „Ich denke, dort wirst du eine Antwort darauf finden." Sie deutete auf ein Häuschen, das vor ihnen auf einer kleinen Anhöhe aufgetaucht war. Seine Wände waren aus groben Felssteinen gezimmert, das Dach schien mit Stroh bedeckt und aus einem kleinen gemauerten Schornstein kräuselte sich träge eine Rauchwolke in den Abendhimmel hinein.

Fasziniert nahm Nina jedes Detail in sich auf, ein solches Haus hatte sie noch nie gesehen und die Lage, so direkt am Waldrand, umgeben nur von kilometerweiten Wiesen und Feldern, war schlicht und ergreifend atemberaubend. Je näher sie kamen, desto deutlicher stieg ihnen der Geruch von frischem Brot und etwas Würzigem in die Nase. Lola beschleunigte ihre Schritte und Nina tat es ihr nach. Zu ihrer Überraschung begann ihr Magen hungrig zu knurren und der Geruch lies ihr das Wasser im Mund zusammen laufen.

Sie hatten das Haus fast erreicht, als die Tür aufschwang und ein großgewachsener, bärtiger Mann mit ausladendem Bauch, sich in ihr Blickfeld schob. Er trug ein braunes Hemd und schwarze, weite Stoffhosen. Das Hemd war über seiner behaarten Brust nur halb geschlossen und flatterte leicht im Abendwind, als er auf sie zugestürmt kam. „Lola!" donnerte seine Stimme ihnen entgegen und er packte Lola um die Hüfte, hob sie mühelos hoch und drückte sie überschwänglich an sich. „Ist das eine Überraschung, ich bin hoch erfreut, dich mal wieder als Gast in unserem Hause begrüßen zu dürfen." Er setzte sie vorsichtig wieder auf die Füße und Nina konnte das Strahlen in Lolas Gesicht sehen. Auch sie schien sich über dieses Wiedersehen sehr zu freuen. „Nina, das ist Harold, ein alter Freund und Bekannter von mir." Sie wandte sich wieder an den Mann. „Wir sind auf der Durchreise und würden gerne bei dir Rast machen. Hast du ein Nachtlager und eine Mahlzeit für uns übrig?"

Ein laut dröhnendes Lachen folgte. „Ob ich ein Nachtlager und eine Mahlzeit für euch habe? Was ist denn das für eine Frage? Kommt rein, Maggi wird begeistert sein." Er schob die beiden Frauen auf das Haus zu und rief, noch bevor sie die Tür erreicht hatten: „Maggi mein Liebes, stell noch zwei Teller mehr auf den Tisch, wir haben Gäste."

Kapitel 3

Wenig später saßen sie zu viert um einen kleinen runden Holztisch herum. Vor Ihnen dampfte ein, köstlich riechender, Eintopf in kleinen Schalen und Maggi ließ gut gelaunt einen Korb mit frischem Brot herum gehen. Sie war Nina sofort sympathisch gewesen. Klein, relativ rund, mit roten Wangen und einem blonden Wuschelkopf, den sie mit einem braunen Tuch zu bändigen versuchte. Sie lächelte breit und hatte die beiden unerwarteten Gäste herzlich in Empfang genommen. Nina löffelte die deftige Suppe hungrig in sich hinein und beobachtete, wie Lola und Harold sich angeregt miteinander unterhielten. Maggi nickte hin und wieder zustimmend. Als er von dem Leben hier am Rand des Waldes redete und von den Schwierigkeiten berichtete, die ein Unwetter ihnen bereitet hatte, ein Teil ihrer Ernte war zerstört worden, hielt sie sich aber größtenteils aus der Unterhaltung raus.

„Wen hast du uns da eigentlich mitgebracht?" Harold musterte Nina neugierig und plötzlich waren drei Augenpaare auf sie gerichtet. Verunsichert ließ Nina den

Löffel, den sie eben hatte in den Mund schieben wollen, wieder in die beinahe geleerte Schale zurück sinken. Lola grinste breit. „Das ist Nina, ich habe sie eingeladen, mich auf dieser Reise zu begleiten. Da sie gerade keine anderweitigen Verpflichtungen hatte, hat sie das Angebot gerne angenommen." Harold grinste und Maggi lächelte vielsagend, als wüsste sie mehr, als das was Lola ihnen gerade verraten hatte. „Und, wie weit seid ihr schon gekommen?" Harold ließ seinen Blick nun zwischen Ihnen hin und her wandern. „Ehrlich gesagt, ist das unsere erste Station", antwortete Lola gutgelaunt. „Es liegt also noch ein ganzes Stück Weg vor uns." „Verstehe", brummte der bärtige Mann und stopfte sich ein Stück des frischen Brotes in den großen Mund. Lola bedachte Nina mit einem seltsamen Lächeln, ihre Augen schienen ihr eine Botschaft zukommen lassen zu wollen. Gerade öffnete Nina den Mund, da wandte Lola sich wieder an Harold. „Sag mal großer Mann, du bist doch früher viel rumgekommen?" Bestätigend nickte er und grinste breit. „In jüngeren Jahren ließ sich das nicht vermeiden. Aber seit ich mein Prachtweib hier habe", er griff mit seiner großen Pranke liebevoll nach Maggis kleinerer Hand, „seitdem bin ich nirgendwo lieber als hier bei ihr." Seine Frau lehnte sich kurz an seine Schulter und hauchte ihm einen kleinen Kuss auf die Wange. „Du Charmeur", seufzte sie, erhob sich und begann die geleerten Schüsseln abzuräumen.

„Ist dir irgendwann schon Mal eine verlorene Seele begegnet? Oder hast du von einer Solchen gehört?" Harold war gerade im Begriff, seiner Frau den Brotkorb zu reichen, hielt aber mitten in der Bewegung inne.

„Was bitte ist eine verlorene Seele?" Er beugte sich interessiert nach vorne. „Nina hier geht davon aus eine verlorene Seele zu sein. Eine Seele, die keinen Platz hat wo sie hingehört und die eigentlich überhaupt nicht auf der Welt sein dürfte." Harold begann schallend zu lachen. Es erinnerte an ein Donnergrollen während eines gewaltigen Gewitters und auch Maggi unterdrückte ein Kichern. „Das ist mit Abstand das Komischste, was ich jemals gehört habe", prustete Harold, als er sich ein bisschen beruhigt hatte. „Wie kommt man denn auf eine solche Idee?" Nina war rot angelaufen und hätte sich am Liebsten unter dem Tisch verkrochen und einen kurzen Moment lang wägte sie diese Möglichkeit tatsächlich ab. Dann beschloss sie allerdings, dass dies die ohnehin schon unangenehme Situation nur noch peinlicher gemacht hätte und blieb tapfer sitzen. Maggi war neben sie getreten und legte ihr versöhnlich eine Hand auf die Schulter. „Nimm es ihm nicht übel, er hat ein sehr überschäumendes Temperament, aber er ist ein netter Mensch und meint es nicht böse", versicherte sie Nina leise. Lola lehnte sich auf dem Holzschemel, auf dem sie saß, ein wenig zurück und blickte Nina direkt in die Augen. „Ich glaube, auf so eine Idee kommt man, wenn man vom Weg abgekommen ist und deswegen in die falsche Richtung schaut." Sie lächelte traurig und senkte dann den Blick. Nina saß wortlos da und musste der Versuchung widerstehen, einfach vom Tisch aufzuspringen und wortlos in die, mittlerweile hereingebrochene, Nacht zu rennen. Harold wischte sich mit einer ungelenken Geste eine Lachträne aus dem Augenwinkel und schaute zerknirscht zu ihnen herüber. „Tut mir leid, ich wollte dich nicht auslachen oder mich lustig machen über dich. Hört sich so an, als hättest Du keine leichte Aufgabe gewählt in diesem Leben. Sonst würdest du nicht auf solche Gedanken kommen." Seine Stimme klang unerwartet sanft. „Aber um die Frage zu beantworten", er wandte sich zurück an Lola. „Nein, ich habe weder davon gehört, noch wäre mir je eine solche Seele begegnet. Ich bin mir auch ziemlich sicher, dass dies gar nicht möglich wäre, schließlich ist Niemand ohne Grund hier, nicht wahr?" Lola nickte bestätigend und griff nach Ninas Hand. „Ich denke, wir sollten uns schlafen legen, es war ein langer Marsch heute und ich bin sicher, Nina kann ein bisschen Ruhe gebrauchen." Erst als sie ihren Namen hörte, traute Nina sich wieder die Augen zu heben, in den letzten Minuten hatte sie sehr aufmerksam die Tischplatte bewundert, damit Niemand die Scham in ihrem Blick sehen konnte. Sie war wütend auf Lola, die sie so unvorbereitet in diese unangenehme Situation gebracht hatte. Die Aussicht auf ein warmes Bett und Ruhe jedoch, besänftigte sie und beinahe hastig nickte sie, während sie sich erhob.

Die Sonne stand schon hoch am Himmel, als Nina sich müde und mit schmerzenden Gliedern aus den Decken wühlte und sich vorsichtig streckte. Sie blickte sich um, Lolas Lager war leer und ordentlich zusammen gelegt. Sie seufzte und machte sich ebenfalls daran, Ordnung in ihr Nachtlager zu bringen, während sie über die vergangenen Stunden nachdachte. Es war nicht das erste Mal, seit sie wieder aus dem See gestiegen war, dass sie sich wunderte über den Verlauf, den ihre Geschichte ge-

27

nommen hatte. Da stand sie nun, mitten im Nirgendwo, sie war sich nicht mal mehr sicher, ob sie noch im selben Land, oder derselben Zeit war, und faltete eine grobe Leinendecke, die sie gerade eben noch mollig warm gehalten hatte. Harolds Stimme wehte durch das niedrige Fenster zu ihr herein. Sie konnte zwar nicht verstehen, was er sagte, war sich aber ziemlich sicher, dass es nicht ihr gegolten hatte. Eilig zog sie ihre Schuhe an und machte sich auf den Weg nach draußen. Sie musste eine Weile suchen, bis sie auf Harold stieß, der sich hinter dem kleinen Häuschen gerade mit einer Axt an einem dicken Baumstumpf zu schaffen machte. Seine muskulösen Arme schwangen das gewaltige Werkzeug scheinbar mühelos durch die Luft und ließen es mit einem ohrenbetäubenden Krachen auf das Holz niedersausen. „Guten Morgen", begrüßte sie ihren Gastgeber unsicher. Harold hob den Kopf und grinste sie fröhlich an. „Guten Morgen, ich hoffe du hast gut geschlafen?" Nina nickte lächelnd. „Ja, vielen Dank." Sie blickte sich suchend um „Wo ist Lola?" wollte sie wissen. Der Mann machte eine unbestimmte Kopfbewegung Richtung Wald. „Sie wird bald zurück sein, sie hatte etwas zu erledigen." Nina schaute verwundert in die Richtung, auf die Harold verwiesen hatte. „Und wo ist Maggi?" Harold stellte die Axt zur Seite und hob die gespaltenen Holzklötze auf, die er gerade bearbeitet hatte. „Oh, Maggi hat heute einen ihrer besonderen Tage", er lächelte und griff erneut zur Axt. Verständnislos starrte Nina ihn an. „Einen ihrer besonderen Tage?" hakte sie nach. Der Mann nickte und die Axt sauste erneut hinab, um ein weiteres Stück Holz in zwei Teile zu spalten. „Was bedeutet das?" Nina schaute ihn immer noch fragend an und er seufzte leise. „Das bedeutet, dass wir heute auf sie verzichten müssen. Wenn Maggi einen ihrer besonderen Tage hat, ist sie für Niemanden zu sprechen." Er grinste spitzbübisch. „Zumindest für Niemanden von dieser Welt, nehme ich an." Er lachte laut auf, als hätte er einen Witz gemacht, den Nina nicht verstanden hatte. Harold warf ihr einen kurzen Seitenblick zu. „Komm mit, ich zeig es dir", forderte er sie auf und bedeutete ihr mit einer kurzen Handbewegung, ihm zu folgen. Nur zögerlich kam Nina der Aufforderung nach. Sie warf einen sehnsüchtigen Blick zum Waldrand, und flehte Lola in Gedanken an, möglichst schnell wieder zu ihr zurück zu kehren.

Harold war um das Haus herum gegangen und folgte nun einem kleinen Trampelpfad, der sich durch das hohe Gras schlängelte. Sie liefen eine Weile schweigend nebeneinander her, Nina fühlte sich unwohl in ihrer Haut, traute sich aber nicht, einfach umzukehren um in der Sicherheit des Hauses auf ihre Gefährtin zu warten. Nach einigen Minuten erreichten sie eine kleine Baumgruppe. Überall waren bunte Tücher in die unteren Zweige gehängt worden und lautes Lachen und fröhlicher Gesang waren abwechselnd zu hören. Ungläubig starrte Nina auf die Szenerie, die sich ihr kurz darauf zeigte. Maggi, die Haare heute nicht unter einem Tuch gebändigt, sondern in wilden Locken herabfallend, tanzte mit hoch erhobenen Armen durch das weiche Moos, inmitten der bunten Tücher, die im seichten Wind hin und her wehten. Sie selbst war in ein leuchtend gelbes Kleid gehüllt, das ihr zu groß zu sein schien und immer wieder über eine ihrer Schultern rutschte. Kichernd schob sie es ab und an wieder zurück, unterbrach aber ihr Tanzen und Singen nicht einen Moment dabei. Fasziniert beobachtete Nina, wie die Frau sich vor ihnen drehte und in die Luft sprang, die Augen vor Verzückung geschlossen. Plötzlich ließ sie sich auf die Knie fallen, kugelte sich laut lachend über die Erde, nur um im nächsten Augenblick schon wieder zwischen den Bäumen hin und her zu springen. Die ganze Situation wirkte gespenstisch und Nina musste all ihre Beherrschung zusammennehmen, um nicht die Flucht anzutreten. Doch ein Seitenblick auf Harold ließ sie an Ort und Stelle verharren. Er lehnte gegen einen dicken Baumstamm, streichelte versonnen über das lilafarbene Tuch, das dort hing und beobachtete seine Frau mit halb geschlossenen Augen. „Ist sie nicht wunderschön?" flüsterte er leise. „Was genau macht sie da?" Nina zuckte zusammen, als der laute Gesang plötzlich einem schallenden Gelächter wich. Harold zuckte mit den Schultern. „Ich kann es dir nicht sagen. Aber ich könnte ihr stundenlang dabei zusehen." Das Lächeln in seinem Gesicht wurde breiter.

Nina schluckte hart. „Stundenlang? Sie macht das stundenlang?" Harold nickte eifrig. „Aber ja, manchmal ganze Tage und Nächte." Verwirrt wandte Nina sich ab. „Warum tut sie das? Ist sie krank oder so etwas?" Der Mann schien Mühe zu haben, sich von dem Anblick seiner Frau lösen zu können. Er trat ein paar Schritte zurück und Nina folgte ihm erleichtert, als er den Rückweg, über die Wiese, antrat. „Krank? Nein ich glaube nicht. Wenn sie es nicht tut, dann wird sie krank." Nachdenklich kratzte er sich am Kopf. Als ahnte er, dass

Nina diese Erklärung nicht ausreichen würde, holte er tief Luft, bevor er zu einer Erklärung ansetzte.

„Als wir frisch verheiratet waren, habe ich mich gewundert, es gab immer wieder Tage und Wochen, in denen meine sonst so fröhliche und liebevolle Frau, plötzlich schwermütig und traurig wurde. Nicht das kleinste Lächeln konnte ich ihr da entlocken, sie kam kaum aus dem Bett hoch und alle Arbeit fiel ihr schwer." Sein Blick hatte sich bei den Erinnerungen an die vergangene Zeit verdunkelt. „Dann wachte ich eines Morgens auf und sie war fort. Ich suchte sie überall, schließlich, nach ein paar Tagen tauchte sie plötzlich wieder auf und war ganz die Alte. Lustig, fröhlich, und gut gelaunt. Aber das hielt meistens nicht lange, dann wurde sie wieder traurig." Nina lauschte ihm gebannt. Inzwischen hatten sie das Häuschen wieder erreicht und ließen sich in das weiche Gras neben der Eingangstüre sinken, bevor Harold weitersprach. „Das ging eine lange Zeit so, und ich wusste nicht, was ich machen sollte. Ich hatte jedes Mal, wenn sie verschwand Angst, dass ich mein Weib nicht wiedersehen würde." „Hast du sie denn nicht gefragt, wohin sie geht oder warum sie das tut?" wollte Nina wissen. Harold lachte leise. „Selbstverständlich habe ich das getan, aber sie wollte oder konnte es mir einfach nicht erklären und so ließ ich sie gewähren." Er schüttelte traurig den Kopf. „Eines Tages, ich wusste, es war wieder so weit, legte ich mich auf die Lauer und folgte ihr heimlich, ich musste einfach wissen, was vor sich ging. Tagelang war sie wieder traurig gewesen und mir brach es beinahe das Herz, sie so leiden zu sehen." Gespannt lauschte Nina seinen Worten. „Ich folgte ihr bis tief in den Wald hinein, bis wir eine kleine Lichtung erreichten, die beinahe so aussah, wie die, die du gerade gesehen hast. Sie zog sich aus, komplett nackt und begann zu tanzen und zu singen. Stundenlang saß ich hinter einem Busch und konnte meine Augen nicht abwenden. Es war, als würde die Traurigkeit, mit jedem Schritt, mit jeder Minute weniger werden." Er verstummte und schien in Gedanken bei jenem Tag im Wald zu sein. „Was passierte dann?" Nina konnte das Ende der Geschichte kaum abwarten. „Ich habe gewartet, bis sie irgendwann im Moos zusammengesackt ist, sie hatte sich wie ein Kind zusammen gerollt und ich hatte Angst, ihr sei unwohl. Doch als ich näher kam, sah ich, dass sie lächelte, in ihren Augen war kein Schmerz mehr, sie waren voller Liebe und so voller Leben, dass sie beinahe überzulaufen schienen. Allerdings nur," er brach wieder ab. „Was?" Nina beugte sich gebannt vor. „Nur bis sie mich erblickte. Sie war zu Tode erschrocken, kreidebleich und all das Leben schien von einer Sekunde auf die andere von ihr abgefallen zu sein." Er ballte die Fäuste und Nina sah, dass ihn diese Erinnerung sehr bewegte. „Sie flehte mich an, sie nicht zu verstoßen, ihr nicht böse zu sein." Er schaute Nina jetzt direkt an. „Kannst du dir das vorstellen? Statt sauer auf mich zu sein, weil ich ihr heimlich folgte und sie beobachtet hatte, war sie verängstigt, dass ich sie verlassen würde." Er schüttelte ungläubig den Kopf. „Es wäre dein gutes Recht gewesen," gab Nina zu bedenken. „Ein bisschen verrückt ist ihr Verhalten schon, und während sie nackt im Wald tanzt, musst du die ganze Arbeit hier allein machen. Wenn man eine Ehe führt, hat man doch auch

Verpflichtungen und Verantwortung." Harold legte den Kopf schief und bedachte sie mit einem seltsamen Blick, der eine Mischung aus Verwunderung und ungläubigem Erstaunen zu sein schien. „Warum wäre das mein Recht gewesen"? Seine Stimme hatte einen scharfen Unterton angenommen. „Ich habe diese Frau geheiratet, weil ich sie liebe, weil ihr Wohl mir am Herzen liegt und nicht weil sie mir bei der Arbeit zur Hand gehen soll oder irgendwelche Verpflichtungen übernimmt". Seine Stimme wurde sanfter, als er Ninas erschrockenen Gesichtsausdruck sah. „Du solltest sie sehen, wie glücklich und voller Leben sie ist, wenn sie nach einem solchen besonderen Tag wieder da ist. Sie kommt zurück zu mir, weil ich sie so sein lasse wie sie ist. Sie muss sich nicht verstecken und sie muss sich keine Gedanken machen, dass ich schlecht über sie denke. Sie ist wie sie ist und ich liebe sie, genau weil sie so ist. Wer das nicht versteht, der hat nie wirklich geliebt." Seine Worte trafen Nina wie Peitschenhiebe. War das nicht ihre Frage gewesen? Was ist Liebe? Sie hatte den Verdacht, dass ihr diese Frage gerade beantwortet wurde, auch wenn sie nur die Hälfte verstand. „Aber", warf sie aufgebracht ein. „Was ist denn mit dir? Mit deinen Bedürfnissen? Wenn sie immer wieder fortgeht, wer muss dann hier alles übernehmen? Wer ist für dich da um dich glücklich zu machen?"

Harold lachte leise auf. „Ich", war seine schlichte Antwort. „Maggi ist meine Frau und ich bin glücklich, wenn sie glücklich ist, genauso ist es auch umgekehrt. Glaubst du, ich wäre ohne Fehler? Nein, aber sie interessieren sie nicht. Wir sind genau so richtig, wie wir sind und es ist nicht ihre Aufgabe mich glücklich zu machen, das muss ich schon selbst tun. Und dennoch tut sie es auf ihre Art immer und immer wieder. Dann, wenn ich die Liebe in ihren Augen sehe, wenn ich spüre, wie sie überschäumt vor Freude. Dann, wenn sie nach einem solch besonderen Tag wieder in meine Arme zurück kommt und mir ins Ohr flüstert, dass jetzt alles wieder gut ist mit ihr. Solche Momente sind unbezahlbar und ich würde sie Niemals aufgeben wollen." Harold keuchte leicht, die lange Rede ließ ihn nach Luft schnappen. Betreten zupfte Nina an einem Grashalm herum. Harold legte ihr eine Hand auf den Arm. „Mir scheint, wir haben sehr unterschiedliche Auffassungen von Liebe", stellte er fest. „Für mich ist Liebe einfach da und ich genieße was sie mir zu geben hat und gebe, was ich zu geben habe. Ich erwarte Nichts, außer dass sie sowohl mich als auch mein Eheweib glücklich einschlafen lässt."

Nina nickte nachdenklich. „Du hast also nie darüber nachgedacht, sie zu verlassen und dir eine Frau zu suchen, die verlässlicher ist und nicht so verrückte Dinge tut? Die sich mehr um dich kümmert und die mit dir zusammenarbeiten könnte?" Überrascht fuhr sie zusammen, als Harold neben ihr in schallendes Gelächter ausbrach. „Niemals. Meine Maggi gehört zu mir und ich würde sie für Nichts und Niemanden eintauschen."

„Aber ist das nicht manchmal schwierig für dich? Ich meine, woher weißt du, dass sie wirklich wieder kommt und nicht eines Tages fortbleibt?" Nina lehnte sich mit dem Rücken an die kühlen Steine der Hausmauer und versuchte die Beine ein bisschen zu bewegen, um die Steifigkeit daraus zu vertreiben. „Ich weiß es nicht. Ich vertraue darauf, dass Maggi das Richtige tut und ich vertraue auf die Liebe, darauf, dass wir zusammen gehören. Was ich aber ganz sicher weiß ist, dass Maggi schon lange nicht mehr da wäre, wenn sie sich immer noch heimlich in den Wald schleichen müsste." Er räusperte sich und wischte sich eine Träne fort, die sich aus seinem Augenwinkel stehlen wollte. „Die Traurigkeit, die sie oft wochenlang gelähmt hat, ist verschwunden. Maggi hat ihre besonderen Tage, sie nimmt sie sich, wenn sie sie braucht und muss nicht erst warten, bis es nicht mehr auszuhalten ist. Das ist wichtig für sie und auch wichtig für uns."

Nina schloss die Augen und dachte über die Worte des Mannes nach, der neben ihr in der Sonne saß und eigenen Gedanken nachhing. Er schien Recht zu haben. Ihre eigene Definition von Liebe, oder das, was sie dafür gehalten hatte, schien so ganz anders zu sein, als Seine. Dumm an der Sache war nur, dass ihr Wunsch von Liebe und Beziehung, besser zu seiner Einstellung passte, als zu ihrer eigenen. Wenn sie ganz ehrlich zu sich war, dann musste sie zugeben, dass sie diese Freiheit, von der Harold sprach, zwar gerne für sich selbst in Anspruch genommen hätte, aber ob sie in der Lage gewesen wäre, diese auch ihrem Gegenüber zu geben, dass konnte sie nicht eindeutig mit Ja beantworten. Dennoch hatte sie es stets versucht, da war sie sicher. Zumindest den Teil, den Anderen sein zu lassen wie er war, vorausgesetzt, dies kollidierte nicht allzu sehr mit ihren eigenen Wünschen und Bedürfnissen. Und diese Erkenntnis beunruhigte sie.

„Auf den ersten Blick scheint ihr nicht viele Gemeinsamkeiten zu haben," unterbrach Nina schließlich das Schweigen. Harold brummte zustimmend. „Und"? „Was verbindet euch dann? Was lässt euch wissen, dass ihr zusammen gehört? Warum teilt ihr euer Leben, wenn es eigentlich keinen gemeinsamen Nenner gibt?" Langsam öffnete Harold erst ein Auge, dann das Andere. Er ließ den Blick nachdenklich über die Wiese streifen. Nina hegte schon den Verdacht, er hätte keine Antworten auf ihre Fragen, doch dann begann er leise zu sprechen. „Ist das für dich die Voraussetzung für Liebe? Nicht nur, dass deine Bedürfnisse erfüllt, Verpflichtungen und Verantwortung übernommen werden, sondern auch, dass ihr Euch ähnlich sein müsst, Gemeinsamkeiten da sein müssen?" Er schüttelte überrascht den Kopf. „Das hört sich insgesamt wenig romantisch und vor Allem sehr anstrengend an." Nina zuckte zurück, als ihr klar wurde, welches Bild sich da auftat. „Nein, ganz so ist es nicht", versuchte sie ihre eigenen Aussagen abzumildern, doch Harold lächelte nachsichtig. „Hörte sich aber ganz so an." Er erhob sich schwerfällig. „Die Antwort auf deine Frage lautet ganz einfach Liebe. Wir wissen, dass wir zusammen gehören, weil wir uns Lieben, Nichts weiter. Wir teilen unser Leben, weil es eine Bereicherung ist, dass der andere ein Teil davon ist. Aber, und das ist der springende Punkt: Der Andere ist nur ein Teil davon, er ist nicht das Leben." Aufgebracht stapfte er um die Hausecke und ließ Nina allein zurück. Zuerst überlegte sie, ob sie ihm nachlaufen sollte, irgendwie schien sie ihn verärgert zu haben und wollte das wieder gerade biegen. Sie entschied sich jedoch dagegen und blieb in der

Sonne sitzen, die jetzt, um die Mittagszeit herum schon recht tief stand und ihre Haut angenehm wärmte. Sie schloss müde die Augen und ließ das Gespräch Revue passieren. Je länger sie über Harolds Worte nachdachte, desto alberner erschienen ihr ihre eigenen Ansichten. Andererseits, hatte sie nicht genau das vorgelebt bekommen, was sie sich selbst zu Eigen gemacht hatte? Niemals hatte sie einen Menschen so über die Liebe reden hören wie Harold. Es erschien ihr utopisch, irgendwie als wäre dieser Zustand niemals realisierbar, in Anbetracht der Tatsache, dass die Menschen, mit denen sie ihr Leben verbrachte hatte, seine Ansichten ganz sicher nicht teilen würden. Liebe hatte immer auch mit Aufgaben, Schmerz und Verpflichtungen zu tun, so war es ihr gepredigt worden. Sei eine gute Frau, dann wird dich auch Jemand heiraten. Tu dies oder tu das, dann wirst du nicht allein bleiben. Doch, im Nachhinein betrachtet, funktioniert hatte das nie. Es hatte immer irgendwann einen Punkt gegeben, in dem sie entweder Nichts mehr zu geben hatte, oder aber die Mauern, in denen sie sich bewegen musste, waren zu eng geworden. So oder so, die Liebe, oder das, was sie dafür gehalten hatte, war irgendwann verschwunden und im besten Fall einer Art Resignation gewichen, im schlimmsten Fall war sie zu Hass auf den Anderen, sich selbst und die Situation umgeschlagen.

„Alles in Ordnung bei dir?" Lolas Stimme riss sie abrupt aus ihren Gedanken und ließ sie in die Höhe schnellen. Verwirrt blickte sie sich um. „Ja, ich denke schon", stammelte sie und versuchte sich zu sammeln. „Wir sollten bald weiter ziehen, sonst schaffen wir es nicht, bis zur nächsten Station auf unserem Weg." Lola legte ihr einen Arm um die Schultern und zog sie mit sich um das Haus herum, wo sie Harold vermutete. „Habt ihr reden können?" fragte sie beiläufig, doch ihrer Stimme war die Neugier anzuhören. „Klar haben wir das", donnerte Harolds Stimme ihnen entgegen und er schloss Lola freundschaftlich in die Arme. „Wir sind zwar nicht ganz einer Meinung, aber es war doch sehr unterhaltsam." Er Zwinkerte Nina zu, die wieder rot anzulaufen drohte. „Das freut mich. Wir werden eure Gastfreundschaft nicht länger in Anspruch nehmen, wir müssen weiter." Lola deutete auf den Wald, Richtung Süden. „Bis zur nächsten Rast ist es ein Stück." Harold nickte verstehend. „Ich weiß, dass Maggi sich gefreut hätte, euch noch zu verabschieden, aber du kennst sie ja." Lola nickte lachend. „Ich bin sicher, sie wird es verschmerzen. Richte ihr bitte unseren Dank und liebe Grüße aus. Wir sehen uns bald wieder." Sie drückte Harold kurz an sich und flüsterte ihm Etwas ins Ohr. Er nickte bestätigend und lächelte vielsagend. „Ich wünsche dir noch eine erfolgreiche Reise. Es hat mich außerordentlich gefreut deine Bekanntschaft zu machen." Er reichte Nina seine große Pranke und diese griff zögernd zu. „Ich danke dir für deine Zeit und das Gespräch", setzte sie an. „Ich hoffe, ich habe dich vorhin nicht irgendwie verärgert", fügte sie leise hinzu. Harold grinste breit, zog sie kurz an seine Brust und schüttelte den Kopf. „Mitnichten, es ist alles gut. Pass auf dich auf."

Lola war schon ein paar Schritte Richtung Waldrand gegangen und drehte sich ungeduldig zu Nina um. „Kommst du endlich?" Sie warf noch einen letzten Blick auf den hünenhaften Mann, der sie mit einem freundlichen Lächeln bedachte und beeilte sich dann ihrer Gefährtin zu folgen. Gespannt, wo ihre nächste Etappe sie hinbringen würde.

Kapitel 4

Eine Weile liefen sie schweigend nebeneinander her. Lola beschwingt und gut gelaunt, Nina sehr still und nachdenklich. Ihr Blick schweifte mal hierhin und mal dorthin, aber sie schien nicht wirklich etwas um sich herum wahr zu nehmen. Sie ließ die Schultern hängen und ihr Hinken hatte sich verstärkt, wie Lola interessiert zur Kenntnis nahm. Schließlich entfuhr Nina ein tiefer Seufzer und als ihre Blicke sich trafen, erkannte Lola nackten Schmerz in den Augen der Anderen. Sie lächelte aufmunternd. „Du hast mich gebeten deine Gedanken nicht einfach zu lesen", sie griff nach Ninas Hand. „Magst du mich vielleicht trotzdem Teil haben lassen, an dem, was dich gerade beschäftigt?" Nina zuckte mit den Schultern und wandte ihr Gesicht ab. Sie kaute auf ihrer Unterlippe und trottete stumm neben ihrer Gefährtin her. Gerade als Lola erneut versuchen wollte, ein Gespräch in Gang zu bringen, begann Nina leise zu sprechen. Ihre Stimme klang hohl, als wäre alle Energie daraus verschwunden. „Ich beneide die Beiden", setzte sie an, verstummte aber jäh wieder, als wollten die Worte nicht so wirklich aus ihr heraus. „Wen? Harold und

Maggi?" Nina nickte leicht. „Warum?" wollte Lola wissen. „Weil sie sich lieben und so glücklich miteinander sind." Ihre Gefährtin nickte verstehend. „Es ist so ganz anders, als die Liebe, die ich kennen gelernt habe." Wieder stockte ihre Stimme. Dann plötzlich, als sei ein Damm in ihrem Inneren zerbarsten, sprudelten die Worte aus Nina heraus. „Die Liebe die ich kennen gelernt habe, hatte immer ihren Preis. Ohne Leistung, keine Gegenleistung, als würde es sich um ein Geschäft handeln. Ich würde Alles darum geben, nur einmal das Gefühl zu haben, um meiner selbst Willen geliebt zu werden. So wie Harold und Maggie es tun." Tränen der Verzweiflung und des Schmerzens rannen ihr über das Gesicht. Lola nickte verstehend, unterbrach Nina aber nicht. „Wie kann das Liebe sein, wenn es an Bedingungen geknüpft ist, von denen man nicht mal weiß, ob der Andere überhaupt in der Lage ist, diese zu erfüllen? Wie kann man von Liebe sprechen, wenn sie nur da ist, so lange der Andere einem Bild entspricht, das man selbst von ihm angefertigt hat? Das ist so falsch."

Sie schluchzte herzzerreißend und Lola packte sie sanft am Arm, zwang sie stehen zu bleiben. Dann zog sie Nina in die Arme und drückte sie leicht an sich, strich ihr beruhigend über den Rücken. „Ist ja gut", flüsterte sie leise. „Es ist ein guter Anfang, diesem Schmerz mal frische Luft zu gönnen." Nina stand da, wie versteinert, in ihrem Inneren tobte ein Kampf, den sie nicht in Worte fassen konnte und nur das Schluchzen und die Tränen, die ihr über das Gesicht rannen, zeugten von den Emotionen, mit denen sie kämpfte. Immer wieder versuchte sie ihre Gedanken in Worte zu fassen, doch sie kamen ihr nicht über die Lippen und schließlich gab sie es auf. Schwer ließ sie sich gegen Lola sinken und versuchte gar nicht erst, die Tränenflut aufzuhalten. „Warum ist das so? Warum haben wir ein völlig falsches Bild von der Liebe"? stammelte sie schließlich. „Die Art wie Harold über seine Frau sprach, fühlte sich so warm und richtig an. Ganz anders als das was ich erlebt habe." Flehend blickte sie Lola in die Augen. „Warum Lola?" Sie löste sich aus der Umarmung und wischte sich mit dem Ärmel ihres Pullovers fahrig über die Augen. Lola zuckte mit den Schultern. „Um das zu verstehen, müssen wir zunächst einer anderen Frage auf den Grund gehen." Nina hielt mitten in der Bewegung inne und schluckte schwer. „Welche Frage?"

Lola lächelte und machte einen Schritt vorwärts. „Lass uns das unterwegs besprechen, ja?" Sie wartete keine Antwort ab und Nina folgte ihr schwerfällig.

„Warum ist dein Hinken heute schlimmer als gestern?" Lola versuchte ihre Frage beiläufig klingen zu lassen, doch Nina entging der besorgte Unterton nicht. „Ich denke, weil mir heute einfach alles weh tut. Innen wie außen, so zeigt sich mein Schmerz eben." Nina zuckte unschlüssig mit den Schultern. „Wenn ich mich schwer fühle, wird das Laufen schwieriger." „Aha", murmelte Lola leise. „Soll er so für dich selbst sichtbar werden, oder für andere?" Überrascht blickte Nina sie an, darüber hatte sie sich noch nie Gedanken gemacht. „Keine Ahnung, vielleicht Beides?" antwortete sie unsicher. Lola lief weiter und dachte nach. „Warum sollte dein Schmerz sich dir selbst auf diese Weise zeigen müssen?" Darauf fiel Nina keine plausible Antwort ein, sie schwieg daher, was Lola nicht davon abhielt ihren Gedanken weiter freien Lauf zu lassen. „Für mich würde es Sinn machen, wenn Du so Dein Umfeld darauf aufmerksam machen willst, dass es dir nicht gut geht. Wobei es sicherlich einfacher wäre, es offen zu kommunizieren, statt zu hoffen, dass die Menschen selbst darauf kommen, aber es ist zumindest ein Weg sich mitzuteilen." Zustimmend nickte Nina, auch wenn ihr die Wendung, die dieses Gespräch gerade nahm, zunehmend unangenehmer wurde. „Schauen wir uns also zunächst einmal an, warum du diesen Weg der Kommunikation gewählt hast", forderte Lola sie bestimmt auf. Nina dachte kurz darüber nach, dann räusperte sie sich. „Vielleicht, weil ich mich nicht getraut habe es direkt zu sagen? Vielleicht, weil ich keine Schwäche zugeben wollte? Wäre ja denkbar, dass ich funktionieren wollte wie gewünscht und eine körperliche Schwäche war entschuldbarer als eine emotionale?" schlug sie kleinlaut vor. Lola lächelte anerkennend. „Sehr gut, ich denke, da sind wir auf der richtigen Fährte." Sie legte den Kopf in den Nacken und griff Ninas Gedanken auf. „Das würde also heißen, ohne dass ein körperlicher, nennen wir es mal vorsichtig Schaden, sichtbar wäre, würde dir keine Schwäche oder ähnliches zustehen?" Nina nickte zaghaft, ihre Gedanken kreisten um die Frage und sie kam zu dem Schluss, dass diese Antwort recht zutreffend klang. „Ja, so ungefähr." „Okay". Lola nickte zustimmend. „Das klingt einleuchtend. Aber warum ist das so?" Nina wich ihrem Blick aus. „Weil du nur dann Jemand bist, wenn du etwas Leisten kannst." Ihre Antwort war kaum hörbar. „Ebenfalls plausibel", war Lolas nüchterne Erwiderung.

„Klärt aber das Warum nur zur Hälfte." Unschlüssig, ob sie dem Gedanken noch folgen konnte, blieb Nina stehen. „Wie meinst du das?" Doch statt einer Antwort, stellte Lola schon die nächste Frage. „Wie denkst du selbst darüber? Bist du auch der Meinung, dass du nur etwas Wert bist, wenn du Leistung bringen kannst?" Neugierig musterte sie Nina, die sich sichtlich unwohl neben ihr fühlte und versuchte sich um eine direkte Antwort herum zu drücken. Als sie nach ein paar Augenblicken noch Nichts dazu gesagt hatte, grinste Lola wissend. „Ich werte dein Schweigen mal als Zustimmung." Nina lief rot an, widersprach allerdings nicht.

„Gut, also du machst deinen eigenen Wert davon abhängig, wie viel Leistung du bringen kannst. Das heißt für mich im Klartext, wenn du Schwäche zeigst, bist du Nichts wert und hast auch keinen Anspruch auf irgendetwas, richtig? Du bist also der Überzeugung, dass man sich Alles erst verdienen muss. Liebe, Anerkennung, Wertschätzung mit eingeschlossen." Ungläubig schüttelte sie den Kopf so heftig, dass ihre langen Haare um sie herum flogen. „Und du stellst mir ganz ernsthaft die Frage, warum ihr ein so falsches Bild von der Liebe habt? Wenn ihr sie selbst an Leistungsfähigkeit und dem bemesst, was ihr zu geben habt? Mehr noch, wenn ihr mit euch selbst so hart ins Gericht geht, was gesteht ihr dann bitte Eurem Gegenüber zu?" Ihre Stimme klang belustigt, was Nina irgendwie falsch vorkam, sie fühlte sich wie ein Schulkind, das vorm Rektor der Schule stand, sich für ein Fehlverhalten rechtfertigen sollte und dabei nicht ganz ernst genommen wurde. „Was bitte ist

daran so witzig?" fauchte sie aufgebracht. „Ich sage ja
nicht, dass es der richtige Weg ist, nur". „Nur was?"
hakte Lola leise nach. „Nur, dass es eben das ist, was ich
gelernt habe im Laufe meines Lebens", beendete Nina
den Satz trotzig. Dann beschleunigte sie ihre Schritte um
möglichst viel Abstand zwischen sich, Lola und dieses
verfluchte Thema zu bringen, dass sie gerade in ein emotionales Desaster zu stürzen drohte.

Lola ließ ihr die Zeit, um die sie wortlos gebeten hatte.
Sie hielt sich ein Stück hinter ihr und Nina konnte ihre
bohrenden Blicke im Rücken spüren. Entnervt wurde sie
schließlich langsamer, bis sie wieder neben der Frau lief,
von der sie eigentlich Nichts außer ihrem Namen wusste, die es aber verstand, sie selbst an Orte in ihrem Inneren zu bringen, die sie lieber nicht so genau betrachtet
hätte. „Also, was ist Deine Erklärung dazu?" fragte sie
schließlich mürrisch, in der Annahme, dass es ihr nicht
gefallen würde, was Lola dazu sagen würde. „Oh, es
geht doch hier nicht um meine Erklärungen", erwiderte
diese brüsk. „Ich versuche doch nur dir zu helfen die
richtigen Fragen und Antworten zu finden."

Schweigend liefen sie weiter. „Du denkst, wir nutzen
die Liebe als Belohnungssystem für unsere Leistung, ist
es nicht so?" Forschend suchte Nina im Gesicht der Anderen nach einer Antwort. „So ungefähr hört es sich an",
kam prompt die Zustimmung. „Und du hältst das für
Falsch", stellte Nina leise fest. Lola lächelte traurig. „Sag
du es mir. Findest du es richtig, das größte und wert-
vollste Geschenk, dass man einem Menschen machen
kann, daran zu knüpfen, was er vorher für dich tut?"
Nina schüttelte traurig den Kopf. „Nein, es ist nicht rich-

tig." Kleinlaut zog sie den Kopf ein und trottete mutlos neben Lola her. „Warum tust du es dann? Nicht nur in Bezug auf Andere, sondern auch in Bezug auf dich selbst? Und was noch viel Schlimmer ist, wieso machst du die Liebe eines Anderen daran fest, wie groß die Opfer sind, die er bereit ist für dich zu bringen?" Diesen Aspekt hatte Nina noch gar nicht bedacht, sie runzelte nachdenklich die Stirn. „Ich glaube, weil ich gelernt habe, dass es ein System ist, dass auf Geben und Nehmen beruht. Ich bekomme Anerkennung und Liebe nur, wenn ich genug dafür getan oder gegeben habe." Grübelnd schritt sie den Waldweg entlang, suchte in ihren Erinnerungen nach Situationen, in denen es möglicherweise anders gewesen war, doch sie fand keine. „Also ist es ein Geschäft", fasste Lola das Fazit nüchtern zusammen und Nina musste ihr zähneknirschend zustimmen. „Ein Geschäftsmodell das offensichtlich so gut funktioniert, dass es nicht nur untereinander, sondern auch euch selbst gegenüber Anwendung findet."

Wieder ein stummes Nicken und Nina biss die Zähne zusammen, als ihr die Tragweite dessen bewusst wurde, was sie soeben zugegeben hatte. „Darf ich dir noch eine Frage stellen, oder ist es erst einmal genug?" Besorgt strich Lola ihr über den Arm. Nina straffte die Schultern und schaute ihr angestrengt in die Augen, dann nickte sie zögernd. „Wie könntest du einem anderen Menschen etwas zugestehen, was du selbst dir nicht erlaubst?" Überrascht starrte Nina sie an. „Du sagtest vorhin, dass Dein Schmerz sich durch das Hinken zeigen würde. Und du hast selbst vermutet, dass er sich auch dir selbst, nicht nur Anderen gegenüber, auf diese Art zeigen müsste." Nina nickte abwartend, nicht sicher, ob sie den Rest des Gedankens hören wollte. „Das wiederum würde aber bedeuten, dass du selbst auch vor dir eine Entschuldigung bräuchtest, warum du nicht ganz so leistungsfähig bist. Was im Umkehrschluss heißt, du verwehrst dir selbst das Recht auf Liebe und Anerkennung und so weiter, wenn du nicht genug Leistung bringst oder so funktionierst, wie du es von dir erwartest." Lola musterte ihr Gesicht gespannt, sie versuchte abzuschätzen, ob sie mit ihrer Vermutung ins Schwarze getroffen hatte. Der Schatten, der sich über Ninas Gesicht legte und ihre Augen trüb erscheinen ließ, war ihr Bestätigung genug. „Du musst darauf nicht antworten, aber vielleicht solltest du darüber mal nachdenken. Wie kannst du etwas von Anderen erwarten, dass du dir selbst nicht zugestehst. Und warum versuchst du Anderen wiederum Rechte einzuräumen, die für dich aber nicht gelten? Denn mehr als ein Versuch kann es nicht werden, Dir fehlt das nötige Wissen, die Erfahrung, dies auch tatsächlich umzusetzen." Ihre Stimme klang nicht belehrend oder tadelnd. Sie war sanft und voller Verständnis und berührte einen Punkt tief in Ninas Herzen, der die Tränen wieder fließen ließ.

Lola hielt ihr Versprechen. Sie setzten den Weg schweigend fort, keine weiteren Fragen oder Diskussionen mehr. Nina war in sich selbst versunken, versuchte dort Antworten zu finden, doch noch viel lieber wäre sie auf Hinweise darauf gestoßen, dass Lola sich irrte, dass sie selbst sich irrte und Nichts von dem, worüber sie gesprochen hatten, der Wahrheit entsprach. Doch so sehr sie die nächsten Stunden der Wanderung auch darüber nachdachte, sie fand keine Gegenargumente und schließlich gab sie es mit einem tiefen Seufzer auf und versuchte sich auf etwas Anderes, etwas Schöneres zu konzentrieren, etwas das ihr helfen würde, die Dämonen, die in ihrem Inneren gerade kämpften, im Zaum zu halten. Ihr Blick schweifte umher, zunächst unstet und fahrig, mit der Zeit jedoch spürte sie, wie sie ruhiger wurde und der Wald um sie herum langsam wieder Gestalt und Farbe annahm. Einem Impuls heraus folgend, ging sie ein Stück näher an die Bäume des Wegrandes heran und streckte zaghaft ihre Hand nach den dicken Baumstämmen aus. Sie spürte die Rinde unter ihren Fingern, mal glatt, mal rau, manchmal rissig und stellenweise leicht klebrig vom Harz. Ihr Atem ging inzwischen ruhig und regelmäßig, auch ihr Herzschlag hatte sich normalisiert. Sie verbannte jeden Gedanken, der sie traurig machen könnte, weit in ihren Hinterkopf und konzentrierte sich stattdessen ganz auf das, was ihre Augen und ihre Finger wahrnahmen. Ihre Schritte folgten einem mäßigen Rhythmus und sie gab sich ganz dieser Wanderung hin, mit all ihren Sinnen. Je länger sie neben Lola herlief, desto mehr wurde sie Eins mit dem Wald. Sie hörte auf jedes noch so kleine Geräusch, hier ein Knarren der Äste, dort ein Rascheln der Blätter, zwischendurch hörte sie die verschiedenen Waldbewohner umher huschen und die Vögel, hoch oben in den Wipfeln der Bäume, trällerten ihr Lied. Die ganze Szenerie wirkte beruhigend, ja fast einschläfernd auf sie und sie spürte eine bleierne Müdigkeit, die sich über ihr ausbreitete, wie ein langer, warmer Mantel.

„Das nennt man Tiefenentspannung, es fühlt sich ganz ähnlich an, aber es ist nicht die Art von Müdigkeit, die du kennst." Lolas Erklärung kam wie durch einen dichten Nebel zu ihr hinüber geschwebt und Nina nickte zustimmend. Großzügig sah sie darüber weg, dass Lola mal wieder ungefragt ihre Gedanken abgefangen hatte. Sie fühlte sich im Inneren zu friedlich gestimmt, um jetzt eine Diskussion anzufangen. Das Einzige, was in diesem Moment hier und jetzt zählte, war der Wald, die Natur, die Ruhe und sie selbst, als ein Teil des Ganzen. Sie hätte ewig so weiter gehen können, doch es dämmerte langsam und Lola begann das Tempo beinahe unmerklich anzuziehen. Widerwillig tauchte Nina aus ihrem Dämmerzustand auf, den sie sogleich schmerzlich zu vermissen begann. Denn mit der Rückkehr in die Realität, kehrten auch die Gedanken zurück und sie fühlte sich noch nicht bereit für weitere Fragen.

„Hast du eigentlich das Buch noch bei dir, welches ich dir gegeben habe?" Lolas Frage kam überraschend, ihre Stimme wirkte unnatürlich laut, nach der Stille, in der Nina sich befunden hatte. Hektisch kramte sie in ihrer Tasche und zog erleichtert das weiße Buch hervor. Lola nickte zufrieden und lächelte auffordernd. Nicht genau wissend, was sie von ihr wollte, hielt Nina es ihrer Gefährtin hin. Doch diese schüttelte den Kopf und schob es ihr sanft zurück. „Es ist deines, ich wollte nur sicher gehen, dass du es nicht vergisst und hin und wieder mal daran denkst." Nina lachte leise auf. „Was ist so Besonderes an diesem leeren Buch?" Ihre Neugier war mit einem Mal geweckt und sie betrachtete den weichen Einband wieder von allen Seiten. Dann schlug sie, beinahe versehentlich eine Seite auf und ihr Atem stockte. „Es ist nicht mehr leer", stammelte sie überrascht, blätterte ein paar Seiten vor und zurück, doch es waren nur ein paar Zeilen, die in großen dunkelgrünen Lettern vor ihr auftauchten. Lola lachte begeistert auf. „Ich wusste es, dann hast du also die Chance genutzt und die erste richtige Frage, zur richtigen Zeit, am richtigen Ort gestellt." Sie klatschte vergnügt in die Hände. „Wir sind auf dem richtigen Weg." Nina blickte sie misstrauisch an. Fast klang es so, als wäre ihre Gefährtin sich ihrer Sache gar nicht so sicher gewesen. Doch statt diesen Gedanken weiter zu verfolgen, starrte sie wieder die Zeilen an, die vor ihr im Dämmerlicht beinahe zu glühen schienen.

Liebe wertet nicht, Liebe urteilt nicht, Liebe ist was sie ist - Stark, Frei, Unbezwingbar - ein gar wundersames Geschenk ohne Fehl und Tadel

Die Worte sprangen ihr förmlich entgegen und Nina konnte ihre Augen nicht abwenden. Dort stand die Antwort auf die, von ihr gestellte, erste Frage. Sie konnte es kaum glauben und blätterte überrascht durch das ganze Buch, in der Hoffnung, es würden noch mehr Botschaften auf so wundersame Weise auftauchen, doch die restlichen Seiten blieben leer. Lola kicherte leise und holte sie zurück in die Realität. „Du hast erst eine Frage gestellt, du brauchst nicht weiter zu suchen", sie lachte wieder, diesmal lauter. „Ich sagte dir doch, dieses Buch wird seine Geheimnisse mit dir teilen." Zufrieden strich sie sich durchs Haar und lief wieder schneller. „Wie dem auch sei, wir müssen uns ein bisschen beeilen. Pack das Buch gut weg und pass darauf auf. Du wirst erstaunt sein, was es noch zu berichten weiß." Eilig vergrub Nina es wieder in ihrer Tasche und musste beinahe rennen um Lola einzuholen. „Wie kann das sein? Wer hat das da reingeschrieben?" Atemlos schossen die Fragen aus ihr heraus, doch Lola winkte verschwörerisch ab. „Weißt du noch, wir haben eine Abmachung", zwinkerte sie belustigt. „Ja, an die du dich vorhin auch nicht gehalten hast", gab Nina schnippisch zurück. Lola grinste schuldbewusst. „Das war keine Absicht, ich wollte nur sicher gehen, dass es dir gut geht, du warst ziemlich weit weg in Gedanken."

Nina ließ es auf sich beruhen und konzentrierte sich darauf, in der zunehmenden Dunkelheit nicht vom Weg abzukommen. Sie dachte über das Gespräch nach, welches Lola und sie zu Beginn ihrer Wanderung geführt hatten und musste zu ihrer Überraschung feststellen, dass das Chaos und Wirrwarr in ihren Gefühlen sich gelegt hatte. Es fühlte sich an, als wäre Ruhe, eine Art von Frieden, eingekehrt und sie fragte sich gerade, ob das wohl so bleiben würde, als Lola sie erneut aus ihren Gedanken riss.

„Wir werden unser heutiges Ziel bald erreicht haben." Ihre Stimme klang glücklich, sie schien sich auch auf diese Herberge ehrlich zu freuen. „Bevor wir dort sind, möchte ich wissen, ob es dir soweit gut geht?" Nina runzelte nachdenklich die Stirn. „Ich denke schon, ich bin ruhiger, geordneter könnte man sagen." Ihre eigenen Worte überraschten sie, sie konnte sich nicht erinnern, wann sie sich das letzte Mal so gefühlt hatte. „Sehr gut, das freut mich", Lola nickte zufrieden und legte ihr vorsichtig einen Arm um die Hüfte. Nina ließ es geschehen, zuckte nur kurz zusammen, in der aufkommenden Schwärze der Dunkelheit hatte sie nicht bemerkt, wie nah Lola war. „Etwas beschäftigt mich aber noch", setzte Nina an, unschlüssig, wie sie es in Worte fassen sollte. „Wie komme ich dahin, dass ich mir selbst meinen Schmerz nicht mehr im Äußeren zeigen muss?" Sie stockte, versuchte eine bessere Erklärung dafür zu finden, was sie eigentlich ausdrücken wollte, doch Lola unterbrach sie leise. „Ich habe schon verstanden was du meinst", erwiderte sie hilfsbereit. „Du möchtest also wissen, wie du die Bedingungen, die du an dich selbst knüpfst, wenn es um Liebe und Anerkennung geht, verändern kannst, richtig?" Erleichtert nickte Nina. „Dann formulieren wir es doch ganz einfach ein bisschen um", schlug Lola vor. „Was bin ich mir Selbst wert." Ninas Herz klopfte ein bisschen schneller. „Ja, das meinte ich wohl", gab sie kleinlaut zu. „Eine sehr gute Frage, ich denke, sie ist unserer nächsten Station würdig." Lola ließ sie los und deutete auf ein schwaches Licht, das vor Ihnen die Dunkelheit des Waldes durchbrach. „Wir sind da, gleich wirst du Aria kennenlernen, eine ganz außergewöhnliche Frau, sie wird dir gefallen."

Kapitel 5

Lola sollte Recht behalten. Nina mochte Aria auf Anhieb. Die kleine drahtige Frau in den Dreißigern, die kaum still stehen konnte und mit Händen und Füssen zu reden schien, hatte ein so einnehmendes Wesen, dass Nina sofort in ihren Bann gezogen war. Aria schien allein in dem kleinen Häuschen zu leben, das sich nur wenige Meter neben der Stadtmauer, in eine kleine Talsohle schmiegte, als würde es sich dort wie ein Ei in einem Nest befinden. Der kleine Raum strahlte eine gemütliche Behaglichkeit aus und überall lagen die unterschiedlichsten Bücher und Gegenstände rum, die Nina neugierig beäugte. Aria hatte sich nach einer überschwänglichen Begrüßung daran gemacht, eine Kanne Tee für sie zu kochen und räumte eilig ein paar Stoffballen zur Seite, um darunter eine kleine Sitzbank zu Tage zu fördern, auf der Lola und Nina Platz nehmen sollten. Geschäftig wuselte sie durch die kleine Hütte, sammelte Tassen und Teller zusammen, stellte etwas Brot und Käse auf den wackeligen Tisch und ließ sich schließlich mit einem breiten Grinsen in den schmalen Sessel sinken, der ihnen gegenüber stand. Seine Sitzfläche bestand aus zerschlissenem, braunem Leder. Insgesamt wirkten die meisten Einrichtungsgegenstände alt, wackelig und als hätten sie ihre besten Zeiten schon lange hinter sich gelassen. „Entschuldigt bitte die Unordnung, aber ich bin so selten hier, da will ich meine Zeit nicht mit aufräumen verschwenden." Ihr Blick glitt liebevoll über das Chaos, das sich überall auftürmte und Nina fragte sich, ob sie denn wirklich aufgeräumt hätte, wenn die Zeit es zulassen würde. Sie schien die Atmosphäre hier in vollen Zügen zu genießen.

„Aria ist eigentlich eine Bewohnerin der Stadt", erklärte Lola. „Sie lebt mit ihrem Mann und ihren fünf Kindern in einem beschaulichen kleinen Häuschen direkt am Marktplatz." Belustigt tauschten Aria und sie Blicke. „Ein beschauliches kleines Häuschen?" Aria lachte lauthals auf und Nina konnte sich ein Grinsen nicht verkneifen, diese Frau strahlte so viel Lebensfreude und gute Laune aus, dagegen konnte man sich einfach nicht wehren. „Mein Mann ist ein sehr erfolgreicher Geschäftsmann musst du wissen", wandte sie sich direkt an Nina. „Das kleine beschauliche Häuschen, von dem Lola da spricht, ist eines der Größten innerhalb der Stadtmauern, und das bedeutet eine Menge Arbeit." Sie legte die Stirn in Falten. „Hin und wieder gönne ich mir ein paar Tage hier draußen, um mal meine Ruhe zu haben und mich um Nichts kümmern zu müssen." Sie grinste zufrieden und Lola nickte bestätigend. „Wie geht es den Kindern?" Aria winkte ab. „Alle gesund und munter, du kennst die Rasselbande doch, sie sind unverwüstlich." Sie rutschte unruhig auf ihrem Sessel hin und her, das Stillsitzen schien ihr ernstlich schwer zu fallen. Ihr Blick wanderte zwischen den beiden Frauen, die sich auf ihre Holzbank kauerten, hin und her. Schließlich schnalzte sie leise mit der Zunge. „Also Lola, es ist eine glückliche Fügung, dass ich gerade heute beschlossen habe, meine kleine Hütte zu besuchen. Als hätte ich geahnt, dass Besuch ansteht." Sie grinste und entblößte eine Reihe Zähne, die nicht ganz gerade waren. „Wen hast du mir denn heute mitgebracht?" Ihre warmen, lebhaften Augen musterten Nina von Kopf bis Fuß, soweit der Tisch dies ermöglichte. Die Neugier war ihr deutlich anzumerken. Doch merkwürdigerweise fühlte Nina sich nicht im Geringsten unwohl und antwortete an Lolas Stelle. „Ich heiße Nina und Lola lud mich ein, sie auf dieser Reise zu begleiten." Sie lächelte freundlich und Aria nickte beflissen. „Schön, mir ist manchmal nicht wohl dabei, zu wissen, dass sie da draußen so ganz auf sich allein gestellt ist. Es sind raue Zeiten." Lola lachte leise auf. „Ach Aria, wie lange kennst du mich nun schon, Du solltest wissen, dass ich auf mich aufpassen kann." Die Angesprochene kicherte zustimmend. „Dennoch finde ich es schön, dass du Gesellschaft hast", erwiderte sie gutmütig. „Noch dazu eine so nette Person", fügte sie mit einem Augenzwinkern in Ninas Richtung hinzu. Nina errötete nun doch ein wenig, so viel offene Herzlichkeit war sie nicht gewohnt und sie lächelte schüchtern. Lola blickte sie belustigt von der Seite an. „Du hast Recht Aria, sie ist eine nette Person, wenn man sie mal Näher kennt und sie nicht so furchtbar schlechte Laune hat, wie zu Beginn unserer Reise". Lola brach in lautes Gelächter aus, als sie Ninas entsetzten Gesichtsausdruck sah. „Ach komm schon Nina, Du warst wirklich ungenießbar, als ich dich aufgelesen habe", versuchte sie ihre Gefährtin zu beschwichtigen und legte ihr versöhnlich eine Hand auf den Arm. „Ich weiß, es ging dir nicht gut, das habe ich nicht vergessen, aber es freut mich ungemein, dass Du langsam ein bisschen auflebst und lockerer wirst." Aria verfolgte das Gespräch aufmerksam und blickte zwischen den beiden Frauen hin und her. Nina erwiderte

Nichts, vermied es aber, Jemandem in die Augen zu schauen. Lola lehnte sich verhalten gähnend zurück. „Nina ist auf der Suche nach Antworten", erklärte Lola ihrer Gastgeberin. „Sie ist der Meinung, es gäbe Seelen, die verloren sind, die nicht in diese Welt gehören und ich versuche ihr zu beweisen, dass dies unmöglich ist." Nun war es Aria, die laut lachte und damit Ninas gequälten Seufzer übertönte. „Das ist aber eine seltsame Suche, auf der ihr da seid. Ich kann mir nicht vorstellen, dass ihr eine solche verlorene Seele irgendwo finden könntet, aber ich wünsche Euch Glück dabei." Nina fuhr trotzig hoch. „Ich muss eine solche Seele nicht erst suchen und finden, ich BIN eine solche Seele, aber Lola will das nicht glauben und versucht mich vom Gegenteil zu überzeugen." Ihre Stimme klang vorwurfsvoll und ihre Augen füllten sich mit Tränen. Ob es Tränen der Wut oder der Verzweiflung waren, hätte sie nicht mit Bestimmtheit sagen können. Lange sprach Niemand ein Wort. Aria hatte das Kinn in eine Hand gestützt und starrte Nina nachdenklich an. Schließlich schüttelte sie langsam den Kopf. „Ich spüre die Verzweiflung in dir, dass tue ich wirklich, aber wie eine verlorene Seele wirkst du trotzdem nicht auf mich, tut mir leid." Sie zuckte mit den Schultern und lächelte dann ratlos. „Wie dem auch sei, ich nehme an, ihr werdet ein Lager für die Nacht brauchen?" Sie beendete das unangenehme Gespräch damit und Nina war ihr unendlich dankbar, sich nicht weiter erklären zu müssen. Lola nickte, während sie erneut versuchte ein Gähnen zu unterdrücken und Nina blickte sich skeptisch um. Wo um alles in der Welt sollten sie in dieser kleinen Hütte Platz zum schlafen finden? Doch Aria war schon aufgesprungen, öffnete eine ausladende Holztruhe und fischte zwei dicke Bündel daraus, als sei sie stets auf Besuch vorbereitet. „Dann kommt mal mit, es ist zwar nicht ganz so komfortabel, wie die Herberge in der Stadt, aber ich denke für eine Nacht wird es schon gehen. Sie öffnete eine winzige Dachluke, die Nina bisher nicht aufgefallen war, weil sie im Schatten, direkt neben dem Kamin, gelegen hatte und eine kleine, schmale Holzleiter kam aus der Decke hinunter geschwebt. „Dort oben ist es trocken und warm, macht es euch bequem." Aria warf die beiden Bündel mit Schwung durch die Luke und reichte Lola eine kleine Öllampe. „Ich wünsche eine angenehme Nachtruhe, wir sehen uns morgen, wenn ihr ausgeschlafen habt." Nacheinander stiegen erst Lola, dann Nina die schmale Leiter hinauf und verschwanden durch die enge Öffnung in der Decke. Der Dachboden wirkte geräumiger, als es von unten ausgesehen hatte. Eilig rollte Nina ihr Bündel auf, streifte die Schuhe ab und lies sich auf das überraschend weiche Lager fallen. Ihr tat jeder Knochen im Leib weh und sie war dankbar, sich endlich lang ausstrecken zu können. Sie schaffte es gerade noch, sich die schwere Decke über die Schultern zu ziehen, dann fielen ihr die Augen zu und sie sank in einen tiefen, traumlosen Schlaf.

Lautes Lachen ließ sie aufschrecken und Nina brauchte einen Moment um sich zu orientieren. Es roch nach Holz und durch ein paar Ritzen im Boden drang Licht zu ihr herein. Gähnend setzte sie sich auf und tastete nach ihren Schuhen. Wieder hörte sie das Lachen unter sich und nun erkannte sie auch die Stimmen von Lola und Aria. Eilig krabbelte sie zu der Luke, öffnete diese vorsichtig und ließ die Leiter nach unten in die kleine Wohnstube gleiten.

Ein fröhliches „Guten Morgen" schallte ihr Zweistimmig entgegen, als sie von der Leiter stieg und wieder festen Boden unter den Füssen spürte. Sie drehte sich um und grinste. „Euch auch einen guten Morgen." Sie streckte sich kurz und Aria hielt ihr eine Tasse heißen Kräutertee unter die Nase. „Trink das, es wird dich beleben." Sie lächelte breit und war schon wieder losgestürmt, sobald Nina nach der Tasse gegriffen hatte. Sie machte sich an einem großen Kessel zu schaffen, der über dem Feuer hing. Neugierig trat Nina näher und warf einen Blick hinein. Zu ihrer Enttäuschung blubberte darin nur klares Wasser vor sich hin. „Lola sagte mir, ihr seid schon eine Weile unterwegs, da dachte ich, ein kleines Bad wäre vielleicht genau das Richtige für dich." Sie wickelte ein Tuch um ihre Hand und griff beherzt nach dem schweren Kessel. „Wir haben den Badezuber schon vorbereitet, dies ist der letzte Kessel mit heißem Wasser." Sie drehte sich auf dem Absatz um und verschwand durch die Tür ins Freie. Fragend blickte Nina erst ihr hinterher, dann drehte sie sich zu Lola um. „Ist das euer Ernst? Ich soll draußen baden?" Ungläubig schaute sie zwischen Tür und ihrer Gefährtin hin und her. „Oh, keine Sorge, der Badezuber steht gut geschützt und hier draußen ist um diese Zeit niemand außer uns." Lola grinste und sprang auf. „Ich habe mein Bad schon genossen, es war herrlich und glaub mir, Aria hat ein

Händchen für Badezusätze." Sie griff nach Ninas Hand und zog sie mit sich hinaus.

Als die beiden Frauen um die Ecke des Hauses bogen, traute Nina ihren Augen kaum. Inmitten des hohen Grases, umringt von verschiedenen Büschen und Hecken, stand eine kleine Holzwanne, aus der würzig duftender Wasserdampf emporstieg. Ein unscheinbarer Schemel stand daneben, diverse Schwämme, Bürsten und Gefäße lagen darauf bereit und Aria erwartete sie mit ausgestreckten Armen. „Zieh dich aus und steig ins Wasser, solange es noch heiß ist", forderte sie Nina gut gelaunt auf. Diese schüttelte beinahe unmerklich den Kopf, so absurd kam ihr die Situation vor. Trotzdem tat sie was ihr aufgetragen war und schälte sich zögernd aus ihren Klamotten. Als sie schließlich nur noch in Unterwäsche da stand, musterte Aria sie amüsiert. „Was hast du denn da an? Das hält doch weder warm, noch bedeckt es irgendetwas, was von Bedeutung wäre." Lola kicherte hinter ihr und Nina lief rot an, während sie an sich hinab schielte. Gut, sie trug nicht unbedingt die neueste Mode, die es auf dem Markt gab, aber der schwarze Slip passte zumindest zum gleichfarbigen BH. Verdammt, sie hatte vorgehabt sich im See zu ertränken, als sie sich für diese Wäsche entschieden hatte, wen hätte da ihre Unterwäsche interessieren sollen? Unsicher stand sie mit hängenden Schultern da und wusste nicht, ob die Frauen von ihr erwarten würden, die letzten Hüllen auch noch fallen zu lassen. Schließlich kam Aria ihr zu Hilfe, packte sie sanft am Arm und zog sie zu dem Zuber. „Na klettere schon rein", ihre Stimme klang immer noch belustigt. Vorsichtig steckte Nina eine Zehe ins Wasser, es war angenehm warm und im nächsten Moment saß sie komplett in dem wohltuenden Nass. Genüsslich ließ sie die Hände durch das weiche Wasser fahren und lehnte sich mit einem zufriedenen Seufzer zurück. Die Wärme tat ihren verkrampften Muskeln gut und sie spürte, wie ihr Körper sich nach und nach entspannte. Der Duft verschiedener Kräuter stieg ihr in die Nase und sie spürte, wie sie schläfrig wurde. „Herrlich, oder?" Widerwillig öffnete Nina ein Auge und erblickte Lola, die es sich neben dem Zuber im Gras bequem gemacht hatte und sie beobachtete. Sie nickte träge, nicht gewillt zu reden. Gerade als Nina sich völlig der Wärme hingab, hörte sie ein leises Plätschern und im nächsten Moment, ergoss sich ein Schwall Wasser über ihrem Kopf. Erschrocken zuckte sie zusammen, doch Aria legte ihr eine Hand auf die Schulter und drückte sie tiefer in die Wanne. „Entspann dich einfach", befahl sie, während der nächste Schwall Wasser durch Ninas langen, glatten Haare ran. Sie hielt die Augen geschlossen und versuchte das Unwohlsein, welches sie immer ergriff, sobald jemand an ihren Haaren herumfummelte, zu unterdrücken. Als Aria schließlich begann, ihr den Kopf in sanft kreisenden Bewegungen zu massieren, gab sie jeden Widerstand auf und seufzte genießerisch. Ein kurzes Grinsen huschte über ihr, von der Wärme errötetes Gesicht. Die Frauen schienen irgendwie Alle gleich zu sein. Sobald mehrere auf einem Haufen zusammentrafen und die Zeit es zuließ, wurde das Wellnessprogramm ausgepackt. Ihr entfuhr ein leises Kichern, doch Aria und Lola waren so in ein Gespräch vertieft, dass es unbemerkt blieb.

Später, als sie zusammen in der Sonne saßen und frischgebackenes Butterbrot aßen, blickte Nina sich neugierig zu den Stadtmauern um. „Wie oft kommst du hierher?" wandte sie sich an Aria. Die schluckte den Bissen, den sie im Mund hatte, runter und legte nachdenklich den Kopf schief. „Wenn es sich einrichten lässt so ein oder zweimal im Monat, denke ich." Nina nickte und kaute auf ihrem Brot herum. „Und das ist in Ordnung für deinen Mann?" stellte sie ihre nächste Frage. Lola schnaubte verächtlich und Aria lächelte bekümmert. „So kann man das nicht unbedingt ausdrücken," erwiderte sie langsam. „Sagen wir eher, er hat keine andere Wahl, als es zu akzeptieren". Ein überraschtes „Oh" entfuhr Nina, sie traute sich aber nicht weiter nachzubohren. „Ihr Mann reist praktisch durch das ganze Land um Stoffe und Waren einzukaufen und lässt sie direkt zu seinem Haus liefern." Aria nickte bestätigend. „Die ersten Jahre bin ich ganz schön ins Schwitzen gekommen, mit all der Arbeit und den Kindern. Mein Mann war eigentlich immer auf Reisen." Sie lehnte sich zurück und hob ihr Gesicht in die warme Sonne. „Ich tat mein Bestes, doch irgendwann wurde ich schwer krank. Die besten Ärzte der Stadt kamen und beschworen mich, dass ich mehr Ruhe bräuchte, sonst würde ich bald unter der Erde ruhen." Sie lächelte Nina freundlich an. „Also habe ich meinem Mann gesagt, dass ich ab sofort nicht mehr ständig zur Verfügung stehen würde, entweder er würde einwilligen, oder er müsse sich ein anderes, jüngeres Weib nehmen. Mein Leben und meine Belange sind schließlich nicht weniger wert als Seine." Nina nickte verstehend. „Also habe ich diese Hütte hier übernommen und zu meinem Reich erkoren. Immer wenn ich merke, dass es mir nicht mehr gut geht oder mein Mann mir zu viel aufhalsen will, komme ich hierher um Ruhe zu finden." Aria kicherte spitzbübisch. „Selbstverständlich gab es viel Gerede deswegen, dass ein Weib sich ihrem Mann derart widersetzt ist unüblich und nicht gerne gesehen, aber ich habe mich durchgesetzt und während ich hier bin, haben unsere Kinder die Möglichkeit Zeit mit ihrem Vater zu verbringen." Lola lachte leise und setzte die Teetasse ab, aus der sie gerade getrunken hatte. „Ich bin sicher, er genießt die Zeit ebenso wie du, meine Liebe," spöttelte sie ausgelassen und Aria stimmte in ihr Lachen ein. „Nun, vielleicht nicht ganz so, er ist meist recht froh, wenn ich wieder da bin und er das Weite suchen kann, aber er hat verstanden, dass ich nicht mehr als arbeiten kann und Pausen nun Mal notwendig für mich sind." Sie zwinkerte Nina ausgelassen zu. „Wie du siehst, auch hier fällt mir das Stillsitzen schwer, ich bin ein ziemlicher Wirbelwind. Aber es gibt einfach so viele interessante Dinge zu tun, zu entdecken und zu erfahren, da muss man sich eben auch die Zeit dafür nehmen. Und für mich ist diese Freiheit unglaublich wichtig geworden."

Nina schloss die Augen, überließ das Gespräch den anderen Frauen und horchte in sich hinein, wann hatte sie sich die Zeit gegönnt mal nicht zu müssen? Einfach nur das zu tun wonach ihr der Sinn stand, ohne an das zu denken, was an Verpflichtungen auf sie wartete? Sie dachte angestrengt nach, doch so wirklich wollten ihr keine Begebenheiten einfallen, außer sie war krank gewesen. Sprüche wie: „Erst die Arbeit, dann das Vergnügen" oder „Was du heute kannst besorgen, das verschiebe nicht auf morgen" kamen ihr in den Sinn. An diesen und ähnlichen Phrasen, die ihr irgendwann mal eingebläut worden waren, hatte sie sich stets orientiert. Und doch faszinierte sie Arias Einstellung. Einfach zwischendurch mal kurz Urlaub nehmen und Alles stehen und liegen lassen, ein Unding in Ninas Augen. Sie grübelte noch immer vor sich hin, als sie ein bisschen unsanft an der Schulter gerüttelt wurde. „Hey, schläfst du etwa schon wieder?" neckte Lola sie und rüttelte fester. Nina versuchte das zu ignorieren und grummelte nur laut hörbar, um ihr zu verstehen zu geben, dass sie nicht beabsichtigte die Augen zu öffnen. Sie hörte das Kichern ihrer Gefährtin. „Aria, bringst du mir bitte mal einen Krug mit kaltem Wasser? Mir scheint meine Reisegefährtin hier hat ein bisschen zu viel Sonne abbekommen und ist träge geworden." Ihr Lachen war ansteckend und Nina begann sich kichernd aus ihrem Griff heraus zu winden. „Schon gut", prustete sie, „kein Grund gleich zu solchen Methoden zu greifen!" Sie blickte auf und in Lolas lachendes Gesicht, das sich direkt über ihr befand. „Das ist das erste Mal auf unserer Reise, dass ich dich Lachen sehe", stellte Lola zufrieden fest. „Trotzdem haben wir jetzt lange genug hier rumgesessen und Arias Gastfreundschaft in Anspruch genommen, lassen wir sie ihre Ruhe genießen und ziehen weiter." Sie erhob sich, klopfte ein paar Grashalme von ihrer Hose und reichte Nina die Hand um ihr hoch zu helfen. Ächzend ließ Nina sich aus der Wiese ziehen, machte sich zwischendurch aber absichtlich schwer und kicherte, als Lola ins Straucheln kam. „Ach, wir werden also übermütig?"

stellte diese zufrieden fest und ließ sich mit einem Satz auf Nina fallen, woraufhin beide durch das Gras kugelten und schließlich lachend nebeneinander liegen blieben. „Aria hatte Recht, das Bad scheint dir gut getan zu haben," keuchte Lola schließlich und die beiden Frauen kämpften sich in dem hohen Gras auf die Füße. „Das war nicht das Bad", kicherte Aria, die gerade zu ihnen stieß und Lola ihren Rucksack hinhielt. „Das waren meine Zusätze im Wasser, die können bisweilen ein bisschen zu belebend wirken." Mit einem Augenzwinkern grinste sie beiden Frauen zu und drehte sich dann wieder zu ihrem Häuschen um, den Arm zum Abschied hoch in die Luft erhoben. „Wir sehen uns bald wieder hoffe ich." Der letzte Satz galt Lola, die rasch nickte und dann in die andere Richtung davon stapfte, einen langen Grashalm im Hosenbund, der bei jedem ihrer Schritte auf und ab hüpfte und Nina ein lautes Lachen entlockte. Ausgelassen stürzte sie Lola hinterher und zupfte neckisch an dem Halm. „Hast dich wohl extra schick gemacht für die Reise", kicherte sie und Lola reckte den Kopf um zu sehen, worüber Nina sich so amüsierte. Als sie den Halm erblickte, musste sie ebenfalls lachen. „Klar, das ist der neueste Schrei, das trägt man heute so."

Kapitel 6

Mit beschwingten Schritten marschierten die beiden Frauen durch den Wald, der langsam lichter wurde und immer größere Lücken zwischen den Bäumen aufwies. Die Umgebung wurde rauer, das saftige Grün war nicht mehr ganz so allgegenwärtig und immer wieder tauchten große, graue Felsen am Wegesrand auf. Nina nahm dies zur Kenntnis, verzichtete aber darauf Fragen diesbezüglich zu stellen, sie war sich sicher, auch hier wieder keine befriedigende Antwort zu erhalten. Die alberne Ausgelassenheit, mit der sie Arias Hütte verlassen hatten, ließ langsam nach und Nina wurde den Verdacht nicht los, dass sich da tatsächlich etwas in ihrem Badewasser befunden hatte, was eine Art Rauschzustand ausgelöst haben musste. Ihre Stimmung war zwar nicht mehr so schwer, wie zu Beginn der Reise, aber über diese Albernheiten wunderte sie sich im Nachhinein trotzdem und ihr Betragen war ihr ein bisschen unangenehm. Schließlich war sie beinahe vierzig, da tollte man doch nicht mehr laut kichernd im Gras rum, wie eine Sechsjährige. Verstohlen schielte sie zu Lola rüber, die mit einem seligen Lächeln auf den Lippen dahin zu schweben schien. Als hätte sie den Seitenblick bemerkt, wandte sie den Kopf zu Nina um. „Alles okay?" wollte sie wissen. Nina nickte unschlüssig. „Du hattest Recht, Aria ist wirklich eine bemerkenswerte Frau." Lola lachte auf. „Oh ja, ich habe sie sehr ins Herz geschlossen. Sie lässt sich nicht unterkriegen und passt genau auf, dass Niemand zu kurz kommt, sie selbst eingeschlossen. Das gefällt mir so an ihr." Nina grinste bestätigend. „Sie scheint etwas unkonventionell zu sein, es wundert mich, dass sie damit durchkommt." „Warum?" Lola blickte sie überrascht an. „Naja", druckste Nina, „die Tatsache, dass sie sich einfach für ein paar Tage abseilt, ohne dass sie ein schlechtes Gewissen zu haben scheint. Ich könnte das nicht." Interessiert hörte Lola ihren Ausführungen zu. „Versteh mich nicht falsch, wenn es ihr gut tut, dann ist das eine schöne Sache, aber was ist mit den Kindern, die in der Zeit auf sie verzichten müssen? Was ist mit ihrem Mann, der ganz offensichtlich nicht so begeistert ist über ihre Abwesenheit?"

Lola schwieg eine ganze Weile nachdenklich und Nina hatte schon Sorge, sie hätte etwas Falsches gesagt, doch schließlich begann sie mit leiser Stimme zu sprechen. „Aria wäre vor ein paar Jahren tatsächlich beinahe gestorben. Sie hatte sich die Zeit im Wochenbett, nach der Geburt ihres jüngsten Kindes nicht gegönnt. Es war eine schwere Geburt und sie hätte Ruhe gebraucht, stattdessen war ihr Mann wieder auf Reisen und ließ sie mit den Kindern zurück." Lolas Stimme klang traurig. „Die Ärzte haben mehrere Wochen um ihr Leben gekämpft, ihr Mann war nicht erreichbar und die Kinder auf sich allein gestellt." Nina zog überrascht die Luft ein. „Das Älteste, ein Mädchen, war damals gerade mal sechs Jahre alt, aber und das war das wirklich erstaunliche, sie hat es geschafft, sich um die wichtigsten Dinge zu kümmern und hielt ihrer Mutter so den Rücken frei um sich zu erholen."

Lola blieb stehen und legte ihre Hände auf einen großen, mit Moos bezogenen, Felsen, der neben ihr am

Wegesrand aufragte. „Aria wusste, sie würde nie wieder ganz die Alte werden, und die Ärzte hatten ihr ganz deutlich gesagt, dass eine weitere Schwangerschaft ihren sicheren Tod bedeuten würde." Nina schwieg betreten, während sie sich ein Stück entfernt von Lola gegen einen Baumstamm lehnte. „Sie versuchte ihrem Mann die Situation zu erklären, doch er zeigte damals wenig Verständnis. Da sie wusste, von ihrem Mann war keine Unterstützung zu erwarten, sie aber am Leben bleiben wollte, mehr noch, sie wollte die ihr verbleibende Zeit bewusst genießen, hat sie sich diese Hütte beschafft und dorthin zurück gezogen, wann immer sie es brauchte. Vorzugsweise eben auch dann, wenn im Monat die Zeit gekommen war, wo eine Schwangerschaft wahrscheinlich erschien." Nina dachte darüber nach. „Also geht sie ihrem Mann in der Empfängniszeit praktisch aus dem Weg?" Lola nickte bestätigend. „Am Anfang war es so, ja. Aber mit der Zeit spürte sie, wie sehr sie diese Freiheit für sich brauchte und genoss, wie viel Kraft sie daraus zog um dann wieder richtig anpacken zu können. Ihre Kinder haben sie von Anfang an unterstützt und irgendwann hat auch ihr Mann eingesehen, dass es für Aria und vor Allem für die ganze Familie das Beste war, wenn sie darauf achtete, dass es ihr gut ging."

Sie liefen schweigend weiter, jede in ihren eigenen Gedanken versunken. Schließlich seufzte Nina leise auf. „Sie ist sich also selbst genug wert, um sich gegen die Umstände, gegen ihren Mann und gegen das Geschwätz der Leute durchzusetzen und zu tun, was ihr gut tut, richtig?" Lola nickte lächelnd. „Glaub mir, das war für sie kein leichter Weg. Sie ist böse beschimpft worden, so ein Betragen gehört sich eigentlich nicht, für eine Frau ihres Standes, doch Aria ließ sich nicht beirren. Sie wird meist wie eine Aussätzige behandelt und von den anderen Weibern der Stadt gemieden, doch ihr ist es egal. Sie weiß einfach, dass sie das Richtige tut und hält daran fest." Nina dachte über Aria und ihre Einstellung nach. „Es hört sich so an, als wäre es ein ziemlicher Kampf für sie, woher nimmt sie die Kraft?" Lola zuckte mit den Schultern. „Wahrscheinlich genau aus der Zeit, die sie allein verbringt. Und ich glaube, sie hat verstanden, dass es ihr Leben ist, dass sie nur dieses Eine hat und dass Jeder seine Dinge so handhaben sollte, wie es für ihn richtig ist. Sie beurteilt Andere nicht, und lässt sich ganz einfach auch nicht für ihr Handeln beurteilen."

Wieder herrschte Stille zwischen ihnen, als sie weiter dem Weg folgten, der mittlerweile steinig und schroff geworden war. Der Wald wich mehr und mehr einer felsigen Landschaft und Nina blickte sich verwundert um. „Ist es noch weit bis zur nächsten Rast?" Lola schüttelte langsam den Kopf. „Nein, ich denke, wir werden den Wald bald hinter uns lassen und ein Stück in die Berge gehen." Nina blickte sie ungläubig an. „In die Berge?" Doch Lola lief wortlos weiter. „Verrückt", schoss es Nina durch den Kopf. Wo zum Himmel waren sie? In der Region in der sie lebte gab es keine Berge, das wusste sie ziemlich sicher. Dann dachte sie an die lange Wanderung durch den Wald, den es dort ja auch nicht gegeben hatte, zumindest soweit sie informiert war. Schließlich kam sie zu dem Schluss, dass sie nicht weiter darüber nachdenken sollte. In ihrer Heimat war sie jedenfalls nicht mehr, wenn sie das überhaupt gewesen war, seit sie das Ufer des Sees verlassen hatten. Wo genau sie sich befanden, konnte sie weder sagen, noch würde Lola es ihr verraten, also versuchte sie über etwas Anderes nach zu denken. Diese ganze Reise war sowieso das Seltsamste, was sie je erlebt hatte und in ihr keimte mehr und mehr der Verdacht auf, dass sie vielleicht gar nicht so genau wissen wollte, was hier wirklich vor sich ging. Wer wusste denn schon, ob nicht genau diese Unwissenheit den Zauber ausmachte, überlegte sie, wäre ja möglich, dass diese Information auch überhaupt nicht wichtig war, sondern es letztendlich auf das Ergebnis ankam.

Neugierig blickte sie sich um, bestaunte die großen und kleinen Felsen. Manche schienen glatt zu sein und glänzten beinahe in der matten Nachmittagssonne. Andere waren mit Moos und kleinen Pflanzen bewachsen, und ein paar hatten so viele Ecken und Kanten, dass Nina dem Drang wiederstehen musste, los zu laufen um auf ihnen herum zu klettern. Als hätte Lola ihre Gedanken mal wieder ungefragt aufgefangen, setzte sie, zu Ninas Überraschung, einen Fuß auf einen der Felsvorsprünge und schwang sich behände hinauf auf den gewaltigen Stein, den Nina gerade nachdenklich beäugt hatte. Mit wenigen Handgriffen hievte sie sich auf die Spitze des Felsens und setzte sich mit einem triumphierenden Grinsen rittlings darauf. „Komm, von hier oben hast du eine phantastische Aussicht", forderte sie Nina ausgelassen auf. Doch diese schüttelte den Kopf und wich einen Schritt zurück. Fragend blickte Lola zu ihr hinab. „Was ist los? Traust du dich nicht?" Ihre Stimme klang belustigt. „Bist du nicht schon ein bisschen zu alt um auf Steinen herum zu klettern?" gab Nina missmutig zurück. „Zu alt zum Klettern?" rief Lola erstaunt. „Wie kann man denn zu alt für ein bisschen Spaß und Ausgelassenheit sein?" Sie klopfte unbeirrt wieder neben sich auf den Felsen. „Nun komm schon hoch." Nina stand unschlüssig da und versuchte abzuwägen, ob die Kanten und Vorsprünge wohl breit genug seien, damit sie hochklettern konnte. Sie dachte an ihre kaputten Beine und war überrascht, dass sie überhaupt eine Kletterpartie in Erwägung zog. Das wäre vor ein paar Tagen noch undenkbar gewesen, da waren ein paar Meter Laufen schon eine Tortur, die sie nur Unwillig auf sich nahm. Und doch lief sie nun schon seit fast drei Tagen durch den Wald, ohne dass ihre Schmerzen sie groß beeinträchtigt hätten. Früher, als sie jünger gewesen war, da wären ihr kein Fels und kein Baum zu hoch gewesen, sie hätte im Null Komma Nix oben gesessen. Doch diese Zeiten schienen so furchtbar weit weg zu sein, dass sie beinahe so wirkten, als stammten sie aus einem anderen Leben.

Nina legte zögernd eine Hand auf einen der Felsvorsprünge, direkt über ihrem Kopf, dann setzte sie den linken Fuß auf eine der natürlichen Stufen. Langsam, beinahe wie in Zeitlupe zog sie sich hoch und setzte den anderen Fuß nach, ein Stückchen höher, als den Ersten. Suchend blickte sie nach oben, um Ausschau nach einem geeigneten Halt für ihre Hände zu finden. Lola beobachtete sie geduldig, sagte aber kein Wort, während Nina sich, leise ächzend, Stück für Stück nach oben hangelte. Ihrem Gesicht war deutlich anzusehen, dass der Aufstieg ihr Schmerzen bereitete und sie Mühe hatte, die

Kraft in den Beinen aufzubringen um sich abzustoßen, doch schließlich schwang sie sich, mit einem breiten Grinsen im Gesicht, neben Lola auf den kleinen Gipfel und atmete erleichtert auf. „Siehst du", sagte sie triumphierend, „ich bin nicht zu feige"! Lola lächelte bestätigend. „Ja, das sehe ich." Dann zeigte ihre Hand abwärts, „du weißt aber schon, dass du auch wieder runter musst?" Ninas Lächeln erstarb und Lola brach in schallendes Gelächter aus. „Lass dich nicht entmutigen, du bist hoch gekommen, da schaffst du es auch wieder runter." Beunruhigt war Ninas Blick ihrer Hand gefolgt, die geradewegs in die Tiefe deutete. „Ich habe Höhenangst", war das Einzige, was sie hervorbrachte. Lola sah sie überrascht von der Seite an. „Du hast ziemlich viele Ängste, oder?" Nina zuckte mit den Schultern. „Kann schon sein." Ihre Stimme klang ein bisschen kratzig und sie räusperte sich verlegen. „Angst an sich kann eine sinnvolle Sache sein, aber manchmal verdirbt sie einem auch ganz schön den Spaß", stellte Lola nachdenklich fest. Dann stand sie vorsichtig auf und setzte zum Sprung an. Nina hielt entsetzt den Atem an, als sie verstand, was ihre Gefährtin vorhatte. Mit einem beherzten Satz hatte Lola sich neben ihr vom Felsen abgestoßen und war eine Sekunde später auf einem breiten Vorsprung des benachbarten Steins gelandet. Sie drehte sich fröhlich um und strahlte Nina an. „Komm, versuch es. Wir können ein Stück auf den Felsen weiterklettern, dass macht Spaß und ist nicht so langweilig, wie die Wanderung am Boden." Nina schüttelte so heftig den Kopf, dass ihre langen Haare um sie herum flogen, als sei ein Windstoß durch sie hindurch gefahren. „Keine Chance".

Entschlossen stand sie auf und betrachtete nachdenklich die Felsvorsprünge unter sich, um den besten Rückweg auszuspähen. „Hier oben lang ist es einfacher und ein Stück weiter hinten sind die Felsen nicht mehr ganz so hoch, da wird der Abstieg leichter", gab Lola zu Bedenken und kletterte munter weiter. Je länger Nina in die Tiefe schaute, die sicher nur halb so bedrohlich war, wie sie momentan auf sie wirkte, desto unwohler begann sie sich zu fühlen. Ihr wurde schwindelig und sie ging eilig in die Knie. Frustriert schlug sie mit der Faust in die Luft, dann drehte sie sich in Lolas Richtung und sah mit Entsetzen, dass ihre Gefährtin schon zwei Felsen weiter geklettert war. Resigniert warf sie einen letzten Blick nach unten, dann nahm sie Anlauf, schloss die Augen und stieß sich mit aller Kraft, die sie aufbringen konnte, vom Felsen ab. Für einen kurzen Moment fühlte sie sich schwerelos, als würde sie fliegen, gerade noch rechtzeitig öffnete sie die Augen, bevor sie, ein bisschen ungelenk, auf dem Nachbarstein landete und wieder festen Boden unter den Füssen hatte. Sie schwankte kurz, dann griff sie beherzt nach einem der scharfkantigen Vorsprünge und machte sich daran, Lola hinterher zu krabbeln.

Nina spürte, wie ihr der Schweiß ausbrach und ihre Hände glitschig werden ließ. Sie kam nur quälend langsam voran und die körperliche Anstrengung ließ ihre Atmung stoßweise aus ihr hinausströmen. „Verdammt", schoss es ihr durch den Kopf, „ich sollte mehr Sport machen." Sie wischte sich eine Strähne, die sich in ihr Gesicht verirrt hatte, hinter das rechte Ohr und kletterte hochkonzentriert weiter. Zwischendurch hielt sie immer wieder nach Lola Ausschau die, scheinbar mühelos, vor ihr von Fels zu Fels sprang und sichtlich Spaß dabei zu haben schien. Schließlich ließ ihre Gefährtin sich auf einer Felsnase nieder und wartete, bis Nina sie eingeholt hatte. Völlig außer Puste und mit hochrotem Kopf sank sie neben Lola auf die Knie und blickte sich verzweifelt um. Wohin sie auch schaute, sie sah nur weitere Gesteinsbrocken, die sich in der sinkenden Nachmittagssonne aufzutürmen schienen. Rechts unter ihnen lag der Weg dem sie, seit ihrem Aufbruch aus Arias Hütte, gefolgt waren. Links standen vereinzelt Bäume, die letzten Ausläufer des Waldes, der nun weit hinter ihnen lag. „Du bist zu verbissen." Lolas Stimme holte sie zurück in die Realität. Ohne eine Antwort abzuwarten, sprach sie weiter. „Es wäre viel weniger anstrengend, wenn du ein bisschen locker lässt und nicht so sehr über die Gefahren nachdenkst. Es kann unglaublich befreiend sein und Spaß machen, aber bei dir sieht es nach einer Höllenqual aus, wie du dich hier durcharbeitest." Nina spürte Ärger in sich aufsteigen. „Es ist eine Höllenqual", fuhr sie Lola an. „Ich habe Schmerzen und ich sagte doch, ich habe Höhenangst." Ihre Gefährtin nickte bestätigend. „Ja, das sagtest du bereits. Und wenn du dir das weiterhin schön vorbetest, wie ein Mantra, dann wird dich sicherlich irgendwann ganz der Mut verlassen und du wirst entweder aufgeben und keinen Schritt weiter können, oder abstürzen." Nina zuckte erschrocken zusammen. „Sieh mal, auch hier könnte eine veränderte Perspektive helfen." Lola legte ihr freundschaftlich eine Hand auf die Schulter, ihre andere Hand zeigte auf den Weg, der hinter ihnen lag. Unwillig drehte Nina ihren Kopf in die angedeutete Richtung. „Diese ganzen Felsen hast du bereits bezwungen, und das ohne, dass irgendwas Schlimmes passiert wäre. Mag sein, dass es anstrengend für dich war, dennoch hast du es geschafft." Nachdenklich neigte Nina den Kopf zur Seite und betrachtete die Strecke, die hinter ihr lag. „Nun schau nach vorne, dort liegt der Weg, den wir noch gehen werden. Findest du, er sieht in irgendeiner Weise bedrohlicher aus, als das Stück, von dem wir kommen?" Nina schüttelte den Kopf. Im Gegenteil, die Felsen wurden langsam niedriger und die Vorsprünge breiter. „Wenn also bisher keine Katastrophe eingetreten ist, warum machst du dir dann weiterhin Gedanken darüber, was alles passieren könnte? Du hast ein großes Stück geschafft, es gibt keinen Grund, warum der Rest des Weges nicht auch klappen sollte." Lola erhob sich und zog Nina mit sich hoch. „Vorsicht ist gut, aber manchmal konzentrieren wir uns so sehr auf Dinge, die sein könnten, dass wir blind sind für Dinge, die tatsächlich sind." Sie trat auf einen kleinen Vorsprung und lächelte aufmunternd. „Genieß doch einfach das dein Körper offensichtlich so viel stärker ist als du ihm zugetraut hast. Er bringt dich sicher bis ans Ende dieses Weges, im Gegensatz zu dir hat er nämlich einen sehr ausgeprägten Willen zu leben und es scheint ihm gut zu tun, dass du ihn nicht ständig ausbremst." Mit diesem Satz ließ sie Nina einfach stehen und kletterte mühelos weiter, während ihre Gefährtin mit offenem Mund hinter ihr her starrte.

Der Ärger war verflogen, doch Lolas Worte nagten an ihr, als Nina sich erhob und Stück für Stück weiterkletterte. Wie hatte Lola das gemeint, dass ihr Körper leben wollte und sie ihn ausbremsen würde? Er war doch Derjenige, der ihr ständig Steine in den Weg legte, ihr mit seiner Unvollkommenheit und eingeschränkten Funktion immer wieder den Spaß verdarb. Missmutig erklomm sie die Spitze des nächsten Felsens. Sie hatte früher gerne Sport gemacht, vor Allem getanzt. Das war ihr schon seit Jahren nicht mehr möglich, wie so viele andere Dinge auch, also wer behinderte hier wen? In Gedanken versunken kletterte sie weiter und wäre beinahe mit Lola zusammen gestoßen, die plötzlich, wie aus dem Nichts vor ihr auftauchte. „Schau mal dort", rief sie gutgelaunt und Nina folgte ihrem Blick. In weiter Ferne hangelte sich eine Feuersäule hoch in den Himmel empor. „Das ist unser nächstes Ziel", erklärte Lola und lachte freudig auf. „Wenn wir uns ein bisschen beeilen, werden wir noch vor der Dunkelheit dort sein." Nina nickte ergeben, wo immer auch dort war, sie wusste, Lola würde wie immer Nichts verraten.

Hintereinander kletterten sie die immer breiter werdenden Felsenkämme entlang, die sich Stück für Stück dem Boden zu nähern schienen. Lola hatte nicht zu viel versprochen, je weiter sie kamen, desto niedriger wurde der Weg nach unten. Erleichtert atmete Nina auf und erklomm mühelos eine weitere Spitze. Schließlich konnte sie problemlos von Stein zu Stein springen. Die hohen Felsen lagen hinter ihnen und waren großen Steinbrocken gewichen. Lola war ihr ein ganzes Stück voraus und Nina folgte ihr eilig. Schließlich blieben sie auf einem großen flachen Stein stehen, der vielleicht fünfzig Zentimeter aus dem Boden herausragte und Lola grinste sie spitzbübisch an. „Und, bereit für den Abstieg?" Nina lachte und schielte hinunter auf den breiten Weg der, in der aufziehenden Dämmerung, nur noch unklar zu erkennen war. „Ich weiß nicht, sieht ganz schön hoch aus, bist du sicher, dass wir heil unten ankommen werden?" Lola packte beherzt ihre Hand und sprang. Nina konnte gar nicht anders als ihr zu folgen. „Finden wir es raus."

Lachend landeten beide sicher auf den Füssen und Nina drehte sich um. Nachdenklich betrachtete sie den felsigen Weg, den sie gekommen waren. Es erschien ihr unglaublich, dass sie es tatsächlich geschafft hatte und das, ohne sich sämtliche Knochen zu brechen. „Geht es dir gut"? Lola betrachtete sie aufmerksam und lächelte erleichtert auf, als Nina bestätigend nickte. „Ich denke schon. Ich kann es nicht fassen, dass ich diese Kletterpartie gemeistert habe und beginne mich zu fragen, was noch Alles möglich wäre." Sie seufzte leise. „Vielleicht hast du Recht und ich blockiere mich selbst hin und wieder, ein bisschen mehr Lebensfreude würde mir wahrscheinlich gut tun." Lola zog sie überschwänglich in die Arme. Doch bevor sie etwas sagen konnte, fuhr Nina fort. „Weißt du, es ist lange her, dass ich mich irgendwie glücklich gefühlt habe oder wirklich Spaß an etwas hatte." Sie stockte um tief Luft zu holen. „Liebeskummer kann einen erdrücken", stellte sie trocken fest. Lola ließ sie überrascht los, schwieg aber um Ninas Gedanken nicht zu unterbrechen, jetzt wo sie offensichtlich im Begriff war, etwas von sich Preis zu geben. „Mir fällt es nach wie vor schwer, überhaupt etwas anderes als Schmerz zu empfinden, es fühlt sich an wie gelähmt sein, als ob meine Gefühle im Nebel gefangen wären, nur der Schmerz, der ist immer da." Bekümmert drehte sie das Gesicht weg und trat mit dem Fuß gegen einen kleinen Stein, der vor ihr auf dem Boden lag. „Die Liebe hat so viel Kraft, im einen Moment kann sie dir unglaubliche Stärke und Auftrieb verleihen, aber wenn sie vorbei ist, dann reißt sie Dich in die Tiefe und du kannst Nichts dagegen machen." Sie hatten sich in Bewegung gesetzt, mit langsamen Schritten gingen sie vorwärts, unaufhaltsam auf die Feuersäule zu, die sich jetzt wild und scheinbar ungezügelt in den, schwärzer werdenden, Nachthimmel empor schlängelte. „Ich weiß, es sollte im Leben mehr geben, als nur die Liebe", fuhr Nina leise fort. „Aber wenn du wie ich, glaubst eine verlorene Seele zu sein, dann gibt es nichts Bedeutenderes, als das Gefühl, endlich einen Platz, ein Zuhause gefunden zu haben. Endlich einen Menschen, dem man all das, was man in sich trägt, geben darf und auch selbst etwas empfängt." Lola nickte verstehend. „Ich kann mir vorstellen, dass dies ein sehr einnehmendes und berauschendes Gefühl ist." Nina lächelte traurig. „Ja, aber genauso zerstörerisch ist es, wenn es plötzlich nicht mehr da ist." Sie blickte nachdenklich in das Feuer, das immer näher kam und ihre Augen glänzten feucht. „Ich glaube, es ist falsch zu sagen, dass ich vorher das blühende Leben war und vor Lebensfreude hätte platzen können", sie lachte freudlos auf. „Aber ich würde trotzdem behaupten, dass der Verlust dieser Liebe mir den letzten Funken, den ich mir in all den Jahren vorher bewahrt habe, ausgelöscht hat. Und ich ertrage noch immer keinen Gedanken daran, weil der Schmerz mir die Luft zum Atmen nimmt."

Lola schlang ihr tröstend einen Arm um die Hüfte. „Ich denke, ich verstehe was du meinst, auch wenn ich es nicht wirklich nachvollziehen kann." Sie drückte Nina kurz an sich. „Wir werden sehen, ob wir zu gegebener Zeit auch in diesem Bereich Abhilfe schaffen oder diesen Schmerz zumindest ein bisschen mildern können, ok?" Nina nickte dankbar und deutete vor Ihnen in die Dunkelheit. „Hörst du das?" Sie lauschte aufmerksam und Lola lachte leise auf. „Ich denke, was die Lebensfreude angeht, wirst du heute ein sehr gutes Beispiel bekommen." Sie beschleunigte ihre Schritte und Nina hatte Mühe ihr zu folgen. Schließlich verfielen die Frauen in einen Dauerlauf, der abrupt endete, als sie eine kleine Felsformation umrundeten und vor einem, leuchtend bunten Zelt zum Stehen kamen. Überrascht keuchte Nina auf und blickte sich mit großen Augen um. Wohin sie auch schaute, überall standen größere und kleinere bunte Zelte, wie Jenes, in das sie gerade beinahe reingerannt wären. Sie schienen keiner besonderen Ordnung zu folgen, aber mittendrin, auf einem großen, sandigen Platz, brannte das gewaltigste Lagerfeuer, dass sie je gesehen hatte. Überall liefen geschäftig Menschen umher, gehüllt in bunte Gewänder. Ihre dunkle Haut und die dunklen Haare hoben sich deutlich von den leuchtenden Farben ab. „Willkommen in einem der größten Zigeunerlager dieser Zeit." Lola lachte begeistert auf. „Sie mögen es eigentlich nicht, wenn man sie Zigeuner nennt", flüsterte sie Nina verschwörerisch zu. „Sie sehen sich selbst eher als Wanderer, die frei und ungezwungen dorthin gehen, wo es ihnen am Schönsten erscheint. Aber für die Menschen die dieses Leben nicht verstehen, werden sie immer Zigeuner bleiben." Eine großgewachsene, junge Frau hatte sie bemerkt und war überrascht stehengeblieben. Ihre langen pechschwarzen Haare fielen ihr, in wilden Locken, weit den Rücken hinab und ihr leuchtend rotes Kleid reichte bis auf den Boden. Um die Hüfte hatte sie ein dunkelgrünes Tuch gebunden und in ihren Ohrläppchen baumelten riesige goldene Ringe. „Lola"! rief sie überrascht im Näherkommen und die Freude war unverkennbar heraus zu hören.

Kapitel 7

Lola breitete überschwänglich die Arme aus und ging der unbekannten Frau entgegen. „Leva, meine Liebe. Du kannst dir nicht vorstellen, wie sehr ich mich auf dieses Treffen gefreut habe." Die Frauen fielen sich in die Arme. Leva lachte erfreut auf und betrachtete zuerst Lola und dann Nina aufmerksam. Ihre dunklen Augen glänzten im Schein des Feuers und sie enthüllte ein paar erstaunlich weiße Zähne, als sich ihr Mund zu einem breiten Lächeln verzog. „Seid willkommen, ihr seid genau richtig zum Essen." Zufrieden nickte Lola und Leva bedeutete ihnen, ihr zu folgen. Geschickt lotste sie ihre Gäste durch das Gewusel, vorbei an den vielen bunten Zelten, auf die andere Seite des gewaltigen Lagerfeuers. Sie deutete auf einen alten Baumstamm, der wohl als Sitzbank diente und dankbar ließen die beiden Frauen sich darauf nieder. Neugierig schaute Nina sich um und beobachtete, wie die Männer, Frauen und Kinder geschäftig hin und her liefen. Einige trugen Platten mit

Fleisch und dampfendem Gemüse und luden alles auf einem großen, aus verschiedenen Brettern zusammen gezimmerten, Tisch ab. Andere brachten Holznachschub für das Feuer, wieder andere trugen Teller und Schüsseln und stellten diese zu den Lebensmitteln. Nina wusste gar nicht, wo sie zuerst hinschauen sollte, es gab so viel zu sehen und ihr wurde, nach der tagelangen Wanderung durch den stillen Wald, beinahe schwindelig, von so viel Trubel um sich herum. Sie schloss kurz die Augen und versuchte sich auf das Gespräch zu konzentrieren, in das Lola und Leva vertieft waren. „Und nun sind wir schon eine Weile unterwegs", hörte sie Lola gerade sagen. Unauffällig drehte sie ihren Kopf ein Stück zur Seite um die beiden Frauen zu beobachten. Lola hatte ihren Rucksack zwischen ihren Füssen abgestellt und stützte beide Arme auf ihren Knien ab, den Blick nachdenklich in das Feuer gerichtet. Leva saß entspannt neben ihr und wirkte anmutig wie eine Katze, ihre leicht zusammen gekniffenen Augen verstärkten diesen Eindruck noch. Fasziniert betrachtete Nina die Zigeunerin, die ein bisschen jünger als sie selbst zu sein schien. „Sie ist wunderschön," fuhr es ihr durch den Kopf, als Leva ihre Lippen nachdenklich kräuselte. „Was ist das Ziel eurer Reise?" fragte sie an Lola gewandt. Diese legte den Kopf schief und lächelte vielsagend. „Nina ist auf der Suche nach ein paar neuen Impulsen, die ihre Perspektiven verändern könnten." Leva nickte verstehend und Nina fragte sich, ob dem tatsächlich so war. Für sie hatte diese Antwort sich sehr vage angehört und irgendwie Nichts sagend. Trotzdem war sie Lola dankbar, dass sie ihr die Peinlichkeit erspart hatte, wieder von den verlorenen Seelen anzufangen.

Der Platz um sie herum füllte sich langsam, überall ließen sich Menschen mit gefüllten Schalen oder Tellern nieder und begannen ihr Mahl, während sie sich angeregt unterhielten. Hier und da ertönte schallendes Gelächter, die Stimmung schien ausgelassen zu sein. „Kommt, holen wir uns auch etwas zu Essen." Leva stand auf, führte sie zu dem reich gedeckten Tisch und drückte ihnen Teller in die Hand. „Nehmt worauf ihr Appetit habt. Wie ihr seht, ist mehr als Genug für Alle da." Nina beugte sich neugierig vor und beäugte hungrig die verschiedenen Speisen. Sie entschied sich für ein Stück saftiges Fleisch, das in der Mitte noch ganz leicht rosa glänzte und für verschiedenes Gemüse, welches ihr vage bekannt vorkam. Es war dunkel vom Feuer und verströmte einen angenehm rauchigen Duft. Am liebsten hätte sie sich sofort auf ihren Teller gestürzt, doch ihr Anstand verbat ihr dies, trotz dem unüberhörbaren Knurren ihres Magens. So wartete sie ab, bis sie wieder auf dem Baumstamm saß und langte dann kräftig zu. Das Fleisch war zart und würzig, das Gemüse noch knackig und der köstliche Duft hatte nicht zu viel versprochen. Sie hatte das Gefühl, niemals etwas so schmackhaftes Gegessen zu haben.

„Es scheint, als seist du ziemlich ausgehungert. Es freut mich zu sehen, dass es dir so gut schmeckt." Leva hatte neben ihr Platz genommen und betrachtete sie freundlich. Mit vollen Backen versuchte Nina ein Grinsen zustande zu bringen. „Es ist sehr lecker", nuschelte sie und blickte auf ihren beinahe geleerten Teller. Leva nickte amüsiert. „Ja, wir haben ein paar wahre Meister unter uns, wenn es um das zubereiten der Speisen geht." Auch sie betrachtete Ninas leeres Geschirr und hob fragend die Augenbraue. „Hast du noch Hunger?" Nina schüttelte eilig den Kopf. „Nein, vielen Dank, es war himmlisch, aber ich bin voll bis oben hin." Da griff Leva nach ihrem Teller, stellte ihn auf ihren eigenen und erhob sich. Jede ihrer Bewegungen wirkte geschmeidig und Nina beäugte sie ein wenig neidisch. Sie war eine jener Frauen, in deren Gegenwart, man sich selbst unweigerlich klein, ungeschickt und plump vorkam, ob man wollte oder nicht. Trotzdem strahlte die Zigeunerin eine Natürlichkeit und Wärme aus, dass Nina sich wohl mit ihr fühlte und begierig darauf war, mehr über sie zu erfahren. „Ich bin gleich zurück", Leva deutete mit dem Kopf auf einen großen Berg an dreckigem Geschirr, der sich neben der Essenstafel auftürmte. Nina rutschte unbehaglich auf ihrem Platz hin und her. Das sah nach jeder Menge Arbeit aus und sie bekam ein schlechtes Gewissen, dass sie sich nur zu setzen und zu essen brauchte, während jemand anderes diese Berge an Geschirr reinigen musste. Unschlüssig, ob sie vielleicht ihre Hilfe anbieten sollte, drehte sie sich nach Lola um, doch die war in ein angeregtes Gespräch mit ein paar Männern, verschiedenen Alters, vertieft und schien sich, ihrem Gesichtsausdruck nach zu urteilen, prächtig zu amüsieren. Sie ließ ihren Blick über den Platz schweifen, überall saßen oder standen die Menschen in kleinen Gruppen zusammen, nur sie selbst saß allein und wusste nicht so recht was sie tun sollte. Schließlich kramte sie in ihrer Tasche herum, nur um beschäftigt auszusehen und nicht so verdammt verloren zu wirken, wie sie sich fühlte. Ihre Hände umschlossen das weiche Leder des Buches, das Lola ihr am Anfang der Reise ausgehändigt hatte. Sie hätte fast vergessen, dass sie es mit sich herum trug und beschloss einen Blick hinein zu werfen. „Besser als gar Nichts zu tun", murmelte sie leise vor sich hin. Sie öffnete den Buchdeckel, aber wie erwartet war die erste Seite noch immer leer, ebenso, wie die folgenden Seiten. Dann entdeckte sie den Eintrag, der vor ein paar Tagen wie von Geisterhand, plötzlich auf einer der Seiten aufgetaucht war. Nachdenklich betrachtete sie die geschwungenen Worte und dachte an die erste Station ihrer Reise zurück. Maggis Gesang und Harold liebevoller Blick, als er sie betrachtete, kamen ihr als Erstes in den Sinn. Dieses Treffen erschien ihr schon so lange her, dabei waren es erst ein paar Tage. Die Zeit schien auf dieser Reise irgendwie keine Rolle zu spielen,. Alles was sie erlebt hatte, fühlte sich gleichzeitig so an, als sei es schon Jahre her, aber dann auch wieder als sei es erst der letzte Moment gewesen.

Gedankenversunken blätterte sie ein paar Seiten weiter und keuchte überrascht auf. Vor ihren Augen erschien ein zweiter Eintrag, diesmal in leuchten blauen Lettern, doch die Handschrift war unverkennbar dieselbe.

Einzig Du selbst solltest Deinen Wert erkennen und gut darauf achten, ihn nicht zu verschwenden – Erwarte dies nicht von Anderen, sie können nur erahnen, wozu du imstande bist

Ihre Augen wanderten von Wort zu Wort und versuchten den tieferen Sinn dahinter zu begreifen. Sie erkannte sehr wohl, dass es um Selbstwert ging, aber irgendetwas in ihr sträubte sich, die Wahrheit darin anzuerkennen. Nachdenklich legte sie den Kopf in den Nacken und schloss für einen kurzen Moment die Augen. Klar, nur sie selbst wusste, wer sie wirklich war und was sie imstande war zu tun, theoretisch gesehen zumindest. Denn in Wirklichkeit, hatte sie sich oft genug selbst unterschätzt, das hatte sie vor wenigen Stunden wieder einmal eindrucksvoll bewiesen, als sie sich vor Angst fast in die Hose gemacht hätte, weil sie auf ein paar Felsen herumgeklettert war. Sie hatte sich immer darauf verlassen, was Andere ihr für ein Feedback gegeben hatten. Auf ihre innere Stimme zu hören hatte sie stets vermieden. Zu groß war die Angst gewesen, sich selbst zu überschätzen oder noch schlimmer, zu enttäuschen. Frustriert schüttelte sie den Kopf und blickte wieder auf das kleine Buch in ihren Händen. Dieser Eintrag machte zwar Sinn, aber irgendwie hatte sie Schwierigkeiten, diese Einsicht als Wahrheit anzuerkennen.

„Was liest du da?" Levas Stimme riss sie aus den Gedanken und einem plötzlichen Impuls heraus folgend, schlug sie das Buch eilig zu und drückte es an ihren Bauch. Die Zigeunerin hatte sich wieder neben sie auf den Baumstamm gesetzt und blickte, mit einer seltsamen Mischung aus Entsetzen und Überraschung, auf den Gegenstand in ihren Händen. Schließlich hob sie den Blick und sah Nina direkt in die Augen. „Woher hast du dieses Buch?" Ihre Stimme klang leicht heiser, als koste es sie einiges an Überwindung, die Ruhe zu bewahren.

Nina strich verunsichert über den Einband. „Lola hat es mir gegeben, als wir zu dieser Reise aufbrachen." Levas Blick kehrte zurück zu dem Buch, fahrig leckte sie sich über die Lippen, während sie den Gegenstand anstarrte, als könnte sie so erfahren, was er vor ihren Augen verbarg. Nina fühlte sich zunehmend unwohl. „Was hast du denn?" Ihre Stimme bebte leicht. Leva zuckte zusammen, es schien sie Mühe zu kosten, sich von dem Buch los zu reißen. „Weißt du, was du da in den Händen hältst?" Nina schüttelte zaghaft den Kopf. „Hat es Dir schon eine Weisheit offenbart?" Die Stimme der Zigeunerin war nur ein atemloses Flüstern und Nina spürte, wie langsam aber sicher Angst in ihr hochkroch. Unschlüssig ob sie wahrheitsgemäß antworten sollte, schaute sie sich nach Lola um, in der Hoffnung, sie würde ihr zu Hilfe kommen, doch ihre Gefährtin hatte sich unter die Menschen gemischt und schien wie vom Erdboden verschwunden. „Zuerst war es leer, aber inzwischen ist es das nicht mehr." Nina versuchte ihre Antwort so vage wie möglich zu halten, eine Stimme in ihrem Inneren mahnte sie zur Vorsicht. „Gut so." Leva legte den Kopf schief und starrte erleichtert ins Feuer, ihre Anspannung schien sich zu legen. „Dann ist es also dein eigenes Buch, das ist gut. Ungewöhnlich, aber gut." Sie schnalzte leise mit der Zunge. „Es ist das sogenannte Buch der Einsichten. Jede Seele hat ihr eigenes Buch. Nur sie selbst in der Lage, Einträge vorzunehmen, keinem anderen Wesen ist dies möglich, so kann die Wahrheit auf diesen Seiten nicht verfälscht werden und ist für immer sicher verwahrt." Neugierig blickte sie Nina in die Augen. „Normalerweise darf das Buch der Einsichten nicht in diese Welt gebracht werden. Jedes dieser Bücher hat seinen Platz in der ewigen Welt der Seelen und immer wenn man ein Leben beendet hat, kann man die Einsichten, die man für sich gewonnen hat, darin festhalten um sie niemals wieder zu vergessen." Nina hörte mit offenem Mund zu und vergaß vor Überraschung beinahe zu atmen. „Aber, ich habe keinen der Einträge dort hineingeschrieben", beeilte sie sich zu erklären. „Sie sind plötzlich aufgetaucht, ich habe sie immer erst hinterher entdeckt." Leva lachte leise auf. „Glaub mir, wenn sich die Einsichten zeigen, stammen sie aus deiner Feder. Du musst dich nur an sie erinnern, dann tauchen sie wieder auf. So sind sie vor fremden Augen gut geschützt. Diese Bücher haben eine ganz eigene Magie." Nachdenklich drückte Nina das Buch an ihre Brust und strich sich mit der freien Hand über die müden Augen. „Du willst mir also sagen, dies sei das Buch der Erkenntnisse meiner Seele und all die Dinge, die dort stehen, habe ich selbst, in einem anderen Leben, hinein geschrieben?" Sie hätte beinahe angefangen laut los zu lachen, als Leva bestätigend nickte. Doch sie hielt inne, war das wirklich so viel absurder, als der Rest dieser Reise? Sie horchte in sich hinein, versuchte der Stimme in ihrem Kopf auf den Grund zu gehen. Immerhin schien die letzten Tage so einiges an Phantastischem um sie herum zu passieren, mehr noch, sie schien mittendrin und ein Teil davon zu sein. Warum also sollte dieses Buch nicht ihr eigenes Buch der Einsichten sein? War das vielleicht sogar der Sinn dieser Reise, zu der Lola sie überredet hatte? Sich an ihre alten Erfahrungen zu erinnern und dieses Wissen in ihrem jetzigen Leben zu nutzen? Je länger Nina darüber nachdachte, desto mehr Sinn machte es, aber gleichzeitig kam es ihr auch immer unglaubwürdiger vor.

Ein lautes Klatschen ließ sie aus ihren Überlegungen aufschrecken. Im nächsten Augenblick begannen die Menschen um sie herum alle zu klatschen und stimmten ein fröhliches Zigeunerlied an. Irritiert blickte sie sich um. Leva saß noch immer neben ihr, und überblickte den Platz voller singender und mittlerweile sogar tanzender Menschen mit einem begeisterten Lächeln. „Endlich, es ist Zeit zu feiern", wandte sie sich an Nina, die ungläubig den Kopf drehte und die ausgelassenen Menschen anstarrte. „Was gibt es denn zu feiern?" Sie musste beinahe schreien, um den Gesang und die mittlerweile hervorgeholten Musikinstrumente, die die Tanzenden mit übermütigen Klängen begleiteten, zu übertönen. „Das Leben"! schrie Leva zurück und begann nun ebenfalls ausgelassen in die Hände zu klatschen, während ihre Füße im Takt zu wippen begannen. „Aha", mehr brachte Nina nicht heraus und wich erschrocken zurück, als ein junger Mann ihr beinahe auf die Füße getreten wäre. Er hielt die Augen geschlossen, sang aus Leibeskräften den Refrain mit und hüpfte mit einem breiten Grinsen durch die Menge. „Es gibt immer einen Grund zu feiern", setzte Leva nach und bedachte Nina mit einem fröhlichen Lachen. Nina schüttelte zögerlich den Kopf. „Nicht für mich", sagte sie leise und blickte sich weiter um. Plötzlich blieben ihre Augen an einer Person hängen und sie schnappte überrascht nach Luft. Ein Stück von ihnen entfernt, sprang Lola soeben ausgelassen in die Höhe, hängte sich dann bei einem drahtigen, etwas älteren Mann am Arm ein und sie drehten sich laut lachend um die eigene Achse. Leva war ihrem Blick gefolgt und stupste sie leicht in die Seite. „Lola versteht was vom Feiern", sie lachte leise. „Komm schon, pack Dein Buch gut weg", sie deutete mit einem spitzen Finger auf den Gegenstand, den Nina noch immer an ihre Brust gedrückt hielt. „Und dann lass uns auch Tanzen." Sie erhob sich und streckte Nina eine Hand entgegen, doch diese schüttelte entsetzt den Kopf und wich vor ihr zurück. „Auf gar keinen Fall", entgegnete sie bestimmt. Leva blickte sie ungeduldig an. „Ein bisschen Spaß wird dir gut tun und du möchtest doch sicher nicht die Einzige sein, die an diesem Abend keinen Anlass zum Feiern findet, oder?"

Doch Nina ließ sich nicht überzeugen, sie schüttelte immer wieder den Kopf und gab Leva eindeutig zu verstehen, dass sie nicht im Geringsten daran dachte, hier durch den Sand zu hüpfen. Achselzuckend wandte die Zigeunerin sich schließlich ab und war einen Augenblick später in der Menge verschwunden. Beinahe bereute Nina ihren Entschluss, hier in Gesellschaft zu sitzen war eindeutig angenehmer gewesen. Doch von den ausgelassen feiernden Menschen schien niemand Notiz von ihr zu nehmen und sie wandte ihre Aufmerksamkeit wieder dem Buch zu. Nachdenklich betrachtete sie es von allen Seiten, befühlte es aufmerksam, roch sogar kurz daran, es verströmte keinerlei Geruch, und wog es sacht in der Hand. Was, wenn Leva recht hatte und es tatsächlich das Buch der Einsichten ihrer Seele wäre? „Verrückt", schoss es ihr durch den Kopf. Wer wusste, wie alt dieses Buch dann wäre und was ihr noch viel mehr zusetzte, war der

Gedanke daran, wie viele Leben sie wohl gehabt hatte, um es mit Einsichten füllen zu können? Das Buch hatte ihr erst zwei Weisheiten offenbart, doch sie war überzeugt, dass es bis zum Ende dieser Reise noch ein paar mehr werden würden.

„Bist du wirklich sicher, dass du den ganzen Abend hier über deinem Buch grübeln möchtest, statt mit uns zu feiern?" Leva war neben ihr aufgetaucht und ließ sich gut gelaunt und ziemlich außer Atem auf den Holzstamm fallen. Ihre Augen glänzten und ihre Wangen waren leicht gerötet. Nina stopfte das Buch eilig in ihre Tasche und faltete die Hände auf dem Schoss. „Ich habe keinen Grund zu feiern und erst Recht nicht zu tanzen", erwiderte sie trotzig. Leva schaute sie überrascht an. „Ich werde nie verstehen, warum man einen Grund suchen muss um Feiern zu wollen." Sie warf die Haare zurück und blickte sehnsüchtig auf ihre tanzende Verwandtschaft und Freunde. „Das Leben an sich sollte doch nun wirklich Grund genug sein!" Nina rutschte unbehaglich auf ihrem Sitzplatz hin und her. „Nicht, wenn du so viel Schmerz in dir trägst, dass es Dir die Luft zum Atmen nimmt." Sie bemerkte den fragenden Blick von Leva und wandte sich eilig ab. „Abgesehen davon, sind meine Beine kaputt und ich kann nicht mehr tanzen." Sie hatte das Gefühl gehabt, noch eine bessere Erklärung liefern zu müssen, eine, die bekräftigen würde, dass es ihr vollkommen unmöglich war, sich an diesem Amüsement zu beteiligen. Levas Augen wanderten an ihrem Körper hinab und blieben an ihren Beinen hängen. „Sie sehen nicht so kaputt aus, dass du dich nicht bewegen könntest", stellte sie trocken fest. „Und soweit ich das verstanden habe, begleitest du Lola auf ihrer Wanderung, also scheinen sie doch ganz gut zu funktionieren." Genervt schob Nina das Kinn vor „Nein tun sie nicht, sie sind kaputt und ich habe Schmerzen." Warum konnte Leva sie nicht einfach in Ruhe lassen? Doch die dachte offensichtlich gar nicht daran. „Komm mal mit." Ohne eine Antwort abzuwarten war sie aufgestanden und schlug den Weg am Rande des Platzes ein, steuerte direkt auf ein kleines buntes Zelt zu, das sich zwischen zwei große, ausladende Zelte zu kauern schien. Widerwillig folgte Nina ihr mit einigem Abstand. Als sie kurz hinter Leva das Zelt betrat, blieb sie überrascht stehen, es war geräumiger und gemütlicher, als es den Anschein gehabt hatte. Über die Hälfte des, mit Stroh bedeckten Bodens, nahm eine gemütliche Schlafstätte ein, auf der sich die verschiedensten Kissen und Decken türmten. Am liebsten hätte Nina sich sofort dort hinein vergraben und sich eines dieser Kissen über die Ohren gezogen. Der Duft einer Kräutermischung, die in einer kleinen Schale vor sich hin räucherte, verströmte eine heimelige Atmosphäre und Nina fühlte sich sofort wohl und geborgen, froh dem bunten Treiben auf dem Platz endlich entkommen zu sein.

Leva stand neben dem Eingang, verschloss ihn sorgfältig wieder, nachdem Nina ihr Reich betreten hatte und beobachtete, wie ihr Gast sich neugierig umschaute. Schließlich drehte Nina sich unschlüssig zu ihr um. „Und was jetzt?" Ihre Stimme zitterte leicht, ließ keinen Zweifel an ihrer Unsicherheit. Leva sah sie ernst an. „Ich dachte mir schon, dass es dir wahrscheinlich nicht gut geht, sonst hätte Lola dich nicht mit auf eine Reise genommen. Das ist, was sie tut, sie hilft bestimmten Seelen, ihr Gleichgewicht wieder zu finden, aber das wird sie dir sicher eines Tages näher erläutern." Ihre Stimme war nur ein leises Flüstern, aus halbgeschlossenen Augenlidern betrachtete sie die Frau, die mitten in ihrem Zelt stand und verloren die Schultern hängen ließ. „Du bist lange genug mit Lola unterwegs, um zu wissen, dass sie ihre Ziele nicht grundlos aussucht, also hat es auch einen bestimmten Grund, warum sie dich zu uns gebracht hat." Überrascht zuckte Nina hoch, darüber hatte sie sich noch überhaupt keine Gedanken gemacht, musste sie sich eingestehen. „Ich bin nicht sicher, was sie sich erhofft hat, was wir zu deinem Weg beitragen könnten, aber ich habe so eine Ahnung, dass es mit unserer Art, den Tag zu beenden zu tun haben könnte." Sie deutete über ihre Schulter hinweg auf die Menschen, die durch die Zeltwand schemenhaft zu erkennen waren. Nina senkte betreten den Kopf. „Aber, ich könnte mir noch einen anderen Grund vorstellen", setzte Leva an und trat einen Schritt näher. Nina zuckte beinahe unmerklich zurück. „Du sagst, deine Beine seien kaputt und es wäre dir vollkommen unmöglich zu tanzen." Nina beeilte sich, bestätigend zu nicken. Froh, dass zumindest diese Begründung offensichtlich angenommen worden war. Doch zu ihrer Überraschung, begann Leva ihren ausladenden Rocksaum in die Höhe zu ziehen. Ihr Blick lag auf Nina, sie schien die Ruhe in Person zu sein. Ganz im Gegensatz zu Nina, die sich verlegen über die Lippen leckte und gleichzeitig ihre Fluchtmöglichkeiten abzuschätzen versuchte, während sie fieberhaft überlegte, wie sie die Verführungskünste der Zigeunerin abwehren konnte, ohne sie allzu sehr vor den Kopf zu stoßen. Als hätte Leva ihre Gedanken gelesen, begann sie heiser zu lachen. „Keine Sorge, ich möchte dich nicht bitten, heute Nacht meine Gespielin zu sein." Nina spürte, wie ihr das Blut ins Gesicht schoss und ihre Ohren heiß wurden. „Ich möchte nur, dass du mich anschaust." Zögernd und sichtlich verlegen schielte Nina in das Gesicht der Zigeunerin, die sie belustigt angrinste. „Man könnte meinen, du hättest dein Lager noch nie mit Jemandem geteilt, so wie du dich anstellst." Nina wollte schon etwas Bissiges darauf erwidern, doch dann fiel ihr ausweichender Blick auf die entblößten Beine der Zigeunerin und sie wich erschrocken zurück. „Was zum Teufel", setzte sie an, verstummte aber augenblicklich wieder und schlug sich die Hand vor den Mund. Levas Beine waren von dicken Brandnarben überzogen. Von der Leiste an zogen sich wulstige Narben über die gesamten Oberschenkel, bis über die Knie und endeten erst kurz vor den Knöcheln. Ihre Beine wirkten unförmig, die Haut an den wenigen heilen Stellen gespannt und die dunkelrosa Narben hoben sich deutlich von der dunkleren Haut ab. Nina fragte sich, wie sie überhaupt laufen konnte, sie musste unglaubliche Schmerzen haben. „Wie du siehst, auch ich habe so meine Probleme, was die Funktion meiner Beine angeht." Leva ließ den Rock wieder fallen und Nina schloss betreten die Augen. „Glaub mir, es gibt Tage, an denen ich nicht mal weiß, wie ich ein Stück Stoff ertragen könnte. Aber, ich habe gelernt mit diesem Schmerz, der ein Teil von mir geworden ist, zu leben." Leva seufzte leise. „Und ich meine, nicht bloß den Tag zu überstehen und zu atmen, sondern wirklich zu leben. Die Zeit, die uns bleibt ist zu kostbar, um auch nur einen Augenblick zu verschwenden. Auch wenn das Tanzen meine Beine schmerzen lässt, meine Seele tanzt mit und sie ist es, die ich glücklich sehen möchte, denn sie lässt mich den Schmerz ertragen." Nina folgte ihren Worten aufmerksam und versuchte dabei zu vermeiden, dass ihre Augen immer wieder hinunter, zu den mittlerweile wieder verhüllten Beinen, wanderten. „Ich würde mich wirklich sehr freuen, wenn du mir wenigstens einen Tanz schenken würdest, vielleicht tut es auch deiner Seele gut. Und wenn es Deiner Seele gut geht, dann ist das, was das Leben uns manchmal aufbürdet, viel leichter zu ertragen." Leva streckte ihr wieder eine Hand entgegen und Nina griff zögernd zu.

Sie folgte der Zigeunerin ins Freie und ließ sich von ihr in die tanzende Menschenmenge ziehen. „Schließ deine Augen und folge einfach der Musik", verlangte Leva und Nina gab ihren Widerstand auf. Sie tat wie sie geheißen und versuchte sich im Takt zu wiegen, zuerst zögerlich und ungelenk, doch je länger sie den Tönen und Rhythmen zuhörte, desto lockerer und fließender wurden ihre Bewegungen. Sie spürte das vertraute Ziehen im Bauch, das sie von früher kannte, wenn die Musik ihr in die Eingeweide gefahren war, sie ausgefüllt hatte und ihren Körper dazu brachte, sich automatisch zu bewegen. Es dauerte nicht lange und sie tanzte mit wilden Bewegungen um Leva herum, die sie lachend betrachtete und sich dann selbst dem Augenblick der Freiheit hingab, den die Musik ihnen bescherte.

Kapitel 8

Als Nina am nächsten Morgen erwachte, stand die Sonne schon hoch am Himmel. Sie lag in einem ganz ähnlichen Zelt, wie das von Leva und blickte sich irritiert um. Sie hatte nur noch eine vage Erinnerung daran, wie sie, gemeinsam mit Lola zu ihrer Schlafstätte geführt worden war. Todmüde hatte sie sich in die Kissen fallen lassen, nicht mal mehr in der Lage, sich noch die Schuhe von den Füssen abzustreifen, hatte sie sich einfach zur Seite gedreht und war augenblicklich eingeschlafen. Ihre Gedanken wanderten zurück zur letzten Nacht. Leva hatte Recht behalten, einmal begonnen, hatte das Tanzen sie dermaßen erfüllt, dass sie nur schwerlich wieder hatte aufhören können. Die Feier hatte bis tief in die Nacht angedauert und Nina war eine der Letzten gewesen, die den Platz und das beinah verloschene Lagerfeuer verlassen hatten. Sie drehte sich auf den Rücken und stöhnte entgeistert auf. Ihr ganzer Körper fühlte sich an, als sei er von irgendetwas verdammt schweren überrollt worden. Sie richtete sich ächzend auf und bewegte vorsichtig die Beine um den entstandenen Schaden abzuschätzen. Zu ihrer Überraschung ließen sie sich bewegen, ohne dass es ihr die Tränen in die Augen getrieben hätte. Lediglich ein mörderischer Muskelkater zog sich von den Fußspitzen bis weit hinauf in ihren Rücken. „Das hätte definitiv Schlimmer kommen können", dachte sie bei sich und kämpfte sich aus den Kissen hoch. Etwas unsicher auf den Beinen trat sie hinaus ins Freie und blinzelte gegen das grelle Sonnenlicht an. „Guten Morgen Schlafmütze!" Lola saß etwa zwei Meter von ihr entfernt im Sand und nahm einen großen Schluck aus einem dampfenden Becher, bevor sie Nina fröhlich entgegen lachte. „Ich dachte schon, Du willst überhaupt nicht mehr aufstehen, hattest wohl eine harte Nacht", frotzelte sie gut gelaunt. Lachend ließ Nina sich neben ihr nieder und klaute ihr frech die Tasse. „Könnte man so sagen", erwiderte sie zwischen zwei Schlucken. Lola ließ sie gewähren und lehnte sich zufrieden zurück, stützte sich dabei auf ihren Ellbogen ab. „Ich weiß", sie grinste spitzbübisch. Sie schwiegen eine Weile, während sie abwechselnd von dem Kräutertee tranken und die Sonne genossen. „Lola, müssen wir wirklich heute schon weiterziehen?" Nina war selbst überrascht über ihre Frage, sie war ihr einfach so in den Kopf geschossen. Lola zuckte nachdenklich mit den Schultern. „Warum fragst du", wollte sie neugierig wissen. Ja, warum fragte sie das? Nina konnte es sich selbst nicht so genau erklären. „Ich glaube, ich habe einfach das Gefühl hier noch nicht fertig zu sein", gestand sie leise. „Ich möchte noch ein bisschen Zeit mit Leva verbringen", setzte sie schließlich nach und blickte ihre Gefährtin bittend an. Lola lächelte verstehend. „Oh", machte sie und nickte. „Leva ist eine sehr weise Lehrmeisterin, von ihr kannst du viel lernen." Sie erhob sich, balancierte den Becher in einer Hand und hielt die andere Nina hin, um ihr hoch zu helfen. „Ich liebe die Atmosphäre in diesem Lager, ich habe Nichts dagegen noch einen Tag länger zu bleiben und werde Leva Bescheid sagen, dass wir ihre Gastfreundschaft gerne noch weiter in Anspruch nehmen möchten." Bevor Nina etwas erwidern konnte, war sie zwischen den Zelten verschwunden und wieder einmal stand Nina allein da, unschlüssig was sie tun sollte. Um sie herum wuselten die Bewohner des Lagers, wie schon am Vortag, geschäftig hin und her. Sie trugen die Zutaten für die Mahlzeiten zusammen, hängten nasse Kleidungsstücke und Tücher zum Trocknen in die Sonne oder waren anderweitig beschäftigt. Es wirkte so, als hätte Jeder seine Aufgabe, die er zu erledigen hatte. Was Nina erneut auffiel, war die ausgelassene Stimmung, die allgegenwärtig zu sein schien. Sie lachten miteinander, hielten einen kurzen Plausch und die jüngeren Bewohner rangelten hier und dort miteinander, bevor sie sich kichernd wieder an ihre Arbeit machten. Trotz der vielen Menschen, die hier lebten, wirkte das Lager geordnet und heute fühlte sie sich nicht mehr so überfordert von dem Trubel, der hier herrschte. Sie war enorm erleichtert gewesen, als Lola zustimmte noch einen Tag länger hier zu bleiben. Sie hatte auch ihre anderen Gastgeber sehr gemocht und sich in ihrer Gesellschaft wohlgefühlt, aber dieses Zigeunerlager hatte eine so besondere Atmosphäre, dass Nina sich nicht vorstellen konnte, es so schnell wieder zu verlassen.

Mit einem zufriedenen Lächeln wandte sie sich um und wenige Schritte später verließ sie das Lager um die Gegend ein wenig zu erkunden. Die Landschaft war von schroffer Schönheit, überall ragten Felsen und kleinere Berge aus dem Boden. Einige magere, dennoch überraschend grüne Bäume trotzten dem kargen Boden und unzählige Kräuter und Sträucher breiteten sich zu einem natürlichen Teppich aus. Sie kniete nieder, zupfte ein paar Zweige ab, zerrieb sie mit den Fingern und roch daran. Der Duft von wildem Thymian stieg ihr in die Nase und Nina schloss genießerisch die Augen.

„Sie sind der Grund, warum wir einmal im Jahr unser Lager hier aufschlagen." Levas Stimme kam so unvermittelt, dass Nina erschrocken hochfuhr und sich ertappt umblickte, als sei sie bei etwas Verbotenem erwischt worden. Die Zigeunerin stand hinter ihr, heute trug sie ein hellbraunes Kleid mit einem orangenen Schall um die Hüfte. Ihre Haare hatte sie unter einem ebenfalls orangenen Tuch zusammengefasst. Sie deutete auf die unzähligen Kräuter. „Wir füllen hier unsere Kräutervorräte auf. Es gibt keinen besseren Platz, wo eine solche Vielfalt herrscht. Sie deutete auf ihren Korb, in dem sich bereits einige Bündel befanden. „Meine Sippe versteht sich darauf, aus diesen Kräutern die wirksamsten Heilmittel und Tinkturen herzustellen. Auf unseren Reisen tauschen wir sie gegen Essen, Stoffe oder sonst etwas ein, dass wir benötigen. Und wenn unsere Vorräte zu Neige gehen, kehren wir zurück."

Sie ließ sich neben Nina auf die Knie sinken und deutete auf den wilden Thymian. „Du kannst mir ein bisschen zur Hand gehen, während wir uns unterhalten." Nina nickte stumm und begann die kleinen Zweige vorsichtig abzuzupfen und in den Korb zu werfen.

„Also", begann Leva, „erzähl mir, warum du sterben wolltest." Überrascht keuchte Nina auf und starrte sie sprachlos an. „Woher, ich meine wie kommst du darauf"? stammelte sie schließlich. Leva lächelte traurig. „Lola ist eine Wandlerin, sie gehört nicht in deine Welt", begann sie leise zu erklären und Nina starrte sie weiter unverwandt an. „Sie kann nur Kontakt zu einer Seele

96

deiner Welt aufnehmen, wenn diese sich auf der Grenze zwischen Leben und Tod aufhält, es ist, als ob sich dann eine Tür öffnet und Lola so den Zugang ermöglicht." Nina vergaß den Thymian, und folgte atemlos Levas Stimme. „Du musst eine besondere Aufgabe oder Gabe haben, sonst hätte Lola dich nicht abgehalten. Für gewöhnlich ist es eine sehr persönliche Entscheidung wenn man aus seinem Leben scheiden möchte und es ist einer Wandlerin, oder einem sonstigen Wesen, nicht gestattet einzugreifen." Nina öffnete den Mund und schloss ihn wieder, sie versuchte Worte zu formen, so viele Fragen waren in ihrem Kopf, doch kein Ton kam über ihre Lippen. „Ich bin sicher, sie wird es dir noch erklären, ich weiß nicht viel über solche Dinge, nur das, was bei uns von Generation zu Generation weitergegeben wird." Nina schluckte hart. „So wie du das mit dem Buch der Einsichten wusstest?" Leva nickte lächelnd. „Ja", sagte sie schlicht, dann widmete sie sich wieder den Kräutern.

Nina wandte sich ab, es war ihr peinlich, vor Leva über die Gründe zu sprechen, die sie zu dieser Entscheidung bewogen hatten. Sie seufzte leise. „Als Lola mich fand, stand ich praktisch bis zur Hüfte in einem See, es war mitten in der Nacht, und ich war fest entschlossen, diesen See nicht wieder zu verlassen", begann sie zögerlich. Als Leva ihr aufmunternd zunickte, fuhr sie fort. „Warum ich mein Leben beenden wollte, ist eine lange Geschichte", abwartend schielte sie zu der Zigeunerin hinüber in der Hoffnung, dies würde als Erklärung ausreichen, doch ein Blick genügte um zu wissen, dass Leva sie nicht davon kommen lassen würde. Also setzte sie sich bequemer hin, faltete die Hände im Schoss und rang nach den richtigen Worten, die ihren Schmerz irgendwie erklären würden.

„Mein Leben ist nicht so verlaufen, wie man sich das wünschen würde. Ich war ein ungewolltes Kind, das nirgends ein Zuhause finden konnte. Ich schien irgendwie anders zu sein als alle Anderen und passte nicht dazu, egal wie sehr ich mich auch bemühte. Eine Menge Sachen sind schrecklich schief gelaufen und ich wuchs in dem Glauben auf, dass ich besser gar nicht geboren worden wäre." Sie schluckte, als sie in ihren Erinnerungen kramte und versuchte die aufkommenden Tränen zu unterdrücken. „Als ich endlich erwachsen war, war von mir nicht mehr viel übrig. Ich war ziemlich kaputt und immer noch auf der Suche nach etwas, dass mir einen Grund oder eine Berechtigung geben würde, um auf der Welt sein zu dürfen. Ich habe viel an mir gearbeitet, immer wieder versucht mich anzupassen, nicht aufzufallen, meine Wunden zu heilen und ein ganz normaler Mensch zu werden, der so lebt, wie der Rest der Menschen es auch tut. Aber ich blieb trotzdem immer am Rand, fand einfach keinen Zugang, so sehr ich mich auch bemühte." Unsicher blickte sie auf und suchte Levas Blick. Die Zigeunerin hatte den Kopf leicht schief gelegt und beobachtete sie aufmerksam. „Schließlich wurde ich krank, mein Körper, genauer gesagt meine Beine begannen zu schmerzen und wollten nicht mehr so wirklich tun, wozu sie bestimmt waren. Ich hatte das Gefühl, genug gestraft worden zu sein, wenn ich auch nicht genau wusste wofür, und zog mich vor der Welt zurück. Ich ertrug es nicht mehr, überall abgelehnt oder angegriffen zu werden. Für mich war es schon immer schwer genug gewesen, aber als mein Körper dann auch nicht mehr richtig funktionierte, habe ich keinen anderen Ausweg gesehen und war überzeugt davon eine verlorene Seele zu sein. Eine Seele, die es gar nicht hätte geben dürfen, die niemals einen Platz in der Welt finden würde, weil sie nicht dorthin gehört."

Leva bedachte sie mit einem ungläubigen Blick und zupfte nachdenklich ein paar Blätter eines Thymianzweiges ab. Nina schluchzte leise auf und räusperte sich dann. „Eines Tages, als ich eigentlich mit der Welt abgeschlossen hatte, stand sie plötzlich vor mir, die große Liebe. So gewaltig und berauschend, dass ich mich nicht wehren konnte. Wir beide konnten es nicht. Es war Liebe auf den ersten Blick, wie sie in allen Geschichten immer wieder erzählt wird. Wir verschmolzen praktisch und wurden Eins. Zwei verlorene Seelen, die sich erkannt, gefunden und zusammen getan hatten." Bei dem Gedanken daran lächelte sie traurig. „Es war perfekt, als wären wir füreinander bestimmt und würden unsere Wunden gegenseitig heilen. Jeder große oder kleine Augenblick zwischen uns, jedes noch so winzige Detail, ließ uns enger zusammen wachsen und die Liebe zwischen uns tiefer und tiefer werden." Ein verträumtes Lächeln lag auf Ninas Gesicht, der Blick war weit in die Ferne gerichtet „Doch das Glück hielt nicht lang." Ihre Stimme wurde tonlos. „Vielleicht waren wir beide zu kaputt von dem was hinter uns lag, ich weiß es nicht. Die Liebe blieb unverändert stark, doch verlassen wurde ich trotzdem und war plötzlich wieder allein. Ich konnte mich damit nicht abfinden, konnte nicht verstehen was passiert war und kämpfte mit all meiner Kraft, um dieses einzigartige Geschenk, dass uns Beiden gemacht worden war, nicht zu verlieren." Leva hörte ihr aufmerksam zu und ermutigt fuhr Nina fort. „Es war, als sei mit diesem Verlust, auch ein Teil von mir verloren gegangen. Als wäre das letzte bisschen Lebensenergie, das letzte bisschen Lebensfreude aus mir heraus geflossen und zurück blieb nur Schmerz. Ein Schmerz, den ich nicht mehr beherrschen konnte, schlimmer als all die Schmerzen und Qualen, die ich in meinem Leben schon hatte ertragen müssen. Und je länger ich von meiner Liebe getrennt war, desto Schlimmer wurde es. Als wäre es falsch, dass wir nicht zusammen waren, als dürfe es so nicht sein, doch ich fand keinen Weg zurück, ich habe wirklich Alles versucht." Ninas Stimme klang verbittert und ihr Blick verdüsterte sich. „Also beschloss ich irgendwann, dass eine verlorene Seele, wie meine, sich nicht weiter quälen sollte und stieg in den See um endlich Frieden zu finden."

Nina wischte sich eine Träne aus dem Augenwinkel und mied es Leva anzuschauen. Nervös knetete sie ihre Hände und wartete, dass die Zigeunerin etwas sagen würde. Doch Leva schwieg beharrlich und schließlich riskierte sie doch einen vorsichtigen Blick.

Leva schaute sie unverwandt an, schluckte ein paar Mal hart und atmete dann tief ein, bevor sie zu sprechen begann. „Ich verstehe deinen Schmerz, meine große Liebe hat mir die Narben eingebracht, die ich dir gestern Abend zeigte." Sie stockte kurz, Nina hätte gerne mehr darüber erfahren, traute sich aber nicht nachzufragen. „Die Liebe ist die stärkste Kraft, egal welcher Art sie ist und uns Menschen ist es nicht möglich, ohne sie zu leben, daher sind wir immer auf der Suche danach, egal was es uns kostet." Sie blickte Nina nun offen in die Augen und diese erkannte einen Teil ihres eigenen Schmerzens in ihnen. „Ich verstehe, warum du dich verloren fühltest und kann mir nur im Ansatz vorstellen, wie schwer es dir gefallen sein muss, diese Suche aufzugeben und zu versuchen mit dem Verlust zu leben." Dankbar lächelte Nina, es war das erste Mal, seit sehr langer Zeit, dass sie sich ernst genommen und noch viel wichtiger, tatsächlich verstanden fühlte. „Das du dich auf Lola und diese Reise eingelassen hast, zeigt allerdings, dass du noch nicht ganz am Ende bist und irgendwo in dir drin noch ein kleiner Rest Hoffnung überlebt hat, und dieser kleine Rest muss gehegt und gepflegt werden, damit er wachsen und sich ausdehnen kann." Nina wollte etwas erwidern, doch Leva hob eine Hand und gab ihr zu verstehen, sie ihren Gedanken ausführen zu lassen. „Wenn trotz all der Schmerzen, noch ein kleines Licht flackert, dann wäre es unsagbar traurig, dies ersticken zu lassen, nur weil man sich mehr dem widmet, was scheinbar stärker ist. Der Wut, dem Schmerz, dem Hass, der Trauer und was für Gefühle sich da noch zusammengefunden haben." Leva lächelte sie liebevoll an und in ihren Augen glänzten ein paar Tränen. „Nina, eine Sache im Leben hast du noch nicht verstanden. Du denkst, es müssen tolle Dinge geschehen, um Lebensfreude in dir heranwachsen zu lassen, doch das ist falsch. Es ist genau umgekehrt." Überrascht blickte Nina sie an. „Lebensfreude ist da, in dem Moment wo du am Leben bist. Du musst sie dir zu nutzen machen, sie entsteht nicht durch Gutes, sondern sie hilft dir, aus jeder

Situation etwas Gutes zu machen." Nina verstand nicht und die Fragen, die ihr durch den Kopf schossen, schienen ihr deutlich ins Gesicht geschrieben zu stehen. Leva seufzte leise. „Du fragtest gestern, welchen Grund wir zum Feiern hätten. Die Wahrheit ist, wir feiern jeden Abend, als Abschluss des Tages und aus Dankbarkeit, weil wir einen weiteren Tag überlebt haben." Sie lächelte und Nina begann zu verstehen, was sie ihr mitzuteilen versuchte. „Wir feiern, weil das Tanzen hilft, Schmerzen, Ärger, Trauer oder was auch immer kleiner werden zu lassen. Weil das Singen hilft unsere Emotionen auszudrücken, um uns dann gelöst und frei schlafen zu lassen. So können wir am nächsten Morgen mit neuer Kraft in den Tag starten, ohne zu viel Ballast des Vergangenen mit uns zu tragen. Lebensfreude ist die zweitmächtigste Kraft im Leben, gleich nach der Liebe. Wenn du sie in dir findest, lässt sie dich Vieles ertragen, was das Leben dir aufbürdet. Das Leben selbst, ist niemals Einfach, es wird dich immer vor neue Herausforderungen und Aufgaben stellen, doch du selbst trägst das Werkzeug in dir, um all das zu meistern."

Als Leva geendet hatte, nahmen sie schweigend wieder ihre Arbeit auf, jede in ihre eigenen Gedanken versunken. Schließlich griff Leva nach dem Korb, stand auf und klopfte sich den Staub vom Kleid. „Ich denke das reicht für heute, es ist schon spät, lass uns ins Lager zurück kehren. Ich möchte beim Zubereiten der Mahlzeit helfen." Nina nickte und folgte ihr schweigend. Ihr Kopf fühlte sich schwer an und sie hatte Mühe ihre Gedanken noch zu sortieren, es schien, als schwirrten sie alle auf einmal durcheinander und sie konnte keinen schnell genug zu packen bekommen, um ihn sich in Ruhe anzuschauen. Nachdem Leva sich verabschiedet hatte trottete sie, mit hängenden Schultern, zu dem Zelt, in dem sie die letzte Nacht verbracht hatte. Müde ließ sie sich in die Kissen sinken und schloss die Augen. Passend zu dem Chaos in ihrem Kopf, hämmerte ihr Herz wild gegen ihre Brust. Sie fühlte sich mit einem Mal ausgelaugt und unendlich erschöpft. „Diese Reise hat es wirklich in sich", murmelte sie leise und ein tiefes Seufzen entfuhr ihr. Sie versuchte sich auf die Geräusche um sich herum zu konzentrieren. Das leise Lachen, das hin und wieder zu ihr herüber wehte, die Gesprächsfetzen und das Stimmengewirr und das Klappern der Töpfe und Pfannen, welches davon zeugte, dass die Vorbereitungen für die Mahlzeit in vollem Gange waren. Schließlich war da noch das beruhigende Knistern des großen Lagerfeuers, das wieder in der Mitte des Platzes loderte und dieses Feuer war es letztendlich, das Nina hinüber geleitete, in eine tiefen, traumlosen Schlaf.

Als sie erwachte, waren die Feierlichkeiten draußen, auf dem Platz, schon in vollem Gange. Erschrocken fuhr Nina hoch, stürzte aus dem Zelt und blickte sich suchend nach Lola und Leva um. Schließlich entdeckte sie die beiden Frauen ganz in der Nähe auf einem der Holzstämme sitzend. Sie hatten die Köpfe eng zusammen gesteckt und waren in ein angeregtes Gespräch vertieft. Sie bemerkten Nina erst, als sie direkt vor ihnen stand und sie ansprach. „Es tut mir leid", rief sie den beiden Frauen entschuldigend zu. Doch Leva lächelte nur und bedeutete ihr, sich neben sie zu setzen. „Dann bist du jetzt wohl ausgeschlafen und kannst morgen endlich mit mir weiterziehen", brüllte Lola ihr fröhlich neckend entgegen und Leva hielt ihr einen Teller unter die Nase. „Wir haben dir etwas aufgehoben, du bist sicher hungrig". Dankbar griff Nina zu und kaute nur einen Sekundenbruchteil später genüsslich auf ihrem Fleisch, während sie die tanzenden und singenden Menschen um sich herum beobachtete. Heute, nach dem Gespräch mit Leva, sah sie die Feier in einem anderen Licht und konnte es kaum erwarten, ihren Teller zu leeren, um sich zu ihnen zu gesellen. Sie wollte unbedingt ausprobieren, ob auch sie sich leichter fühlen würde, wenn sie einfach nur den Tag feierte, der hinter ihr lag.

Kapitel 9

Ob sie sich wirklich leichter fühlte, vermochte Nina nicht zu beurteilen. Wohl aber, dass sie das Gefühl hatte, kaum die Augen geschlossen zu haben, als Lola sie in aller Frühe weckte. Im Lager herrschte noch vollkommene Ruhe und die Sonne schickte sich gerade erst an, ihr Gesicht zu zeigen. Nina stolperte in der Morgendämmerung hinter ihrer Gefährtin her und gähnte herzhaft. „Warum um Alles in der Welt müssen wir so früh aufbrechen?" murrte sie unausgeschlafen und wich ungeschickt einer Wurzel aus, die vor ihr aus dem kargen Boden ragte. Lola grinste sie gut gelaunt an. „Weil ich in Sorge war, dass du dich sonst nicht hättest trennen können." Das klang einleuchtend, musste Nina sich eingestehen. Sie hatte sich mehr als wohl gefühlt und wenn es nach ihr gegangen wäre, hätten sie gar nicht mehr aufbrechen müssen. „Ich glaube, das Leben als Zigeunerin würde mir gefallen", versonnen blickte sie in die Ferne und lächelte. „Ich mochte die Atmosphäre und die Stimmung und wie sie alle Hand in Hand arbeiteten." Ihre Augen nahmen einen verträumten Glanz an und Lola beobachtete sie zufrieden. „Scheint, als hätte diese Station unserer Reise dir sehr gut getan."

Mittlerweile war der Morgen herein gebrochen und die Sonne wärmte Ninas, vom wenigen Schlaf und der nächtlichen Tanzeinlage, steifen Glieder. Sie gähnte erneut und streckte sich ausgiebig, dann betrachtete sie Lola neugierig von der Seite. „Du hattest doch auch deinen Spaß". Ihre Gefährtin nickte bestätigend, sagte aber Nichts. „Ich weiß, um dich geht es bei dieser Reise nicht, schon klar." Ninas Hand glitt in ihre Tasche und griff, beinahe liebevoll, nach dem kleinen weißen Buch. „Leva hat mir erklärt, was es mit dem Buch auf sich hat", setzte sie an und versuchte Lola aus der Reserve zu locken. Doch diese lief plötzlich schneller und Nina musste sich beeilen, um mit ihr Schritt zu halten. „Versuch gar nicht erst mir davon zu kommen", schimpfte sie und versuchte ihre Stimme streng klingen zu lassen. Lola seufzte ergeben und wurde langsamer. „Was möchtest du wissen?" Ihre Stimme klang, als würde sie über jedes andere Thema lieber reden, als das, welches Nina gerade im Sinn hatte. „Ist es wahr, was sie sagt?" Gespannt wartete sie eine Antwort ab. Lola lachte müde auf. „Was sagt sie denn?" „Oh, ja klar, das kannst du ja nicht wissen." Ninas Stimme klang entschuldigend. „Leva sagt, es sei das Buch der Einsichten meiner Seele", berichtete sie aufgeregt. „Sie sagt, dass all die Einträge, die dort enthalten sind und sich nach und nach zeigen, aus meiner Feder stammen. Ich hätte sie dort hineingeschrieben und das dieses Buch eigentlich gar nicht in unserer Welt sein dürfte." Lola hatte mit gesenktem Blick zugehört und nickte zögernd „Ja, sie spricht die Wahrheit." Wieder wurde ihr Schritt schneller, während Nina entgeistert stehen blieb. „Ist das Alles?" fragte sie entrüstet. „Mehr hast du dazu nicht zu sagen?" Lola drehte sich zu ihr um und lief ein Stück rückwärts weiter. „Mehr gibt es dazu nicht zu berichten. Du weißt bereits Alles, was relevant für dich ist. Ich habe dem Nichts hinzuzufügen." Sie zwinkerte ihr verschwörerisch zu und drehte sich wieder um. Nachdenklich folgte Nina ihr, versuchte aber diesmal nicht zu ihr aufzuschließen. Ihre Hand streichelte gedankenverloren über den weichen Einband. Es war also wahr, sie hielt die gesammelten Einsichten und Erkenntnisse ihrer eigenen Seele in den Händen, jetzt musste sie nur noch dahinter kommen, wie sie diesem Buch seine restlichen Geheimnisse entlockte. Im Gehen begann sie Seite um Seite umzublättern, suchend streifte ihr Blick über die Blätter, in der Hoffnung irgendwo einen Hinweis zu erblicken. Dann blieben ihre Augen an ein paar Zeilen hängen, die gestern definitiv noch nicht dort gestanden hatten. Sie überflog die Zeilen, die diesmal in roter Tinte geschrieben waren:

Wer die Freuden des Lebens im Außen sucht, wird sein Glück niemals finden – Wer sie im Innen findet, dem kann das Leben Nichts mehr anhaben

Levas Worte kamen ihr in den Sinn. So ähnlich hatte die Zigeunerin es ebenfalls ausgedrückt. Lebensfreude war etwas, dass in einem selbst entstehen musste, nicht im Außen. Zufrieden und mit einem freudigen Lächeln im Gesicht, schloss sie das Buch und verstaute es wieder in ihrer Tasche. Ja, mit dieser Einsicht konnte sie was anfangen, damit konnte sie leben, auch wenn das neue Fragen aufzuwerfen schien. Denn nur weil sie diese Erkenntnis gewonnen hatte, half ihr das noch lange nicht bei der Umsetzung.

Nina verfiel in einen leichten Dauerlauf und hatte Lola wenige Augenblicke später wieder eingeholt. „Es sind schon drei Einträge sichtbar geworden", berichtete sie, nicht ohne Stolz in der Stimme. Immerhin schien sie selbst die richtigen Fragen, am richtigen Ort und zur richtigen Zeit, gestellt zu haben. Lola blickte auf und lächelte sie breit an. „Das ist ein sehr gutes Zeichen", lobte sie und nickte anerkennend. Nina überlegte, ob sie ihr von den neuen Einträgen berichten sollte, hatte aber so ein unbestimmtes Gefühl im Bauch, dass diese Zeilen nur für sie selbst bestimmt waren. Wenn Lola wissen wollte, was für Einsichten sich gezeigt hatten, hätte sie sicher danach gefragt, sie beschloss daher das Thema nicht weiter zu vertiefen.

Wie so oft, setzten sie ihren Weg eine Weile schweigend fort. Während Lola einfach nur vor sich hinzuwandern und sich an der Natur zu erfreuen schien, zumindest deutete ihr ausgelassenes Summen darauf hin, nutzte Nina diese Zeiten zum Nachdenken und ordnen der Erlebnisse, jüngst vergangener Stunden. Plötzlich blieb sie abrupt stehen und griff beherzt nach Lolas Arm. Verwundert schaute ihre Gefährtin sie an. „Ich habe noch eine Frage an dich", begann Nina, unterbrach ihren Satz aber, um nach den richtigen Worten zu suchen. „Leva sprach noch über etwas anderes", tastete sie sich langsam vor während Lola sie abwartend musterte. „Das wundert mich nicht, ich sagte ja, sie ist eine gute Lehrmeisterin", ihr Lächeln wurde unsicherer, je länger Nina herumdruckste. „Was genau ist eine Wandlerin?" Überrascht starrte Lola sie an, öffnete kurz den Mund, nur um ihn gleich darauf wieder zu schließen. „Woher weiß Leva nur solche Sachen", murmelte sie leise vor sich hin, während sie versuchte Nina zu entkommen und mit großen Schritten davon eilte. Doch diesmal hatte sie die Rechnung ohne ihre Gefährtin gemacht. Nina war darauf vorbereitet gewesen, sie hatte mittlerweile schließlich genug Erfahrung damit, wie Lola auf Fragen reagierte, die sie nicht unbedingt beantworten wollte. Genau genommen hatte sie bisher noch überhaupt keine Frage beantwortet, sondern nur unzählige davon gestellt.

Mit ebenso großen Schritten, lief sie neben Lola her und grinste spöttisch. „Diesmal entwischst du mir nicht. Und komm mir bloß nicht wieder mit der Abmachung, die es mir verbietet auch nur eine Frage zu stellen. Leva hat mir schon Einiges verraten, aber ich würde es gerne von dir hören." Lola seufzte resigniert, behielt aber ihr

Tempo bei. „Eine Wandlerin hat die Fähigkeit, sich zwischen den Zeiten und Orten zu bewegen." Überrascht schnalzte Nina mit der Zunge. „Du kannst also in jede Zeit und an jeden Ort gelangen, der dir einfällt?" hakte sie neugierig nach. „So ungefähr, ja. Meine Aufgabe ist es, bestimmte Seelen zu geleiten, um sie auf ihren Weg zurück zu führen. Dazu ist diese Fähigkeit sehr nützlich." Abwartend blickte Nina sie an, doch Lola schien das Thema nicht vertiefen zu wollen. „Seelen wie meine, die sterben möchten?" Ihre Gefährtin nickte knapp und starrte stur geradeaus. „Wenn ich richtig informiert bin, ist es einer Wandlerin für gewöhnlich nicht gestattet einzugreifen, wenn eine Seele beschlossen hat, aus dem Leben zu scheiden." Lola nickte wieder. „Außer, sie haben eine bestimmte Gabe oder Aufgabe zu erfüllen, die größer ist, als die eigenen Belange", erklärte sie leise. Nina legte nachdenklich den Kopf schief. „Was könnte wohl eine solche Aufgabe sein?" Sie versuchte nicht allzu interessiert zu klingen, doch Lola schüttelte lachend den Kopf. „Darauf werde ich auf keinen Fall antworten", ihre Stimme klang sanft. „Das wirst du schon selbst herausfinden müssen." Sie bedachte Nina mit einem entschuldigenden Lächeln. „Hab ein wenig Geduld. Fragen beantworten sich manchmal auch ganz von Alleine, wenn der richtige Zeitpunkt gekommen ist." Nina kniff die Lippen frustriert zusammen, erwiderte aber Nichts. Sie hatte das Gefühl, ganz kurz vorm Ziel gescheitert zu sein. Diese Frage geisterte ihr nämlich schon seit dem Gespräch mit Leva durch den Kopf und sie brannte darauf, dieses Geheimnis zu lüften.

„Manchmal muss man sich eben einfach mit dem zufrieden geben, was man bekommt", tröstete Lola sie. Nina schnaubte verächtlich. „Zufrieden geben mit dem was man bekommt", äffte sie ihre Gefährtin schnippisch nach. „Warum sollte ich mich damit zufrieden geben? Die Antwort scheint ja nicht ganz unerheblich für mich und mein Leben zu sein." Frustriert ballte sie die Fäuste an ihren Seiten. „Du erfährst das, was du erfahren musst. So war es schon immer. Du bekommst das was du brauchst, nicht das was du denkst zu brauchen, das ist ein riesen Unterschied. In diesem Falle bekommst du einen Teil der Antwort, aber eben nicht die ganze Wahrheit. Es ist nicht immer zu Deinem Besten, Alles zu bekommen oder zu erfahren, vertrau mir. Manchmal ist Weniger mehr und macht trotzdem glücklich." Nina lief schmollend neben ihr her, die Lippen noch immer fest aufeinander gepresst. „Aber ist das nicht die Definition von Zufriedenheit, zu haben was man möchte, wie kann man sonst zufrieden sein?" Lola lächelte und ihre Augen blieben kurz an der Tasche hängen, in dem Nina das kleine, weiße Buch verstaut hatte. Wäre Nina nicht so beschäftigt gewesen mit Schmollen, hätte sie vielleicht bemerkt, wie ihre Gefährtin anfing, sich verstohlen umzublicken und das Gelände um sie herum genauestens zu beobachten. Doch dieses Detail entging ihr, während sie unterdessen beschloss, ihre Taktik zu ändern. „Leva sagte auch, eine Wandlerin könne zu den Seelen dieser Welt nur Kontakt aufnehmen, wenn sie sich praktisch zwischen Leben und Tod bewegten, nur dann würde ein Tor sich öffnen, oder so ähnlich." Lola dachte kurz über ihre Worte nach. „Das ist nur teilweise korrekt", entgegnete sie schließlich. „Eine Wandlerin kann Kontakt zu Seelen aufnehmen, die entweder auf der Schwelle des Todes stehen, oder sich schon ganz auf der anderen Seite befinden." „Aha", Nina kratzte sich nachdenklich am Ohr. „Aber wie kommt es dann, dass du so viele Menschen hier kennst, ich meine, wir wandern schon eine Weile umher und kamen bei den verschiedensten Leuten unter, um Rast zu machen. Sie können doch unmöglich Alle auf der Schwelle des Todes stehen."

Der Weg gabelte sich vor ihnen und Lola schlug den linken Weg ein, der geradewegs in einen gewaltigen, dunklen Wald führte. Sie ließen die karge Felslandschaft hinter sich und tauchten ein in die Stille des, nach Kiefernadeln duftenden, Waldes. Nina hatte den Wechsel der Umgebung zunächst nicht bemerkt, sie war zu sehr mit ihren Überlegungen beschäftigt gewesen. Überrascht blieb sie, wie angewurzelt, mitten auf dem weichen Waldboden stehen und vergaß für einen kurzen Moment ihre Frage. Ungläubig schaute sie sich um. „Wie um alles in der Welt", entfuhr es ihr. Lola drehte sich amüsiert zu ihr um. „Würdest du dich weniger mit Dingen beschäftigen, die eigentlich gar nicht für deine Ohren bestimmt sind, hättest du wohl schon lange bemerkt, dass wir die Berge hinter uns gelassen haben." Den unüberhörbaren Tadel in ihren Worten ignorierte Nina geflissentlich und grinste schief. „Jetzt wo du es schon erwähnst, lass uns zu meiner Frage zurück kommen", griff sie gut gelaunt das Thema wieder auf. Es gefiel ihr, dass ausnahmsweise mal sie selbst die Fragen stellen konnte und das Lola um Antworten rang. Es war ihr deutlich anzusehen, dass sie sich nicht wohl bei diesem

Rollentausch fühlte. „Also, wenn du nur zu toten Seelen, oder Jenen, die auf der Schwelle des Todes stehen, Kontakt aufnehmen kannst, wie ist es dann möglich, dass wir so viele deiner Bekannten treffen konnten?" Lola seufzte leise. „Ist das denn nicht offensichtlich?" Nina schüttelte ratlos den Kopf. „Erklär es mir." Lola öffnete den Mund, doch statt der erwarteten Antwort, kam nur ein leises „Pssst" über ihre Lippen. Sie griff nach Ninas Arm und zog sie an sich heran, bis sich ihr Mund nur wenige Zentimeter neben ihrem Ohr befand. „Wir sind nicht mehr allein", wisperte sie leise und deutete mit einem, beinahe unmerklichen Nicken auf die Bäume hinter Nina. Die stand starr vor Schreck, mit weit geöffneten Augen da und traute nicht sich umzuschauen. „Tu einfach so, als wäre alles in bester Ordnung", raunte Lola ihr zu, drehte sich um und lief weiter. „Ist dieser Wald nicht einfach herrlich? Die Luft ist so erfrischend, nicht so staubig wie in den Bergen." Geschickt hatte sie das Thema gewechselt und plauderte scheinbar gut gelaunt und entspannt über den Wald und seine Vorzüge. Verwirrt folgte Nina ihr. Hin und wieder brummte sie zustimmend, während sie versuchte, den Wald neben sich aus den Augenwinkeln heraus zu beobachten.

Eine ganze Weile liefen sie so nebeneinander her. Nina hatte Mühe sich so ausgelassen zu geben, wir ihre Gefährtin es ihr vor machte. Sie spürte einen Kloß in der Magengrube, immer wenn sie bemerkte, dass Lola sich unauffällig umblickte und ihr mit Blicken zu verstehen gab, dass sie noch immer verfolgt wurden. Angst kroch ihr die Wirbelsäule hoch und umklammerte schließlich ihren Nacken mit eisernem Griff. Sie fröstelte, doch gleichzeitig brach ihr der Schweiß aus und sie spürte, wie ihr T-Shirt sich, unter dem Pullover, langsam klamm anfühlte. Wer folgte ihnen und aus welchem Grund? War es eine Person oder mehrere und wie lange würde es dauern, bis er oder sie sich zeigen würden? Insgeheim hoffte sie, dies würde nie geschehen. Lola hatte das zwanglose Plaudern inzwischen aufgegeben und marschierte scheinbar gut gelaunt neben Nina her, die die Hände in den Hosentaschen zu Fäusten geballt hatte, um das Zittern zu unterdrücken, das sie sonst womöglich verraten hätte.

Schließlich blieb Lola unvermittelt stehen. Ihr Blick fixierte Etwas hinter Ninas Rücken, dann grinste sie plötzlich breit. „Wie lange willst du noch versuchen uns einen Schrecken einzujagen"? fragte sie vergnügt. „Komm endlich raus und zeig dich, Waldläufer." Ein leises Rascheln hinter ihr verriet Nina, dass die angesprochene Person sich tatsächlich in Bewegung gesetzt hatte. „Du kannst ruhig zugeben, dass du Angst hattest." Die tiefe Männerstimme klang amüsiert und Nina fuhr erschrocken herum. Hinter ihr trat ein großer, schlaksiger Mann zwischen den Bäumen hervor, das Gesicht zu einem einladenden Grinsen verzogen. Er lief schnurstracks an Nina vorbei und hatte Lola mit zwei großen Schritten erreicht. „Du irrst dich Waldläufer, ich habe mich ehrlich gesagt schon gefragt, wo zur Hölle du steckst." Lola schlang ihm lachend die Arme um den Hals und drückte ihn an sich. Nina beobachtete die Szene entgeistert. „Du kennst ihn? Und du wusstest die ganze Zeit, dass er es war, der uns folgte?" fragte sie, erstaunt wie schrill ihre eigene Stimme klang. Lola nickte bestätigend und der

Mann streckte ihr höflich die Hand entgegen. „Freut mich deine Bekanntschaft zu machen, man nennt mich Waldläufer." Er grinste freundlich, während er Nina neugierig musterte. Die blickte ungläubig zwischen ihm und ihrer Gefährtin hin und her. Schließlich griff sie zögernd nach der dargebotenen Hand, die sich rau und schwielig um ihre schloss. „Ich bin Nina", murmelte sie und zog die Hand eilig wieder weg. „Der Waldläufer lebt in diesen Wäldern", versuchte Lola zu erklären, fing sich aber einen zornigen Blick von Nina ein und verstummte augenblicklich. Irritiert wandte der Mann sich zu ihr um. „Was hat sie denn?" Lola zuckte unschuldig mit den Schultern. „Ich glaube, mit dir hatte sie einfach nicht gerechnet." Sie grinste. „Außerdem ist sie ein bisschen sauer auf mich, weil ich ihr nur gesagt habe, dass wir verfolgt werden, aber nicht, dass ich weiß von wem." Der Waldläufer zog fragend die Augenbraue hoch. „Dann wundert mich nicht, dass sie wütend ist. Warum hast du das getan?" Lola strich sich eine Strähne aus den Augen und bedachte Nina mit einem nachdenklichen Blick. „Weil ich wissen wollte, wie viel Lebenswille noch in ihr steckt. Und ihre Angst hat ganz eindeutig bewiesen, dass ihre Seele noch lange nicht bereit ist diese Welt zu verlassen." Während Lola und der Waldläufer sich in Bewegung setzten und mit gemächlichen Schritten den Weg weiter liefen, blieb Nina wie angewurzelt stehen und starrte ihrer Gefährtin zornig hinterher. Sie hatte sie absichtlich hinters Licht geführt und Nina kochte innerlich, zum einen, weil sie sich hintergangen fühlte, zum anderen, weil Lola Recht hatte, wäre sie bereit zu sterben, hätte sie nicht solche Angst haben müssen. Diese Einsicht wog für sie wesentlich Schlimmer als der Verrat, den Lola in ihren Augen begangen hatte und das beunruhigte sie.

Kapitel 10

Stundenlang schlich Nina schweigend und in gebührendem Abstand hinter Lola und dem fremden Mann her. Die beiden plauderten gut gelaunt über Dies und Das, doch Nina ignorierte das Gespräch so gut sie konnte. Sie war immer noch sauer und versuchte heraus zu finden, ob auf Lola, oder sich selbst, weil sie Angst verspürt hatte. Schließlich beschloss sie, der Einfachheit halber einfach auf sie Beide sauer zu sein. Und auf den Waldläufer gleich dazu, er hätte sich ja auch direkt zeigen können, statt ihnen im Schatten der Bäume hinterher zu schleichen wie ein Vagabund. Zufrieden mit ihrem Ergebnis hob sie zum ersten Mal, seit der unerwarteten Begegnung, den Kopf und musterte den Mann, der leichtfüßig und gut gelaunt vor ihr her lief. Seine Hosen waren dunkel und von grobem Stoff, sie schien unzählige Taschen zu haben. Das Hemd war ebenfalls in dunklen Tönen gehalten und um seine Hüfte hatte er einen breiten Gürtel mit allerlei Werkzeug geschlungen. An seinem rechten Bein baumelte ein schlaff herabhängender Wasserbeutel und ein großes, graues Bündel war, mit einem Riemen, der quer über seine Brust verlief, auf seinen schmalen Rücken gebunden. Alles in Allem erinnerte er sie beinahe ein bisschen an Robin Hood, nur der spitze Hut fehlte. Stattdessen hingen ihm dunkelbraune Locken wild in Stirn und Nacken. Als hätte der Waldläufer ihren neugierigen Blick bemerkt, drehte er den Kopf zu ihr um und lächelte sie freundlich an. Ertappt wich Nina seinem Blick aus und beeilte sich, ihren zornigen Gesichtsausdruck wieder aufzusetzen. Sollte er ruhig wissen, dass sie sein Verhalten ganz und gar nicht billigte.

„Wir müssen uns langsam nach einem Lagerplatz für die Nacht umsehen." Der Waldläufer warf einen prüfenden Blick in den Himmel und wandte sich dann dem Wald zu ihrer rechten Seite zu. „Kommt hier entlang", forderte er die beiden Frauen auf und Lola folgte ihm ohne zu zögern. Nina schaute den Beiden entgeistert hinterher. Es konnte unmöglich ernst gemeint sein, dass Lola gedachte, die Nacht im Wald mit einem Mann zu verbringen, der sich selbst der Waldläufer nannte. „Kommst du?" Lolas Stimme klang ungeduldig und sie winkte Nina zu sich heran. Frustriert trat diese gegen eine Wurzel, die vor ihr aus dem Boden ragte, fest genug, dass ihre Zehen schmerzten. Leise fluchtend humpelte sie hinter den Anderen her. „Das kann einfach nicht wahr sein", schimpfte sie vor sich hin. Was zur Hölle denkt sie sich bloß dabei? Wieder bohrten sich ihre Blicke in Lolas Rücken, doch die schien es entweder nicht zu bemerken, was unwahrscheinlich war, oder sie hatte beschlossen es zu ignorieren. Nina seufzte leise, als sie schließlich die kleine Lichtung betrat, die der Waldläufer offensichtlich als geeignetes Lager auserkoren hatte. Der Boden war mit trockenem Moos bedeckt und sah überraschend einladend aus. Mit eiligen Handgriffen hatte der Mann eine kleine Stelle frei gekratzt, so, dass nur noch der lehmige Waldboden zu sehen war. Dann verschwand er zwischen den Bäumen und Nina nutzte die Gelegenheit, um Lola zur Rede zu stellen. „Was soll das Ganze? Ich dachte, wir sind auf dem Weg zu unserer nächsten Raststelle? Warum campieren wir im Wald?" Lola blickte sie überrascht an. „Wir haben unser Ziel doch schon erreicht. Ich dachte, du wüsstest, dass der Waldläufer unser Gastgeber sein würde?" Entsetzt öffnete Nina den Mund, schloss ihn aber wieder, denn in diesem Moment kam der Mann zurück. Er hatte die Arme voller Äste, die er geschickt auf dem freien Stück Waldboden drapierte um ein kleines, aber durchaus wärmendes Lagerfeuer zu entfachen. „Da hinten ist eine Quelle, da könnt ihr euch frisch machen und euren Wasserbeutel auffüllen, bis unser Abendessen eintrifft." Der Waldläufer deutete in die Richtung, aus der er gekommen war und hielt seinen eigenen, prall gefüllten, Beutel kurz in die Höhe. Lola nickte und zog Nina am Arm hinter sich her, die den Mann mit einer Mischung aus Verwunderung und Argwohn musterte. „Wie meint er das, bis unser Abendessen eintrifft?" Sie stolperte hinter Lola her, die eilig vor ihr zwischen den Bäumen entlang huschte. „Das wirst du schon sehen", kam die vergnügte Antwort. An der Quelle, die in Wahrheit nicht viel mehr, als ein kleines Rinnsal war, das in einer winzigen Pfütze endete, machte Lola sich daran ihren Wasserschlauch zu füllen. Nina kniete sich neben sie und wusch sich dankbar den Staub von Händen und Gesicht. Das Wasser war angenehm kühl und sie ließ es sich, seufzend, langsam den Nacken hinabfließen. Es tat gut sich ein wenig erfrischen zu können, auch wenn sie eine heiße Dusche bevorzugt hätte. Sie beendete ihre Katzenwäsche und beobachtete Lola, die es ihr gleichtat. „Bisher hast du mich immer zu Herbergen gebracht, wo ich etwas erfahren, etwas lernen konnte. Was sollte der Waldläufer mir beibringen können?" Ihre Stimme klang interessiert, aber auch Unmut und Unverständnis schwangen darin mit. „Ich meine, ich habe nicht mal eine Frage gestellt, bevor wir auf ihn getroffen sind." Lola blickte sie fest an, das Quellwasser lief ihr, in kleinen Perlen, die Stirn und die Wangen hinab. „Hast du nicht? Ich glaube schon, denk noch mal darüber nach. Und im Übrigen solltest du niemals vergessen, es gibt keinen einzigen Menschen auf der Welt, von dem wir nicht noch etwas lernen könnten. Das schließt auch den Waldläufer mit ein, der ein wundervoller Mensch ist und Nichts für deine Wut kann." Ihre Stimme klang vorwurfsvoll und Nina senkte verlegen den Kopf. „Tut mir leid", murmelte sie leise. Lola reichte ihr die Hand und zog sie hoch. „Gib ihm eine Chance, du wirst überrascht sein, er ist zwar sehr Speziell, aber dafür ein ganz besonderer Mensch."

Als die Frauen zum Lager zurückkehrten, ließ Nina sich in der Nähe des Waldläufers nieder und beobachtete, wie er an einem langen, fingerdicken Stock herumschnitzte und die kleineren Zweige entfernte. „Was machst du da?" Ihre Stimme klang zaghaft, erleichtert bemerkte sie sein freundliches Lächeln, er hatte ihr mürrisches Verhalten offensichtlich nicht persönlich genommen. „Ich bereite den Spieß für unser Abendessen vor." Sein Grinsen wurde breiter. Verwirrt blickte Nina ihn an, erwiderte aber Nichts und wandte sich stattdessen hilfesuchend nach Lola um. Diese hatte gerade die beiden groben Wolldecken aus ihrem Rucksack befördert und reichte Nina Eine davon. Dann ließ sie sich mit einem zufriedenen Seufzen neben dem Feuer ins weiche Moos sinken. „Wie lange lebst du nun schon in diesen Wäldern? Die Zeit vergeht so rasend schnell, dass ich das immer wieder vergesse." Lolas Versuch, endlich ein Gespräch in Gang zu bringen verfehlte seine Wirkung nicht. Der Waldläufer legte nachdenklich den Kopf schief. „Mir geht es wie dir, ich weiß es nicht genau. Aber ein paar Jahre sind schon ins Land gezogen", erwiderte er schließlich. „Immer noch der ruhelose Vagabund." Lolas Worte klangen scherzend, aber auch liebevoll. Bestätigend lächelte der Mann. „Vagabund, ja das höre ich des Öfteren. Aber ruhelos? Nein, da muss ich widersprechen."

„Der Waldläufer war nicht immer in diesen Wäldern zu Hause", erklärte Lola leise. In seinem früheren Leben war er Zimmermann, aber kurz nach der Gesellenzeit, wurde der Hof seines Meisters überfallen und niedergebrannt." Ihr Blick schweifte in weite Ferne, als würde sie in eigenen Erinnerungen schwelgen, was Nina gar nicht so unwahrscheinlich vorkam, in Anbetracht der Tatsache, dass sie ja tatsächlich in der Zeit reisen konnte. „Der junge Bursche, der heute als Waldläufer bekannt ist, konnte fliehen und zog sich, zum ersten Mal ganz auf sich allein gestellt, in den Wald zurück. Nicht wissend wohin und vor Allem zu verängstigt um zurück zu kehren." Der Mann lachte traurig auf. „Ja, aber dieser junge

Bursche ist schon lange fort. Ich habe gelernt wie das Leben funktioniert und in diesen Wäldern mein Zuhause gefunden." Lola betrachtete ihn liebevoll, ihre Augen glänzten im Schein des warmen Feuers. „Und du lebst hier ganz allein? Ohne ein festes Zuhause"? traute sich nun endlich auch Nina eine Frage zu stellen. Der Mann drehte den Holzspieß in seinen Händen, betrachtete ihn sorgsam von allen Seiten. „Nun, ein festes Zuhause habe ich nicht, wohl wahr, aber allein bin ich niemals." Behutsam legte er den Spieß zur Seite und kramte in einer seiner unzähligen Taschen herum, fischte schließlich ein paar Knollen heraus, die er langsam und mit spitzen Fingern in die Glut des Feuers schob. „Fehlen dir nicht manchmal die anderen Menschen? Ein warmes Zuhause? Freunde oder eine Frau?" Ninas Neugier war geweckt und die Fragen schossen aus ihrem Mund, wie kleine Kanonenkugeln. „Nein", war die schlichte Antwort. „Dieser Wald hat alles zu bieten, was ich benötige. Wenn ich etwas brauche, kann ich sicher sein, ich werde es finden." Er deutete mit einer ausladenden Bewegung um sich herum. „Und ich habe Freunde, der Wald ist sehr belebt musst du wissen. Ich vermisse die Menschen und das, was sie Gesellschaft nennen, nicht." Nina schwieg und betrachtete den Mann mit einer Mischung aus Bewunderung und Argwohn, sie konnte sich nur schwer vorstellen, dass ein solches Leben lebenswert war. So ganz allein, ohne Hab und Gut, ohne soziale Kontakte und vor Allem ohne einen Platz wo man hingehörte.

Ein leises Rascheln hinter ihnen ließ sie aus ihren Gedanken hochfahren. Sie drehte den Kopf und fuhr, mit einem leisen Schrei, zurück. Direkt neben ihr war ein großer, zottiger, grauer Kopf im Unterholz aufgetaucht. In der langen Schnauze baumelte das größte, tote Kaninchen, das Nina je gesehen hatte. Mit langsamen, eleganten Schritten kam der Kopf näher und im Schein des Feuers erkannte Nina schließlich den schlanken, muskulösen Körper eines grauen Wolfes, der zielstrebig auf den Waldläufer zu lief. Dieser streckte die Arme nach dem Tier aus und griff beherzt in das zottige Fell, begann den Wolf hinter den Ohren zu kraulen. „Archibald mein Lieber, ich danke dir." Der Wolf setzte sich und ließ seine Beute, direkt in den Schoss des Waldläufers fallen. „Wie es aussieht, gibt es heute Abend Hasenbraten." Vergnügt hielt der Mann das tote Tier hoch und zeigte es stolz seinen beiden Gästen. Lola klatschte begeistert in die Hände. „Dein Hasenbraten ist der Beste, den ich je kosten durfte", sagte sie und warf Nina einen verschwörerischen Blick zu. „Glaub mir, er versteht es, wie kein Anderer, die Gaben des Waldes in einen absoluten Hochgenuss zu verwandeln." Angeekelt starrte Nina den toten Hasen an, sie spürte einen leicht bitteren Geschmack im Mund und ihr Magen zog sich unheilvoll zusammen, als sie an den Holzspieß dachte. „Oh, darf ich übrigens vorstellen? Das ist Archibald, der beste Freund, den ein Waldläufer sich nur wünschen kann und mein treuer Gefährte, schon seit sehr langer Zeit." Nina zog überrascht die Luft ein. „Er ist ein Wolf", stellte sie, das Offensichtliche fest. Archibald bedachte sie mit einem kurzen Seitenblick aus halbgeschlossenen Augenlidern, während der Waldläufer laut auflachte. „Ja na und? Ich kenne kein Gesetz, das besagt, eine Freundschaft müsse zwischen zwei Menschen bestehen und dürfe nicht zwischen Wolf und Mensch geschlossen werden." Er hatte damit begonnen den Hasen für den Holzspieß vorzubereiten und eilig schloss Nina die Augen, aus Angst ihren Magen sonst nicht unter Kontrolle behalten zu können. Ihr war speiübel. „Ich kann mir jedenfalls keinen treueren oder besseren Weggefährten vorstellen und ich bin Archibald sehr dankbar für seine Gesellschaft." Die Stimme des Waldläufers klang aufrichtig und Nina nickte. „Ok, aber er kann nicht mit dir reden, fehlen dir denn nicht manchmal Gespräche?"

Eine Zeitlang schwieg der Waldläufer und schien in seine Arbeit vertieft zu sein. Nina vermied immer noch jeden Blick in seine Richtung und starrte stattdessen lieber auf den dunklen Boden vor sich. Lola hatte sich neben dem Feuer ausgestreckt, sie hatte sich die Decke um die Schultern gewickelt und fuhr, mit langen Bewegungen, durch das raue Rückenfell des Wolfes, der es sich neben ihr gemütlich gemacht hatte und das Kaninchen, in den Händen seines Freundes, nicht aus den Augen ließ. „Die Menschen reden zu viel. Vor Allem zu viel unnützes Zeug. Sie besinnen sich selten auf das Wesentliche und sind nie zufrieden mit dem was sie haben, was sie sind oder was sie können. Es ist nicht gerade ein Vergnügen mit ihnen zu reden, zumal sie mir in den meisten Fällen mit demselben Argwohn und Vorurteilen begegnen wie du." Er lächelte vielsagend. „Sie können mein Leben nicht nachvollziehen, sie verstehen nicht, dass ich keine Not leide, sondern aus all dem etwas mache, was der Wald, die Natur, die Tiere und das Leben mir schenken. Und das ist mehr als Genug", schloss er seine kurze Rede. Ein leises, seltsames Knacken war zu hören und als Nina erschrocken aufblickte, sah sie wie der Waldläufer das Kaninchen eben über das Feuer hängte und langsam den Spieß zu drehen begann. „Du hast Recht, ich verstehe deine Art zu leben nicht. Es ist mir fremd, was nicht unbedingt heißt, dass ich es verurteile, aber ich würde vermutlich sehr schnell verhungern, wenn ich versuchen würde in diesem Wald zu überleben", gab Nina zu Bedenken. „Und mir ist auch schleierhaft, wie man freiwillig auf ein festes Zuhause, oder die Gesellschaft anderer Menschen verzichten kann. Dein Leben ist so ganz anders, als meines." Sie strich sich nachdenklich die Haare aus dem Gesicht, während ihre Augen in Richtung des großen Wolfes wanderten, der entspannt neben Lola lag und vor sich hin döste. „Mir ist das Leben mit Hunden nicht neu", setzte sie erneut an, „aber sie werden bei uns als Haustiere gehalten. Wer sie als Familie oder als Freund bezeichnet, wird eher belächelt. Tiere sind uns Menschen nicht gleichgestellt." Der Waldläufer schaute sie niedergeschlagen an. „Das ist das Problem. Die Tiere haben so viel zu geben, aber sie sind immer nur Wesen zweiter Klasse. Sie leben anders als wir, sie kommunizieren anders als wir, aber dennoch binden sie sich und sind überaus bereitwillig dazu in der Lage, sich uns in gewisser Weise anzupassen, wenn wir ihnen die Möglichkeit einräumen." Seine Augen streiften liebevoll über den Körper seines grauen Freundes. „Wenn man aufhört, Ansprüche zu stellen, weil man der Meinung ist, es stünde einem mehr zu , nur um dann trotzdem immer mehr haben zu wollen, wenn man wirklich das nutzt, was einem zur Verfügung steht ohne es in Frage zu stellen, dann erreicht man einen Grad an Freiheit, den man nie für möglich gehalten hätte." Seine Stimme war nur noch ein leises Flüstern, das hin und wieder vom Prasseln des Feuers übertönt wurde. Trotzdem hatte Nina jedes Wort verstanden und betrachtete den Mann mit ehrlicher Neugier. „Hast du dich jemals vollkommen glücklich und zufrieden gefühlt, so als wäre Alles in perfekter Ordnung und Nichts müsse sich ändern?" Seine Frage überraschte sie, und betrübt schüttelte sie den Kopf. „Weißt du warum das so ist?" Sie überlegte lange, ehe sie schließlich antwortete. „Weil ich viele Dinge vermisst habe und weil ich nicht erreichen konnte, wonach ich mich so sehr sehnte." Der Waldläufer nickte verstehend. „Ich nehme an, es ging um solche Dinge, von denen du ausgehst, sie würden mir auch fehlen? Familie, Freunde, ein Zuhause, ein fester Platz an dem ich lebe?" Bestätigend, wenn auch zögernd nickte Nina wieder. Der Mann drehte den Holzspieß wieder ein paar Mal um die eigene Achse. Sein Gesicht wirkte weich, im rötlichen Schein des Feuers. „Als ich damals in diesen Wald geflohen bin, war ich wie du. Ich war schrecklich einsam, alle Menschen die mir etwas bedeutet hatten, waren Tod oder ebenso auf der Flucht, wie ich es war. Ich fror, hatte Hunger und habe mich schließlich vor Verzweiflung heulend in eine Grasmulde zurückgezogen, darauf gefasst, dass ich sterben würde." Seine Lippen pressten sich für einen kurzen Moment zusammen, als er an diese schmerzhafte Zeit zurück dachte. „Als ich am nächsten Morgen erwachte, war ich überrascht die Nacht überlebt zu haben und machte mich daran, die

Gegend zu erkunden. In Wahrheit, habe ich den Heimweg gesucht, ich hatte mich in meiner kopflosen Flucht nämlich gründlich verirrt." Er grinste leicht, bei dem Eingeständnis, dann wurde seine Miene wieder ernst. „Nach einer Weile stieß ich auf eine kleine Quelle, an der ich meinen Durst löschen konnte. Direkt daneben wuchsen wilde Möhren, ihr Kraut erkannte ich, weil es dem in unserem Gemüsebeet, auf dem Hof, sehr ähnlich war. Ich zog so viele, wie ich nur tragen konnte, aus der Erde, froh genug zu essen zu haben und mir für eine Weile keine Gedanken mehr um Hunger machen zu müssen." Wieder drehte er den Holzspieß, griff in ein kleines Säckchen, das vor ihm auf dem Boden lag und streute etwas über den halbgaren Hasen. Wenige Augenblicke später lag ein angenehm würziger Geruch in der Luft, der Nina das Wasser im Mund zusammen laufen ließ. „Nachdem meine Verpflegung also gewährleistet war, begann ich mir einen Unterstand aus Ästen und Farnblättern zu bauen. Ich versuchte, so gut es ging, ein Zuhause zu erschaffen. Und weißt du was passiert ist?" Nina schüttelte eilig den Kopf, begierig zu erfahren wie es weiter ging. „Wenige Tage später waren die wilden Möhren im Feld verblüht, sie waren holzig und ungenießbar. Und die, die ich gesammelt hatte, waren am vergammeln und ich bekam Bauchkrämpfe, als ich davon aß. Dann hat ein Unwetter mein Zuhause, mit wenigen Windböen, zusammen stürzen lassen, während ich nur hilflos daneben stehen konnte und mir ein einzelnes Farnblatt über den Kopf hielt, um den Regen abzuhalten." Er blickte sie ernst an, Nina starrte mit offenem Mund zurück. „Ich stand wieder vor dem Nichts und beschloss, mein Glück an einem anderen Ort zu versuchen. Doch je länger ich umherirrte, desto mehr lernte ich, auf die Zeichen des Waldes und der Natur zu achten. Da ich niemanden zum Reden hatte, lernte ich die Stille kennen und mit ihr zeigten sich die anderen Waldbewohner, von denen ich viel lernen konnte. Sie führten mich an Wasserstellen, an Stellen wo es Beeren, Wurzeln oder Pilze gab und ich lernte schnell, dass der Wald mir Alles bieten konnte, was ich benötigte. Nur fand ich es eben nicht an einer einzigen Stelle, sondern verteilt und nicht immer dann, wenn ich es wollte." Er griff nach ein paar Holzzweigen und legte sie behutsam ins Feuer, das sofort darauf antwortete und sich in die Höhe züngelte, begierig an dem Hasenbraten leckend, der sich langsam goldbraun verfärbte.

„Bis der Winter kam, streifte ich umher und lebte von dem, was ich finden konnte. Ich schlief geschützt im Moos oder kleinen Höhlen, manchmal auch in einem hohlen Baumstamm. Mit jedem Tag spürte ich, wie das Leben, die Lebensfreude mehr und mehr durch mich hindurch strömte. All das, was ich glaubte unbedingt zu brauchen, geriet in Vergessenheit. Es zeigte sich, dass das Leben hier genug zu bieten hatte und ich wurde dankbarer und zufriedener, mit jedem neuen Tag, weil ich mich zum ersten Mal Frei fühlte." Nina schüttelte ungläubig den Kopf, während sie hungrig in Richtung des Kaninchens schielte, das mittlerweile atemberaubend roch. „Als der Winter kam, bekam ich es dann doch mit der Angst zu tun. Die Winter hier in der Gegend können rau und eisig werden, auch wenn sie meist nur von kurzer Dauer sind. Ich lag in einer Erdmulde als der erste Schnee fiel. Die Decke, die ich mir aus Blättern geflochten hatte, hielt zwar die Feuchtigkeit, nicht jedoch die Kälte ab und ich war hungrig. Ich hatte ein bisschen Holz gesammelt und ein jämmerlich kleines Feuer entfacht, das kaum genug Kraft hatte, den Schnee um sich herum zum schmelzen zu bringen. Als ich so da lag und mich fragte, ob nun vielleicht doch meine letzte Stunde geschlagen hatte, stand plötzlich Archibald vor mir, mit einem unscheinbaren, kleinen Eichhörnchen in der Schnauze." Der Wolf öffnete eines seiner gelb schimmernden Augen und sah den Waldläufer eindringlich an. Dieser lächelte liebevoll und nickte ihm zu. „Ja, von dir rede ich gerade. Ich erzähle unserem Gast davon, was für eine gute Seele du bist." Ein leises Grummeln entrang sich aus der Kehle des Wolfes und er schloss das Auge wieder, nur seine Ohren zuckten interessiert, als der Waldläufer weitersprach. „Ich war starr vor Angst, ich war den Wölfen bisher immer aus dem Weg gegangen, doch Archibald ließ seine Beute fallen und sprang mit einem Satz zu mir in die Mulde. Zuerst dachte ich, er wolle mich angreifen, stattdessen hat er sich auf mir ausgestreckt und mich die ganze Nacht gewärmt. Seit diesem Tag ist er nicht mehr von meiner Seite gewichen. Ich weiß nicht wer ihn mir geschickt hat, oder warum unsere Schicksale so miteinander verwoben sind, aber ich weiß, wir haben seither jeden Winter, jeden Sturm und jedes Gewitter gemeinsam durchgestanden." Er nahm den Holzspieß vom Feuer und stach prüfend die Klinge seines kleinen Messers in das Fleisch. Es glitt sanft hinein und er schnalzte zufrieden mit der Zunge, bevor er begann den Braten zu zerteilen. „Ich glaube, wir haben gemeinsam gelernt, dass wir alles finden, was wir brauchen und das was wir nicht finden, brauchen wir eben nicht." Er lachte leise auf. Lola hatte sich hingesetzt und wickelte sich die Decke enger um die Schultern. Der Waldläufer reichte ihr ein großes Stück Kaninchenkeule und eine der Knollen, die er in der Glut gegart hatte. Sie nahm Beides dankbar entgegen. „Ich weiß, für Andere ist es unvorstellbar, aber für mich ist dieses Leben genau das, was ich brauche. Ich bin so dankbar, mit der Natur zu leben, ohne nach Höherem streben zu müssen oder mich in Konkurrenz, zu anderen Menschen, zu befinden. Ich bin rundum zufrieden mit dem was ich habe und ich habe gelernt, aus scheinbar Nichts etwas zu erschaffen. Ich bin frei und wer kann das schon von sich sagen?" Nina griff ebenfalls nach der Keule, die er ihr hinhielt und schaute sie prüfend von allen Seiten an, bevor sie zaghaft hinein biss. Der anfängliche Ekel hatte sich in nagenden Hunger verwandelt und als sie den ersten Bissen probiert hatte, der entgegen aller Erwartungen fantastisch schmeckte, verschlang sie den Braten gierig. Immer abwechselnd biss sie in das saftige Fleisch und in die gegarte Knolle, die sich als eine Art Kartoffel entpuppte. In Gedanken musste sie Lola zustimmen, das war mit Abstand der beste Hasenbraten, den sie je gegessen hatte.

Während sie aßen, sprach Niemand ein Wort. Archibald hatte sich, zu Ninas Erleichterung, in die Dunkelheit des Waldes zurückgezogen, um seinen Anteil der Beute zu verspeisen. Der Waldläufer hatte ihm die rohen Innereien, fein säuberlich, zusammen gepackt und mit einem zufriedenen Knurren hatte der Wolf sie entgegen genommen und war verschwunden. Verwundert musste Nina feststellen, dass von dem riesigen Kaninchen Nichts, als ein paar Knochen, übrig geblieben war. Mit vollem Bauch rutschte sie näher an das Feuer heran und streckte sich nun ebenfalls, der Länge nach, im weichen Moos aus. Sie hatte die Decke bis ans Kinn hochgezogen und blickte verträumt in die lodernden Flammen. Hin und wieder flog ein Funke empor, gefolgt von einem leisen, beruhigenden Knacken. Sie dachte über die Worte des Waldläufers und seine Einstellung zum Leben nach. Schließlich drehte sie sich auf die Seite, stützte den Kopf auf den Ellbogen und blickte den Mann, der sich auf der anderen Seite des Feuers zusammen gerollt hatte, eindringlich an. „Dein Leben hört sich deutlich einfacher und unkomplizierter an, als mein Leben. Und ich glaube, du bist tatsächlich freier als ich es je sein werde. Aber ich kann schlecht meine Sachen packen und in den Wald ziehen. Also werde ich einen anderen Weg finden müssen." Sie blickte zu Lola hinüber, die sich den ganzen Abend auffällig still verhalten hatte und sich auch jetzt nicht an dem Gespräch beteiligte. Sie hielt die Augen geschlossen und ein entspanntes Lächeln lag auf ihren Lippen. Der Waldläufer hatte den Kopf gehoben und suchte Ninas Blick über das Feuer hinweg. „Ich glaube, nicht der Wald oder das einfache Leben sind der Schlüssel, den du suchst. Es geht um die innere Einstellung. Willst du frei und zufrieden sein, hör einfach auf zu Wollen oder zu Suchen." Er legte sich wieder hin und zog seine Decke über der Brust zurecht. Archibald war inzwischen zurück und hatte sich in den Kniekehlen seines Freundes eingerollt. Sein gewaltiger Kopf ruhte auf dem Oberschenkel des Waldläufers. „Du musst darauf vertrauen, dass du immer das bekommst, was du wirklich brauchst. Es ist überflüssig mehr oder etwas anderes zu wollen, denn wenn es wirklich notwendig für dich wäre, hättest du es bereits. Verschwende nicht deine Zeit und Energie darauf. Heb dir das für schönere Dinge auf und sei dankbar und zufrieden mit dem was du erhältst. Dazu musst du nicht im Wald hausen und einen Wolf zum Freund haben." Das Lachen, das in seinen letzten Worten mitschwang, entlockte auch Nina ein Lächeln. „Hör ruhig auf ihn, er ist ein sehr kluger Mann und weiß wovon er spricht", schaltete Lola sich zum ersten Mal in das Gespräch ein. Ihre Stimme klang schläfrig und auch Nina spürte, wie ihre Augenlider immer schwerer wurden. Es war ein schöner Gedanke, irgendwann vielleicht so frei und zufrieden sein zu können, wie es dieser kauzige Mann, auf der anderen Seite des Feuers, zu sein schien. Mit dieser Überlegung schlief sie endgültig ein, eingehüllt in die nach Heu duftende Decke und die Wärme des leise prasselnden Lagerfeuers, aber ohne ein Dach über dem Kopf.

Kapitel 11

Als Nina am nächsten Morgen erwachte, stand die Sonne schon hoch am Himmel und schien ihr, durch die Baumwipfel, direkt ins Gesicht. Verschlafen hob sie den Kopf und sah sich um. Lola saß ein Stück von ihr entfernt, an einen Baumstamm gelehnt und beobachtete sie aus halb geschlossenen Augenlidern. „Guten Morgen", Nina kämpfte sich aus der Decke heraus und streckte ihre steifen Glieder. „Dir auch einen guten Morgen. Ich dachte schon, du wachst gar nicht mehr auf." Nina lachte schuldbewusst. „Ja, ich bin wohl der Langschläfer von uns Beiden." Lola winkte ungeduldig ab. „Das ist normal, du lernst viel und hast einiges, mit dem du dich beschäftigen musst. So eine Reise ist enorm anstrengend. Also lass dich von mir nicht aus der Ruhe bringen. Ich bin einfach nur ungeduldig." Sie grinste schief. „Das ist wohl eine Eigenschaft, die ich noch zu lernen habe." Überrascht schaute Nina auf. „Du hast auch noch was zu lernen? Das ist ja kaum zu glauben." In ihrer Stimme klang unüberhörbar Sarkasmus mit, doch Lola schien sich daran nicht zu stören. Sie war schon aufgesprungen, hatte sich ein paar Krümel von der Hose gewischt und machte sich daran die beiden Decken in ihren Rucksack zu stopfen. Nina sah sich suchend um. „Wo sind der Waldläufer und Archibald?" fragte sie neugierig. Lola schulterte ihren Rucksack und drehte sich halb zu ihrem Schützling um. „Ihn hält es nie lange an einem Ort, er ist schon in der Morgendämmerung weitergezogen", erklärte sie und bedeutete Nina ihr zu folgen. „Das ist schade". Die Enttäuschung war Nina deutlich anzusehen. „Ich hätte mich gerne noch von ihm verabschiedet." Sie beeilte sich, Lola durch das Unterholz des Waldes zu folgen, was gar nicht so einfach war. Überall standen kleine Sträucher und Baumwurzeln ragten hier und da aus dem Boden. Vorsichtig setzte Nina einen Fuß vor den anderen, um nicht zu stolpern. „Es war sehr interessant, sich mit ihm zu unterhalten", stellte sie überrascht fest. Lola nickte zustimmend. „Ich bin froh, dass du ihm doch noch eine Chance gegeben hast. Es wäre schade gewesen, wenn du die Gelegenheit ungenutzt gelassen hättest."

Ein paar Minuten nachdem sie von ihrer Lagerstelle aufgebrochen waren, erreichten sie wieder den breiten Waldweg und kamen zügiger voran. Lola schien es heute allerdings nicht eilig zu haben. Mit gemächlichen Schritten schlenderte sie dahin und hielt immer wieder das Gesicht genießerisch in die Sonne. „Woher weißt du immer so genau, welche Frage ich als Nächstes stellen werde und wer die richtige Person ist, um sie mir zu beantworten?" Nina trottete neben ihrer Gefährtin her und genoss einmal mehr die Ruhe des Waldes. „Weiß ich nicht", gab Lola ausweichend zurück. Ein Seitenblick in Ninas Gesicht verriet ihr, dass gleich die nächsten Fragen auf sie einprasseln würden. Sie seufzte ergeben und fuhr eilig fort. „Diese Reise funktioniert nicht so, wie du es glaubst. Nicht ich wähle die Stationen aus, sondern du." Nina schnappte überrascht nach Luft. „Wie könnte ich die Stationen auswählen, wenn ich doch Niemanden hier kenne? Ich weiß ja nicht mal so genau, wo wir uns eigentlich befinden." Ihre Stimme klang vorwurfsvoll und sie dachte darüber nach, ob Lola sie vielleicht veralberte, doch diese schüttelte ernsthaft den Kopf. „Du stellst deine Frage und in dem Moment, wo dies geschieht, wähle ich die passende Herberge für uns aus. Ich weiß also auch immer erst kurz vorher, wohin der Weg uns führen wird." Das wiederum ergab schon mehr Sinn. Nachdenklich lief Nina weiter. „Aber gestern habe ich doch gar keine konkrete Frage gestellt". Sie strich mit der Hand über ein Farnblatt und spürte ein paar Tautropfen, die ihre Finger benetzten. „Selbstverständlich hast du das", erwiderte Lola gutgelaunt. „Du wolltest wissen, wie du zufrieden sein könntest, obwohl du nicht immer das bekommst, was du willst." Mit offenem Mund starrte Nina sie an. „Das zählte als Frage?" sie klang ehrlich erstaunt. „Natürlich, warum auch nicht? Es ist eine durchaus wichtige Eigenschaft, die dir in vielen Situationen weiterhelfen und dir die nötige Gelassenheit geben könnte, um mit Deinem Leben Frieden zu schließen."

Lola breitete die Arme zur Seite aus und drehte sich leise lachend um die eigene Achse. „Ich liebe diesen Wald", juchzte sie ausgelassen. Nina teilte diese Ansicht zwar, war aber gerade zu sehr mit sich selbst beschäftigt, um darauf zu reagieren. Sie dachte angestrengt über Lolas Worte nach und versuchte sich jedes Wort des Waldläufers ins Gedächtnis zu rufen. Sie hatte sehr interessiert zugehört, weil sie die Lebensweise dieses Mannes faszinierte, aber sie war sich nicht darüber klar gewesen, dass darin eine wichtige Antwort für sie gelegen hatte. Schließlich seufzte sie laut auf. „Das ist alles ganz schön verwirrend und ungeheuer anstrengend". Sie lächelte Lola niedergeschlagen an, die sie überrascht musterte. „Was genau meinst du"? „Das Leben und wie es funktioniert. Mit den ganzen Aufgaben, die man zu meistern hat und den ganzen Einsichten, die man irgendwie beherzigen soll. Es ist ziemlich viel, worauf man achten muss." Lola lachte laut auf und tätschelte ihr gutmütig den Rücken. „Ach quatsch, was dir fehlt ist

Gelassenheit. Du siehst die Dinge viel zu verbissen und versuchst in Allem perfekt zu sein um bloß Nichts falsch zu machen. Das erzeugt nur Druck und unter Druck passieren die dümmsten Sachen." Nina seufzte erneut. „Aber wenn ich all das, was ich bisher auf dieser Reise gelernt habe, auch wirklich umsetzen will, bin ich doch den ganzen Tag nur damit beschäftigt, darauf zu achten, ob ich auch ja Nichts vergessen habe. Fühle ich mich ausgelassen genug? Bin ich zufrieden genug? Liebe ich die Menschen auf die richtige Weise? Bin ich mir gerade selbst genug wert und wer weiß, was noch kommt. Wie soll man das schaffen?"

Lola bedachte sie mit einem seltsam fragenden Blick. „Willst du die Sache wirklich so angehen?" fragte sie bestürzt und Nina nickte verzweifelt. „Wie denn sonst?" Lola schüttelte ungläubig den Kopf. „Das ist doch keine Klassenarbeit für die du büffeln musst", ihre Stimme klang entrüstet. „Du solltest das Leben leben und dir nicht noch schwerer machen, als es ist. Was du gerade tust, wird die Dinge nur noch komplizierter machen." Wieder schüttelte sie den Kopf und Nina blickte betreten zu Boden. „Dann sag mir doch, was ich tun soll", bat sie und klang immer verzweifelter. „Du sollst endlich anfangen zu leben und darauf vertrauen, dass alles so kommt, wie es sein soll. Ohne ständig zu hinterfragen, vor Allem dich selbst nicht! Und abgesehen davon, nimm nicht immer Alles so ernst, das Leben ist schön, auch wenn es seine Tücken hat, genieß es und lass los." Nina lief mit hängenden Schultern neben ihr her. Wie gern wäre sie dieser Aufforderung nachgekommen, aber sie hatte keine Ahnung wie und das machte sie fertig. Sie spürte, wie Tränen der Verzweiflung ihr ihn die Augen traten. „Das sagst du so einfach. Aber ich weiß nicht, wie ich das tun soll und was du von mir erwartest. Abgesehen davon, wie kann ich leben und glücklich sein, wenn ich eigentlich todunglücklich bin?" Lola lächelte nachsichtig. „Du bist todunglücklich, weil du weder Vertrauen hast, noch kannst du loslassen und die Dinge einfach geschehen lassen. Wenn du irgendwann einsiehst, dass du bekommst was du brauchst, wird es einfacher sein." Nina schnaubte verächtlich. „Ich bekomme also was ich brauche, ja?" Sie ballte die Hände zu Fäusten. „Ich brauche also diesen unglaublichen Schmerz und den Verlust meiner großen Liebe? Oder die Einsamkeit, die mich mein ganzes Leben schon begleitet? Oder den maroden Körper?" Ihre Stimme klang immer zorniger und Lola wich ein Stück vor ihr zurück. „Du hast es immer noch nicht verstanden", stellte sie enttäuscht fest. „Du bekommst nicht das was du willst, sondern das was du brauchst!" „Wozu brauche ich denn so einen Mist?!" Nina schrie mittlerweile und inzwischen rollten dicke Tränen, der Wut, über ihre Wangen. „Um zu lernen, um dich weiter zu entwickeln und um voran zu kommen", war die schlichte Antwort, die sie abrupt verstummen lies. „So funktioniert das nun Mal im Leben", setzte Lola vorsichtig zur Erklärung an. „Du wirst geboren und hast dir bestimmte Aufgaben vorgenommen, einen bestimmten Weg vorausgeplant, den du gehen möchtest, um an dein Ziel zu gelangen. Und genau dafür bekommst du die Unterstützung, die du brauchst." Nina starrte sie ungläubig an. Lola zuckte bedauernd mit den Schultern. „Sieh mal, wenn du dir zum Beispiel Reichtum wünschst, dann wirst du ganz sicher nicht einfach einen Sack Geld vor deiner Tür finden. Aber, du wirst jede Menge Arbeit bekommen, um dir dieses Geld und damit den Reichtum zu verdienen. Oder du bekommst eine tolle Idee, mit der du das Geld verdienen könntest." Sie schluckte und leckte sich über die staubigen Lippen. „Wenn du dir zum Beispiel mehr Geduld wünschen würdest, dann würdest du mit Situationen konfrontiert werden, in denen du Geduld lernen wirst. Aber du wirst nicht eines Tages aufwachen und geduldig sein, verstehst du das Prinzip?" Sie blickte Nina fragend an, als diese jedoch nicht antwortete, fuhr sie leise fort. „Du hast dieses Leben um zu lernen, dir Dinge zu erarbeiten und Erfahrungen zu machen. Und dabei bekommst du die Hilfe die du brauchst, aber geschenkt wird dir Nichts von Alledem. Sonst wäre das Leben nämlich überflüssig. Du musst es dir selbst erarbeiten, selbst erfahren, selbst durchleben. Das ist hart, aber wirkungsvoll und es macht dich stärker und lässt dich reifen."

Nina hatte aufmerksam zugehört, sie verstand zwar den Sinn dahinter, aber es gefiel ihr nicht. „Dann muss ich mir ziemlich viel Mist vorgenommen haben, für dieses Leben", stellte sie schließlich nüchtern fest und presste die Lippen aufeinander. „Nicht unbedingt, manchmal laufen die Dinge einfach auch nicht so, wie sie gedacht waren", entgegnete Lola. „Der Mensch hat einen freien Willen, er kann sich entscheiden welchen Weg er einschlägt. Er muss sich dann eben mit dem Rumschlagen, was dieser Weg ihm zu bieten hat. Aber es gibt immer wieder Umwege, Schleifen, Wiederholungen oder Menschen, die komplett neben der Spur laufen. Und alles was ein Mensch tut, alles was er entscheidet, hat unmittelbare Auswirkungen auf seine Umwelt und die Menschen um ihn herum. Das macht es ziemlich kompliziert." Nina hatte das Gefühl, ihr Kopf würde jeden Moment platzen, das waren so viele neue Infos, so viele neue Gedanken und Fragen, dass ihr beinahe schwindelig wurde. „Die absolute Kunst an dem Ganzen ist, sich selbst nicht von seinem Weg und von seinen Aufgaben abbringen zu lassen, egal was einem Begegnet. Leider scheitern daran die Meisten." Lola legte den Kopf ein wenig schief und betrachtete den Boden, der zu ihren Füssen lag. „Das ist mir Alles zu viel", traurig schüttelte Nina den Kopf. „Ich kenne ja nicht Mal meinen Weg oder die Aufgaben, die ich mir vorgenommen habe, wie soll ich dann wissen, ob ich mich habe ablenken lassen oder davon abgekommen bin?" Lola nickte verstehend. „Nachts in einem See schwimmen zu wollen, mit der Absicht, ihn nicht wieder zu verlassen, ist jedenfalls nicht im Plan enthalten gewesen", neckte sie Nina spöttisch. „Also müssen wir schauen, dass wir dich wieder dorthin zurückbekommen, wo du eigentlich sein solltest. Und zu diesem Zweck machen wir diese Reise."

Sie liefen schweigend weiter. Nina hatte die Fäuste noch immer geballt und presste ihre Kiefer fest aufeinander. Hin und wieder konnte Lola ein leises Knirschen vernehmen, als würden ihre Zähne aufeinander mahlen. „Habe ich in diesem Leben überhaupt schon etwas richtig gemacht? Habe ich auch nur eine einzige Aufgabe erfüllt? Wenn ich mir meinen Werdegang und meinen momentanen Zustand so betrachte, könnte man meinen, ich wäre weit vom Ziel entfernt. Auch wenn ich keine Ahnung habe, wie dieses Ziel überhaupt aussieht." Sie wischte sich mit dem Ärmel, ihres Pullovers, die Augen trocken und schniefte leise vor sich hin. „Aber ja, du hast schon sehr vieles erfolgreich gemeistert, in mancherlei Hinsicht sogar mehr als, unter diesen Umständen, zu erwarten gewesen wäre. Nur dieser letzte Tiefschlag hat dich so sehr aus der Bahn geworfen, dass mein Eingreifen nicht mehr zu verhindern war. Was aber nicht heißt, dass du schon immer versagt hättest." Nina lächelte ihre Gefährtin dankbar an. „Ja, dieser letzte Schlag hatte es wirklich in sich", gab sie leise zu. „Ich wüsste gerne, was ich dabei lernen sollte, denn dieser Schmerz stellt eigentlich alles andere in den Schatten." Lola zuckte mit den Schultern. „Das werden wir vielleicht noch herausfinden, oder auch nicht", antwortete sie ausweichend und Nina beließ es vorerst dabei. Auch wenn diese Reise ihr in vielerlei Hinsicht gut tat und so manche Einsicht ihr sicher weiterhelfen würde, mit diesem Thema wollte sie sich lieber nicht genauer beschäftigen. Schon der bloße Gedanke an das, was sie verloren hatte, ließ ihr Herz zusammen krampfen und sie hatte das Gefühl, als würde ein Ring um ihre Brust liegen, der sich immer enger zusammen zog. Als hätte Lola bemerkt, dass sie gerade wieder dabei war, im Schmerz zu versinken, griff sie aufmunternd nach Ninas Hand und zog sie mit sich, in Richtung des Waldrandes. „Hör mal, da plätschert Wasser", riss sie ihre Gefährtin aus den Gedanken und sie eilten zusammen zwischen den Bäumen hindurch, dem Geräusch entgegen. Schließlich standen sie an einem kleinen, tiefblauen See, der durch eine Quelle gespeist wurde, die sich einige Meter oberhalb der Wasseroberfläche, über einen breiten Felsen in den See ergoss. Dadurch entstand ein kleiner Wasserfall, der in der Sonne in allen Regenbogenfarben schimmerte. Begeistert blickte Nina sich um. „Glaubst du, wir könnten hier schwimmen? Dieser Wasserfall sieht zu verlockend aus." Sie drehte sich wieder zu Lola um, die sich bereits aus ihrem Hemd und ihrer Hose geschält hatte und soeben versuchte, den rechten Schuh abzustreifen, der Linke lag ein Stück entfernt, neben ihr im Gras. Laut lachend begann auch Nina sich zu entkleiden. „Ich werte das einfach mal als Ja." Mit lautem, freudigem Geheul stürzte Lola sich in das kalte Wasser, tauchte komplett unter und ihr Kopf kam erst einige Meter vom Ufer entfernt wieder zum Vorschein. Nina war da vorsichtiger. Sie watete mit langsamen Schritten ins Wasser, das durch die Sonne angenehm erwärmt war. „Wunderbar!" Lola tauchte kurz unter und spie eine kleine Wasserfontäne aus, als sie die Oberfläche wieder durchbrach. Mit einigen Schwimmzügen hatten sie den See schnell durchquert, er maß vielleicht zwanzig Meter, und juchzend und prustend, tauchten sie in den Wasserfall ein. Nina genoss das Prasseln des eiskalten Wassers auf ihrem Rücken. Für einen kurzen Moment wurde die Welt um sie herum komplett ausgeschlossen, als sie ihren Kopf vollständig in die kalte Flut hielt, die von Oben auf sie herabstürzte. Sie wusste nicht, wie lange sie so da stand, doch irgendwann begannen ihre Muskeln leicht zu zucken, die Kälte war bis in ihr Inneres vorgedrungen. Bedauernd tauchte sie wieder in den deutlich wärmeren See ein und schwamm einige Züge, um ihre verkrampfte

Muskulatur zu lockern. „So ein Bad war jetzt genau das Richtige." Lola war direkt neben ihr aufgetaucht und musterte sie vergnügt. Nina nickte bestätigend und lächelte glücklich. „Ja, dass war es." Sie drehte sich auf den Rücken und genoss es, dass das Wasser sie trug und ein Gefühl der Schwerelosigkeit erzeugte. Sie schloss die Augen und zuckte nur kurz zusammen, als Lola sie vorsichtig an den Füssen packte und hinter sich her, durch das kalte Nass, in Richtung Ufer zog. Sie setzten sich zum Trocknen in die Sonne und Nina spürte eine angenehme Schwere, die sich langsam in ihrem Körper ausbreitete. Entspannt lehnte sie sich im weichen Gras zurück, ein warmer Windhauch strich über sie hinweg und sie schloss müde die Augen. Lola hatte sich neben ihr auf den Bauch gedreht, die Arme unter dem Kopf verschränkt. Auch sie schien einem kleinen Nickerchen nicht abgeneigt zu sein und so ließ Nina sich langsam hinüber in den Schlaf gleiten, das Zwitschern der Vögel im Ohr und absolute Stille in ihrem Kopf.

Als sie ihre Augen wieder aufschlug, stand die Sonne schon tief am Himmel und spiegelte sich, auf der glasklaren Oberfläche, des Sees. Sie fröstelte ein wenig und begann sich eilig anzukleiden. Lola streckte sich gähnend neben ihr und schlug erst ein Auge auf, dann das andere. „Das tat gut", murmelte sie verschlafen und gähnte erneut. Lachend warf Nina ihr ihr Hemd zu. „Du hast Gänsehaut, es wird langsam frisch." Lola setzte sich auf und nestelte an ihrer Kleidung rum. Sie schien noch nicht ganz wach zu sein und es gelang ihr erst beim zweiten Anlauf, in Hemd und Hose zu schlüpfen. „Wir haben ganz schön getrödelt", stellte Nina zerknirscht fest. Jetzt müssen wir uns sicher beeilen, um noch vor Anbruch der Dunkelheit unsere Herberge zu erreichen." Lola schlüpfte soeben in ihre Schuhe und erhob sich umständlich. „Nein, ich bin sicher es ist nicht mehr weit. Manchmal muss man eben auch mal eine Pause machen und die Seele baumeln lassen." Gut gelaunt zwinkerte sie Nina zu. „Wie geht es dir?" wollte sie dann wissen. Nina betrachtete nachdenklich den See, bevor sie sich umdrehte und den breiten Waldweg wieder ansteuerte. „Ich fühle mich sehr ruhig", erklärte sie. „Das Baden und die Rast scheinen mir gut getan zu haben. Das Chaos in meinem Kopf hat sich ein wenig gelegt." Lola erreichte vor ihr den Weg und half Nina über eine Wurzel hinweg zu steigen. „Das ist ein gutes Zeichen. Vielleicht solltest du das im Hinterkopf behalten, manchmal wirkt es wahre Wunder, wenn man sich etwas Schönes gönnt oder einfach mal entspannt." Sie zwinkerte Nina fröhlich zu und sie liefen, jetzt mit schnellen Schritten, den Waldweg entlang. Nina schaute sich um, die Bäume schienen nicht mehr ganz so dicht beieinander zu stehen, immer öfter erblickte sie größere Lücken oder Lichtungen im Gehölz. Sie dachte über die nächste Frage nach, die sie beantwortet haben wollte. Dabei kam ihr das kleine Buch in den Sinn, sie schielte Lola von der Seite an, doch die achtete nicht auf sie und war völlig in sich selbst versunken, wie immer dieses selige Lächeln auf den Lippen. Unauffällig verlangsamte Nina ihre Schritte, ließ sich Stück für Stück hinter ihrer Gefährtin zurück fallen, bis sie schließlich etwa fünf Meter hinter ihr her trödelte und beschloss, der Abstand sei groß genug. Ohne Lola aus den Augen zu lassen, kramte sie in ihrer

Tasche herum, bis ihre Finger sich schließlich um das weiche Leder schlossen. Eilig zog sie das Buch hervor und blätterte ungeschickt darin herum. Erst wollte sie es enttäuscht schon wieder schließen, doch auf einer der letzten Seiten erblickte sie einen neuen Schriftzug, mit schwarzer Tinte stand dort:

Wer annimmt, was er bekommt, ohne zu hinterfragen, ob es genug oder richtig sei, der hält den Schlüssel für Zufriedenheit und Freiheit in den Händen - ihm wird niemals an Etwas fehlen, oder verloren gehen können

Zufrieden schloss Nina das Buch wieder und stopfte es zurück in ihre Tasche. Sie hatte also eine weitere Antwort erhalten, über die sie sicher noch oft und lange würde nachdenken müssen. Mit einigen großen Schritten schloss sie wieder zu Lola auf und grübelte angestrengt über ihre nächste Frage nach. Es dämmerte bereits und sie wusste, ihre nächste Herberge würde erst auftauchen, wenn sie sich entschieden hatte. Viel Zeit blieb ihr also nicht mehr. Außerdem, gestand sie sich ein, diese Reise begann ihr wirklich Spaß zu bereiten und sie freute sich auf die neue Bekanntschaft und war neugierig, wer ihnen diesmal begegnen würde. Unschlüssig seufzte sie schließlich auf. „Lola?" „Ja", kam prompt die Antwort. „Ich weiß nicht genau, welche Frage ich als nächstes stellen sollte. Es sind so Viele und ich bin nicht sicher, welche am Meisten Sinn machen würde." Lola verschränkte die Arme vor der Brust und dachte kurz nach. „Was ist dir heute am prägendsten in

142

Erinnerung geblieben?" Nina zuckte mit den Schultern. „Der See und der Wasserfall vermutlich. Die Ruhe und Entspannung dort." Lola lächelte zustimmend. „Ja, das tat dir gut, nicht wahr? Einfach mal loslassen, mal nicht nachdenken, die Dinge auf sich zukommen lassen und keine Sorgen darüber machen, was passieren könnte oder ob man gerade Alles richtig macht." Nina kehrte in Gedanken zurück zu den unbeschwerten Stunden am See. In ihrem Inneren kehrte zwar Ruhe ein, doch eine kleine Stimme in ihrem Herzen, meldete sich trotzdem zu Wort. Noch bevor sie ihre Frage laut stellen konnte, veränderte sich um sie herum die Landschaft. Die Bäume wichen mehr und mehr zur Seite und einige Meter vor sich, konnte sie Lichter erkennen. Überrascht wandte sie den Kopf zu Lola um, die unschuldig grinste. Dann holte sie tief Luft. „Ich möchte wissen, wie ich Ruhe und Entspannung finden kann, obwohl ich mich einsam fühle und keinen Platz in dieser Welt für mich sehe. „Oh, das ist eine sehr interessante Frage und ich kenne genau die richtige Person, die dir da ein bisschen Klarheit verschaffen könnte." Nebeneinander traten sie, nur einen kurzen Augenblick später, aus dem Wald heraus und liefen geradewegs auf eine, mit Fackeln beleuchtete Stadtmauer zu. Vor dem Tor waren zwei düster dreinblickende Wachen postiert, die sich ihnen in den Weg stellten. Als sie jedoch näher kamen und die beiden Männer erkannten, dass es sich nur um zwei Frauen auf Wanderschaft handelte, öffneten sie wortlos eine kleine Tür, die in das gewaltige Holztor eingelassen war und ließen sie passieren. Staunend betrat Nina die große Stadt, die hell erleuchtet war. Überall brannten große und kleine Feuer. Fackeln waren hier und da in den Boden gesteckt und die Häuser, die sich entlang der ausgetretenen Straße befanden, wirkten alle belebt. Früher war Nina gerne auf Mittelaltermärkten gewesen, der Zauber, den die Atmosphäre dort hatte, hatte sie schon immer fasziniert. Sie fühlte sich daran erinnert, während sie neben Lola, die breite Straße entlang schritt und gar nicht wusste, wo sie zuerst hinschauen sollte. Viel Zeit zum Umschauen blieb ihr nicht, denn Lola steuerte zielstrebig auf eine Taverne zu, vor der einige uniformierte Soldaten zusammen standen und ihre Krüge leerten. Sie waren ausgelassener Stimmung und auch in dem Gasthaus schien reger Betrieb zu herrschen. Dann ging alles ganz schnell. Lola war mit einem Satz auf einen der Wachleute zugesprungen, hatte sich seinen Krug geschnappt und goss ihm den Inhalt, ohne auch nur eine Sekunde zu zögern, direkt über den Kopf. Entsetzt beobachtete Nina das Geschehen, nicht im Stande sich zu bewegen. Ein leises „oh", schlich über ihre Lippen, dann packte der Wachmann Lola und zerrte sie mit sich fort. Nina traute ihren Augen kaum und wollte schon hinterher stürzen, als zwei kräftige Hände nach ihr griffen und sie in dieselbe Richtung schleiften, in der Lola soeben zwischen den kleinen Häuschen verschwunden war. Sie wurden einen schmalen Weg entlang geführt, der am Fuße, einer in den Fels geschlagenen Treppe, endete. Sprachlos vor Entsetzen registrierte Nina das zufriedene Grinsen ihrer Gefährtin, als sie die Stufen hinauf gezerrt wurden. Ein kleiner Blick in die Tiefe ließ sie erschaudern, sie konnte von hier oben beinahe die ganze Stadt überblicken. Ängstlich hob sie den Blick und sah eine weitere riesige Mauer vor sich auftauchen. Mit Lanzen bewaffnete Männer patrouillierten auf dem Grat des gewaltigen Bauwerks und Nina musste die Zähne fest zusammen beißen, damit sie nicht laut klapperten, vor Angst. Die Wachleute schoben sie durch einen schmalen Spalt in der Mauer, führten sie zügig über einen grob gepflasterten Innenhof und Nina traute ihren Augen kaum, als sie verstand wo sie sich befanden. Vor ihnen erhob sich grob, grau und furchterregend eine, aus Felssteinen, errichtete Burg. Sie warf Lola einen verzweifelten Blick zu, doch diese wirkte völlig entspannt und betrachtete das Burgtor mit vor Verzückung leuchtenden Augen. „Das wird ein Spaß", wisperte sie Nina fröhlich zu, die sich allmählich zu fragen begann, ob Lola den Verstand verloren hatte.

Sie kam kurz ins Straucheln, als der Wachmann, der ihren Arm noch immer fest umklammerte, sie vorwärts stieß. Leise fluchend fing sie sich im letzten Moment und befand sich einen Augenblick später im Inneren des Gebäudes. Auch hier wirkte das Gemäuer kalt und bedrohlich und je tiefer sie, durch die schmalen Gänge, ins Innere der Burg vordrangen, desto mehr fühlte sie sich, als würde sie gerade lebendig begraben werden. Nina versuchte die aufkommende Panik zu unterdrücken und suchte sich Fixpunkte auf dem Boden, auf die sie sich konzentrieren konnte. Sie blickte erst wieder auf, als sie abrupt zum Stehen gebracht wurde. Vor ihnen öffnete sich soeben eine schwere Holztür und gab den Blick auf einen Saal frei, der zumindest hell erleuchtet war, ansonsten aber wenig einladen auf sie wirkte. „Weiter", knurrte der Wachmann ihr ins Ohr und Nina gehorchte augenblicklich. Sie schob sich durch die Tür und das Erste was ihr auffiel, war der riesengroße steinerne Kamin, der in eine der Wände eingelassen war. In seinem Inneren loderte ein prasselndes Feuer und lies seine Schatten auf dem Steinboden und den Wänden tanzen. Dieses Schauspiel verlieh dem großen Raum, mit den hohen Decken, schon beinahe eine wohnliche Atmosphäre. Nina hätte sich liebend gerne in einem der ausladenden Sessel, vor dem Kamin verkrochen, um sich aufzuwärmen und vor Allem um zu vergessen, wo sie sich befand und aus welchem Grund. Statt sie jedoch zu den Sesseln zu bringen, zerrten die Wachmänner Lola und sie quer durch die Halle, hin zu einer langen Tafel, an deren Kopf ein einsamer Mann saß und gerade einen geleerten Krug wieder abstellte. Neugierig blickte er ihnen entgegen. Sein Blick war nicht ganz so unfreundlich, wie Nina befürchtet hätte, aber als er plötzlich breit grinsend aufsprang und ihnen entgegen rannte, zuckte sie entgeistert zurück. „Herr", setzte der Wachmann, der Lola vor sich herschob, mit lauter Stimme an, doch er wurde jäh unterbrochen. „Lasst sie los!" Befahl der Mann, der noch immer grinsend, auf sie zu eilte. Der Wachmann blickte unschlüssig auf Lola hinab, doch ehe er sich versah, wurde sie aus seinem Griff gerissen und von seinem Herrn stürmisch an die Brust gedrückt. „Lola, wie ich mich freue dich endlich wieder zu sehen." Er hielt sie kurz eine Armeslänge von sich weg, betrachtete sie freudestrahlend und zog sie wieder an sich. „Das ist ja eine Überraschung." Die Wachmänner starrten ihren Herrn Verständnislos an. „Ihr könnt zurück auf eure Posten gehen. Und schaut vorher in der Küche vorbei, sagt Else, sie soll euch eine Extraportion Met einschenken, als Dank dafür, dass ihr meinen Gästen ein sicheres Geleit gabt." Er machte eine Handbewegung und die Männer verbeugten sich hastig und trollten sich in Richtung Küche, wie Nina annahm. „König Alois, was seid ihr alt geworden", scherzte Lola und strich ihm lächelnd durch den krausen Bart, in dem sich einige graue Stellen abzeichneten. Er lachte laut auf und legte ihr freundschaftlich einen Arm um die Schultern. „Was hast du meinen armen Wachleuten diesmal angetan, damit sie dich umgehend in meinen Saal brachten?" Seine Augen leuchteten interessiert und er grinste wie ein kleiner Junge, der sich diebisch über einen gelungenen Streich freute. „Ich habe einem von ihnen seinen eigenen Met übergeschüttet", bekannte Lola und grinste entschuldigend. „Es wird immer schwerer, bis zu dir vorzudringen", gab sie zu bedenken. Der Mann nickte und wandte sich dann Nina zu. „Möchtest du mir vielleicht deine reizende Begleitung vorstellen?" Er musterte Nina neugierig, die nicht minder neugierig zurück starrte. „König Alois, das ist Nina, sie begleitet mich auf meiner derzeitigen Reise und ist ganz begierig darauf etwas Neues zu lernen." Nina kam näher und streckte dem Mann die Hand entgegen. „Freut mich Euch kennen zu lernen", stammelte sie ehrfürchtig und errötete beinah. Alois griff nach ihrer Hand und zog sie näher. „Die Freude ist ganz meinerseits. Habt ihr schon zu Abend gegessen?" Als beide Frauen synchron die Köpfe schüttelten, legte er ihnen jeweils einen Arm um die Schultern und geleitete sie zu seiner Tafel, auf der sich allerhand Platten und Teller mit den verschiedensten Speisen befanden. „Leistet mir Gesellschaft", seine Einladung klang beinahe flehend und weder Lola noch Nina ließen sich ein zweites Mal bitten.

Kapitel 12

Als sie das Mahl beendet hatten, wurde Ninas Wunsch doch noch Wirklichkeit. Der König führte sie zu dem gewaltigen Kamin und die Frauen ließen sich dankbar in die weichen Sessel fallen. Alois selbst goss sich noch einen Krug Met ein und bedachte sie dann abwechselnd mit nachdenklichem Blick. „Wie lange seid ihr schon auf Wanderung", fragte er schließlich. Lola zuckte die Schultern. „Schon eine ganze Weile. Du weißt doch, manche Dinge benötigen einfach ihre Zeit." Er nickte zustimmend. „Ich kenne diesen König schon eine Ewigkeit", wandte Lola sich an ihre Gefährtin. „Er war noch ein Knabe, als er den Thron bestieg. Gerade verwaist, unbeholfen, nervös und ohne die geringste Ahnung von dem, was er da tat." Sie lächelte ihm liebevoll zu. „Seitdem ist viel Zeit vergangen", warf er ein und stellte seinen Krug auf einen kleinen Holztisch zu seiner Linken. „Mit den Jahren bin ich weiser geworden und lasse die Dinge auf mich zu kommen. Wie sagt man so schön, in der Ruhe liegt die Kraft." Er lachte wieder dröhnend und Nina bemerkte, dass die Wände sein Lachen wiedergaben. „Dieser Raum ist so riesig, dass er ein eigenes Echo hat", schoss es ihr unwillkürlich durch den

Kopf und sie drückte sich tiefer in das Polster des Sessels. Die Hitze, die vom Feuer ausging, hatte ihre müden Glieder erwärmt und ihre Wangen gerötet. Sie spürte, wie die Müdigkeit sie zu übermannen drohte und hatte Mühe, die Augen offen zu halten. Unauffällig beobachtete sie den König und bewunderte seinen Bart, der sich in lauter kleinen hellbraunen Kringeln, an seine Wangen und sein Kinn schmiegte. Sie hatte noch nie einen so vollen Bart gesehen, die kleinen Locken ließen keinen Millimeter Haut durchscheinen. „Nina ist auf der Suche nach ein paar, für sie sehr wichtigen Antworten und ich hoffte, du könntest ihr da weiterhelfen", sagte Lola gerade und als sie ihren Namen hörte, setzte sie sich ein wenig aufrechter hin. Alois warf ihr einen interessierten Blick zu. „Was möchtest du denn wissen?" Er schaute ihr geradewegs in die Augen und Nina vergaß beinahe seine Frage. Hektisch kramte sie in Gedanken nach Worten, die erklären würden, warum sie hier saßen, doch sie konnte sich nicht konzentrieren. In den dunkelbraunen Augen des Königs lagen, eine Wärme, Ruhe und Kraft, als hätten sie noch nie den kleinsten Zweifel an irgendwas gehegt. Mühsam riss sie sich von seinen Augen los und begann nervös an ihrem Ärmel zu nesteln. „Hast du dich jemals als verlorene Seele gesehen? Als würdest du nicht hierher gehören und als hättest du einfach keinen Platz in dieser Welt?", kam Lola ihr bereitwillig zur Hilfe und sie war ihrer Gefährtin unglaublich dankbar für ihr Eingreifen. „Ahhh", machte der König. „Diese Art von Fragen also. Nun, ich weiß nicht, ob ich da behilflich sein kann, aber ich will es gerne versuchen." Er starrte einige Sekunden lang ins Feuer, bevor er langsam antwortete. „Mir ist nicht ganz klar, warum ich auf eine solche Idee kommen sollte", begann er, suchte dann Lolas Blick, als könnte er dort mehr erfahren. Doch diese nickte ihm nur aufmunternd zu. „Aber nein, ich habe mich niemals so gefühlt und ich glaube auch nicht, dass es irgendwo einen anderen Platz für mich geben könnte, als den, den ich habe." Er blickte zwischen den Frauen hin und her, schließlich blieb sein Blick auf Nina ruhen, die schon wieder tiefer in den Sessel gerutscht war und mit ihren Augenlidern kämpfte. „Ich würde nur zu gerne erfahren, was es mit dieser Frage auf sich hat, ich bin sicher das wird ein sehr interessantes Gespräch. Aber wie wäre es, wenn wir unsere Unterhaltung morgen weiter führen", fragte er und erhob sich leise. „Ihr seht aus, als wären ein paar Stunden in euren Gemächern angebrachter, als ein kräfteraubendes Gespräch mit einem alten König, wie mir." Er feixte spitzbübisch und forderte sie mit einer Handbewegung auf ihm zu folgen. Er eilte ihnen voraus, führte sie die engen, kalten und nur mit kleinen Fackeln beleuchteten Flure entlang, bog hier und dort um eine Ecke und blieb schließlich vor einer massiven Holztür stehen. „Euer Gemach, ich wünsche eine angenehme Nacht", er deutete eine kleine Verbeugung an und grinste ihnen belustigt zu, bevor er sich umdrehte und um die Ecke verschwunden war.

Während Nina sich die Schuhe von den Füssen streifte, pflichtete sie dem König in Gedanken bei. Ein paar Stunden in diesen Gemächern würden ihr definitiv gut tun. Mit unverhohlener Bewunderung strich sie über das gedrechselte Holz des Himmelbetts, in dem sie diese Nacht verbringen würde. Sie schlüpfte unter die warme

Decke und kuschelte sich zufrieden in das, nach Lavendel duftende Kissen. Sie hatte schon fast vergessen, wie es sich anfühlte, in einem richtigen Bett zu liegen und streckte sich genüsslich aus. Vor ihrem inneren Auge tauchte noch einmal dieser umwerfend hypnotische Blick des Königs auf, dann überkam sie der Schlaf und nahm sie mit sich.

Das geschäftige Treiben auf der Burg begann bereits in den frühen Morgenstunden, als die Sonne den Himmel langsam rot zu färben begann und damit die Dämmerung vertrieb. Durch kleine Öffnungen, die in der meterdicken Burgmauer eingelassen waren, drang der Lärm vom Burghof zu ihnen herein. Verschlafen drehte Nina sich auf den Bauch und versuchte den Kopf unter das Kissen zu schieben. Sie war müde und das Bett war warm und weich, sie wollte nicht wahrhaben, dass die Nacht schon vorbei war. Ein leises Rascheln im Bett gegenüber zeigte ihr, dass Lola ebenfalls erwacht war. Resigniert kam Nina unter ihrem Kissen hervor, strich sich die wirren Haare aus dem Gesicht und hob den Kopf. „Guten Morgen Lola", nuschelte sie undeutlich und schielte in die Richtung, in der sie ihre Gefährtin vermutete. Diese hatte mitten in der Bewegung inne gehalten, stand mit Hemd und Hose in den Händen mitten im Raum, und starrte sie überrascht an. „Du bist schon wach? Bist du krank?" Sie machte einen Schritt auf sie zu und grinste belustigt. Nina griff nach einem der Kissen, und warf es nach ihr. „Hör auf dich über mich lustig zu machen", knurrte sie gespielt entrüstet. „Wie soll man denn bei diesem Krach schlafen können? Was treiben die

da unten um diese Zeit?" Lola war in ihre Hose geschlüpft und zuckte die Schultern. „Dem Lärm nach zu
urteilen, würde ich fast meinen es ist Markttag. König
Alois hat schon vor Jahren eingeführt, dass die ärmeren
Bauern aus dem Umland, einmal im Monat ihre Waren
im Burghof anbieten dürfen. Seine Mägde füllen dann
die Vorratskammern der Burg wieder auf und auch der
Adel aus der Stadt wurde verpflichtet, den Bauern eine
gewisse Menge ihrer Waren abzunehmen." Nina schaute
sie überrascht an. „Alois hat noch keinen Weg gefunden,
um die Armut ganz auszulöschen, aber er versucht dafür zu sorgen, dass auch die Menschen, die nicht von
Geburt an mit goldenem Löffel da sitzen, zumindest
genug Essen und warme Kleidung haben." Lola kämmte
sich mit den Fingern kurz durch die langen Haare und
versuchte sie zu entwirren. „Er ist ein guter König, solche findet man selten. Alois sorgt sich tatsächlich um
sein Volk, und möchte, dass Jeder eine Chance hat, unabhängig vom Geburtsstand. Deshalb schätze ich ihn
sehr."

Sie war schon an der Tür, ihre Hand ruhte auf dem
Knauf. „Bist du soweit? Können wir gehen?" fragte sie
ungeduldig und Nina beeilte sich, in ihre Schuhe zu
schlüpfen. „Glaubst du, wir finden den Weg zurück in
die Halle?" Ihre Stimme verriet, dass sie daran zweifelte
und zitterte leicht. Doch statt einer Antwort Lola war
schon halb durch die Tür geschlüpft und Nina seufzte
resigniert auf, bevor sie ihr folgte. Mühelos, als sei sie
diesen Weg schon hundert Mal gelaufen, führte Lola sie
durch das Labyrinth der Gänge und blieb schließlich
triumphierend vor der großen Tür des Saales stehen, an

dem sie vor wenigen Stunden König Alois Gäste gewesen waren. Anerkennend, und mit einer gehörigen Portion Erleichterung, klopfte Nina ihr auf die Schulter. Lola drückte die Türklinke herunter und mit einem leisen Knarzen, schwang einer der beiden, schweren Türflügel auf. Der Saal lag verwaist da, der Kamin war dunkel und in seiner Schwärze wirkte er weniger einladend als noch am Abend zuvor. Die Tafel, am anderen Ende des Raumes war, bis auf ein paar Kerzenständer, leer. Überrascht blickte Nina ihrer Gefährtin über die Schulter. „Wo ist er"? fragte sie verdutzt. Lola zuckte die Schultern. „Ich nehme an, er ist auf dem Hof. Hin und wieder mischt er sich unter das Volk und schaut den Gauklern zu." Sie hatte sich schon auf dem Absatz rumgedreht und steuerte zielstrebig auf einen schmalen Gang zu.

Als sie schließlich ins Freie traten, schloss Nina geblendet die Augen. Nach der Finsternis im Inneren der Burg, mussten ihre Augen sich erst an die Helligkeit gewöhnen. Außerdem fürchtete sie sich ein bisschen vor der Hektik, die sie erwarten würde. Der Geräuschpegel hatte deutlich zugenommen und sie versuchte sich vor den vielen Eindrücken zu wappnen, die gleich unweigerlich auf sie einströmen würden. Vorsichtig öffnete sie die Augen und sah gerade noch, wie Lola gut gelaunt von der letzten Treppenstufe sprang und sich mit sichtlichem Vergnügen ins Getümmel stürzte. Überwältigt starrte Nina von der Treppe hinunter auf den Burghof, der jetzt nicht mehr leer und grau vor ihr lag, sondern bunt geschmückt und belebt war. Überall standen kleine Markttische, teils mit Überdachung aus Tüchern, um die

Waren vor der Sonne zu schützen, teils einfache kleine wackelige Holzkonstruktionen, die unter den darauf aufgetürmten Waren zusammen zu brechen drohten. Wohin sie auch schaute, schlenderten Frauen und Männer umher und betrachteten das Angebot. Hier und dort flitzten Kinder umher und spielten fangen und von irgendwo, in der Mitte des Platzes, drang laute Flötenmusik zu ihr herüber. Was hier vor ihr lag, war in keinster Weise mit den Mittelaltermärkten zu vergleichen, die sie in ihrer Welt schon so zahlreich besucht hatte. Es war bunter, lauter und irgendwie vielfältiger. Auf der anderen Seite aber, so herrlich einfach gehalten, ohne den ganzen unnötigen Schnickschnack, der auf solchen Märkten gerne präsentiert wurde, der aber mit dem eigentlichen Ambiente Nichts zu tun hatte. Trotz der Lautstärke und dem unübersichtlichen Gewusel, fühlte Nina sich sofort wohl und mischte sich neugierig unter das Volk. An jedem Stand, an dem sie vorüber kam, blieb sie stehen und betrachtete die angebotenen Waren. Es war alles da, was das Herz begehren konnte. Bunt gewebte Stoffe, Lederwaren, selbst geschmiedete Werkzeuge, die verschiedensten Lebensmittel und kleine bunte Säckchen, die mit Kräutern gefüllt waren und laut der Verkäuferin die Bettwanzen aus den Kissen fernhalten sollten. Nina bereute, dass sie keine Münzen dieser Zeit bei sich hatte. Sie hätte gerne ein paar Andenken gekauft. Statt dessen ließ sie sich von der Menge treiben und landete schließlich am Rande eines kleinen Platzes, auf dem die Musikleute ausgelassen eines ihrer Stücke zum Besten gaben. Neben ihnen warf ein Gaukler bunte Bälle in die Luft und fing sie geschickt nach einander wieder auf, nur um sie sogleich wieder in die Luft zu schleudern. Begeistert ließ sie sich von der ausgelassenen Stimmung, der umstehenden Leute, anstecken und klatschte ausgelassen zum Takt der Musik in die Hände.

„Es freut mich außerordentlich, dich in so gelöster Stimmung vorzufinden. Ich begrüße es sehr, wenn meine Gäste sich wohlfühlen." Die Stimme von König Alois drang von hinten an ihr Ohr und Nina zuckte erschrocken zusammen, bevor sie sich eilig umdrehte. „Es tut mir leid, ich wollte dir keinen Schreck einjagen", er blickte sie entschuldigend an, doch Nina winkte ab. „Schon in Ordnung, ich war nur vertieft in die Musik." Sie lächelte versonnen und der König nickte verstehend. „Darf ich dich auf einen Krug Met einladen? Wir könnten uns setzen und unser Gespräch von gestern Abend fortsetzen." Nina warf noch einen sehnsüchtigen Blick auf die Musikleute, dann nickte sie zustimmend und folgte König Alois, der einen kleinen Stand ansteuerte, an dem Met ausgeschenkt wurde. Nina griff zaghaft nach seinem Arm und als er sie daraufhin fragend ansah, schluckte sie unsicher. „Ich möchte gewiss nicht unhöflich sein", stammelte sie unsicher, „aber ich trinke keinen Alkohol." Der König betrachtete sie einen Augenblick ungläubig, dann nickte er und bestellte für sich einen Krug Met und für Nina einen Krug mit Apfelsaft, den er an sie weiterreichte.

Sie folgte ihm am Rande des Hofes entlang, während ihre Blicke die Menge absuchten, ob sie irgendwo Lola entdecken konnte, doch die war, wie gewöhnlich in solchen Situationen, mal wieder wie vom Erdboden verschluckt. „Das wird schon in Ordnung gehen", beruhigte sie sich in Gedanken selbst. Lola hatte sie immer wieder gefunden und da sie dem König vertraute, gab es keinen Grund, ihm nicht zu folgen. Alois führte sie durch eine kleine Holztür, die unscheinbar in die Mauer eingelassen war. Nina blieb überrascht stehen. Vor ihnen tat sich ein kleiner, grüner Garten auf, umschlossen von Mauern und von außen nicht einsehbar. In der Mitte stand ein winziger Holzpavillon, nicht mehr, als ein Dach auf Stelzen, mit einer Sitzbank darunter. „Willkommen in meinem bescheidenen, geheimen Rückzugsort", lachte der König auf, als er Ninas ungläubiges Gesicht bemerkte. „Auch ein König braucht mal seine Ruhe und ich mag Blumen." Seine letzten Worte klangen beinahe schuldbewusst. Sie setzten sich in den Pavillon und Nina schaute sich begeistert um. Dieser kleine Fleck Natur war liebevoll angelegt und gepflegt, das konnte man deutlich sehen. Sie schielte Alois von der Seite an und versuchte sich vorzustellen, wie der König auf den Knien durch seine Blumenbeete kroch, um diese zu pflegen. „Unwahrscheinlich", dachte sie bei sich. Wahrscheinlich hatte er Bedienstete, die sich um die Arbeit hier kümmerten. Die Vorstellung, dass er selbst hier Hand anlegte war einfach zu abwegig, immerhin war er König und hatte allerhand Wichtigeres zu tun.

„Ich habe schon den ganzen Morgen auf diese Gelegenheit gewartet." Alois rückte ein Stück von ihr ab, um sie genauer betrachten zu können. „Was hat es mit Deiner Frage, wegen der verlorenen Seelen, auf sich?" Er kam ohne Umschweife direkt zum Wesentlichen, eine Eigenschaft, die Nina zwar normalerweise durchaus zu schätzen wusste, doch in diesem Fall wäre ihr eine kleine Überleitung doch lieber gewesen. Sie seufzte leise. „Als Lola mich fand, war ich in keiner besonders guten Verfassung. Ich war überzeugt davon, eine ebensolche verlorene Seele zu sein und sie hat diese Reise dazu auserkoren, um mich vom Gegenteil zu überzeugen." Der König hatte ihr aufmerksam zugehört, sein Blick suchte den ihren. „Warum glaubst du verloren zu sein und wie sollte ich dir helfen können?" Verwunderung schwang in seiner Stimme mit und Nina teilte seine Skepsis. Ja, wie sollte ein König ihr schon helfen können?

„Ich glaube eine verlorene Seele zu sein, weil ich keinen Platz finde, an den ich zu gehören scheine. Ich habe weder Familie, noch machen sich andere Menschen genug aus mir, um wirklich unentbehrlich oder wichtig zu sein. Sie leben ihre eigenen Leben und es macht kaum einen Unterschied, ob ich ein Teil davon bin oder nicht. Mein ganzes Leben lang habe ich nur nach einem Zuhause gesucht und bin doch die meiste Zeit allein geblieben." Sie spürte wie ihr die Röte ins Gesicht schoss. Sie hatte auf dieser Reise erst einmal so offen über ihre Qual gesprochen, mit Leva, doch es war ihr bedeutend leichter gefallen, mit einer Zigeunerin darüber zu reden, als mit einem König. Alois schwieg einen kurzen Moment, dann nickte er zufrieden. „Jetzt verstehe ich, warum Lola dich zu mir gebracht hat", nachdenklich kratzte er sich am Bart. „Du musst wissen, als meine Eltern starben, war ich noch sehr jung und mein Schicksal war es, König dieses Landes zu werden. In unseren Kreisen ist es entweder sehr einsam, oder du wirst nicht lange genug Leben, um die Gesellschaft anderer zu genießen. Es gibt immer Jemanden, der nach der Macht oder der

Krone greifen will und du kannst nicht vorsichtig genug sein, wem du traust." Er schüttelte traurig den Kopf. „Der einzige Grund, warum ich schon so lange auf dem Thron sitze ist, dass ich keinen Menschen nah genug an mich heran lasse, um mich herunter zu stoßen." Er lachte auf, als hätte er soeben etwas Komisches gesagt, doch Nina fand dieses Eingeständnis einfach nur traurig. Mitfühlend legte sie ihm eine Hand auf den Arm. „Hast du denn nie überlegt, dir eine Frau zu suchen?" Alois zuckte die Schultern. „Eine gab es, in die war ich verliebt, aber das ist lange her." „Was ist passiert?" Nina beugte sich vor um ihn genauer betrachten zu können. Doch in seinen Augen fand sie nicht, wie erwartet Kummer oder Schmerz, sondern nur diese Ruhe und Gelassenheit, die ihr am Abend vorher, schon aufgefallen waren. „Sie gehörte nicht an meine Seite. Sie hat den einzigen Freund geheiratet, den ich Jemals hatte. Er war der Sohn unseres Schmiedes und wir wuchsen hier am Hof praktisch gemeinsam auf." Er lächelte Nina freundlich an. „Sie gehörte zu ihm und ich bin froh darüber." Überrascht zog Nina eine Augenbraue hoch. „Mein Vater hat meine Mutter sehr geliebt, aber er hat das Risiko unterschätzt. Letztendlich sind sie gemeinsam gestorben, durch die Klinge eines Mannes, der sich einbildete, die Krone würde ihm zustehen. Ich wollte nicht, dass meine Liebe dasselbe Schicksal ereilt. Zumal sie mir unter Umständen einen Thronfolger hätte schenken können. Und glaube mir, sie wäre nicht die erste Königin gewesen, die noch vor der Niederkunft, aus dieser Welt gerissen worden wäre." Nun war es Nina, die betreten schwieg. Sie spürte Dankbarkeit, dass sie nie vor einem solchen Problem gestanden hatte und sich letztendlich selbst der Einsamkeit hatte verpflichten müssen, um nicht das Leben eines anderen Menschen zu gefährden. „Mein Vater war nicht sehr lange König, ebenso wenig wie seine zahlreichen Vorgänger. Sie alle regierten das Land mit strenger Hand und hatten jede Menge Feinde. So war es immer nur eine Frage der Zeit, bis einer nah genug an sie heran kam. Ich wollte es anders machen. Als ich den Thron besteigen musste, habe ich mich tagelang in mein Gemach eingeschlossen und geheult, weil ich diese Bürde auferlegt bekam. Dann beschloss ich, dass es einen anderen Weg geben musste und habe einfach nur da gesessen und gewartet." „Worauf", wollte Nina wissen, es fiel ihr schwer, ihre Ungeduld zu zügeln, sie hatte das Gefühl, der Antwort, wegen der sie hier war, ein ganzes Stück näher gekommen zu sein. „Darauf, dass die Stimme in mir sagen würde, was zu tun sei." Er strahlte sie an. „Ich weiß zwar nicht, wie lange ich so da saß, aber irgendwann wusste ich was zu tun war. Ich lieh mir von meinem besten Freund ein paar Kleidungsstücke aus, um mich unter das Volk zu mischen zu können. Dann zog ich durch die Ländereien. Überall wo es mir möglich war, machte ich Rast und versuchte herauszufinden, woran es dem Volk mangelte, warum sie dem König nicht wohl gesonnen waren und wie ich ihre Loyalität gewinnen könnte." Anerkennend nickte Nina, „das war in der Tat ein sehr weiser Schachzug." Der König zuckte mit den Schultern. „Als ich meine Antworten hatte, kehrte ich zurück ins Schloss und entließ den ganzen Beraterstab, den ich von meinem Vater geerbt hatte. Ich ließ nach einem Gelehrten schicken, der des Schreibens mächtig war und diktierte ihm mehrere Tage und Nächte lang die neuen Gesetze unseres Landes, die mit sofortiger Wirkung in Kraft treten sollten. Sie bedachten die kleinen Leute mit mehr Unterstützung und Freiheiten, um sie zu entlasten. Gleichzeitig habe ich mir natürlich zahlreiche Feinde beim Adel gemacht, den ich dazu verpflichtete, das gemeine Volk zu unterstützen." Er knurrte leise. „Es war kein leichter Weg, diese Seite meines Erlasses durchzusetzen und es rollten, im wahrsten Sinne des Wortes, leider einige Köpfe. Die Armee meines Vaters widersetzte sich mir größtenteils und verließ mich bei Nacht und Nebel. So saß sich praktisch ungeschützt in meiner Burg und alles was Rang und Namen hatte, verlangte nach meinem Kopf." Nina erschauerte bei dem Gedanken daran, der Blick des Königs hatte sich verfinstert und eine kleine Sorgenfalte tauchte zwischen seinen Augenbrauen auf. „Mir blieb Nichts anderes übrig, als mich hinter meinen Mauern zu verschanzen und dafür zu sorgen, dass mir kein Mensch nahe genug kommen konnte, um mir ein Messer in den Leib zu stoßen. Doch dann passierte ein kleines Wunder. Die jungen Burschen des Volkes, meldeten sich zum Dienst am Hofe, um ihren König zu schützen und damit ihrem Land und ihren Leuten zu dienen. Es dauerte nicht lange und meine Armee war doppelt so groß wie zuvor und sie alle waren mir treu ergeben." Er schüttelte den Kopf, als könne er es immer noch nicht glauben. „Ich bin der erste König, seit Generationen, der über Jahrzehnte hinweg die Krone trägt und die Unterstützung des Volkes im Rücken hat. Der Adel ist mittlerweile verstummt und hat sich seinem Schicksal ergeben, zumindest so lange ich sie auf Abstand halte."

Nina dachte über seine Worte nach. Er hatte sich also bewusst für die Einsamkeit entschieden, um seinem Volk lange genug ein guter König sein zu können, damit seine Veränderungen Wirkung zeigen konnten und es dem Volk besser ginge. Sie spürte Ehrfurcht vor diesem Mann und tiefe Bewunderung. „Deine Entscheidungen respektiere ich sehr, aber die Einsamkeit muss ein schweres Los sein." Sie sah ihn betrübt an und wurde von einem sanften Lächeln überrascht. „Nein, ich bin nicht einsam. Ich habe mein Schicksal angenommen, mich meiner Aufgabe im Leben gestellt und ich vertraue darauf, dass ich, wenn meine Zeit gekommen ist, nach Hause zurückkehre. Die Zeit hier auf Erden ist nur begrenzt, die Zeit im Jenseits ist es, worauf es ankommt und wo ich hingehöre." Er schwieg und schien nach den richtigen Worten zu suchen. „Ich spüre, dass meine Ahnen mich erwarten, wenn ich ganz still bin, dann kann ich sie hören und spüren, ich werde niemals allein sein, so lange ich weiß, wo ich hingehöre und darauf vertraue, dass ich dorthin zurück kehre, wenn meine Aufgabe hier erledigt ist." Er griff behutsam nach Ninas Hand. „Finde deine Aufgabe, suche in deinem Inneren nach Dir selbst und nach deinen Ahnen und vertraue darauf, dass sie dich niemals allein lassen werden. Sie warten auf dich im Jenseits und wenn du in die Stille gehst, stehen sie dir mit Rat und Trost zur Seite, du musst es nur zulassen." Nina spürte wie ihr Tränen in die Augen schossen. „So wie du es sagst, klingt es ganz einfach. Aber ich möchte doch auch in diesem Leben

und dieser Welt einen Platz haben und nicht allein sein."
Verständnisvoll drückte der König ihre Hand. „Diesen
Wunsch verstehe ich nur zu gut, mir ging es nicht anders. Aber was du verstehen musst ist, es gibt manchmal
Aufgaben, die lassen eine solche Möglichkeit nicht zu.
Du müsstest deiner Aufgabe entsagen um deinen
Wunsch zu erfüllen und ich glaube, dass kannst du
ebenso wenig, wie ich es konnte." Nina schluchzte leise.
„Ich kenne meine Aufgabe nicht einmal. Bei dir lag es
auf der Hand. Du hattest den Thron bestiegen und warst
dir darüber bewusst, was du zu tun hast. Ich aber habe
keine Krone, keinen Thron und keinen Plan." Traurig
ließ sie den Kopf hängen und versuchte das Schluchzen
zu unterdrücken, so gut es ging. Der König ließ ihre
Hand los und strich ihr beruhigend durch das Haar.
„Dann ist dies vielleicht das wahre Ziel dieser Reise.
Finde deine Aufgabe im Leben und schau dir an, warum
sie dich in die Einsamkeit verbannt. Und wenn du deine
Antwort gefunden hast, nimm dein Schicksal an und
freue dich, auf die Heimkehr und das Wiedersehen mit
deinen Liebsten, wenn du deine Bestimmung erfüllt
hast." Nina nickte zögernd, dass hörte sich zumindest in
der Theorie durchaus vernünftig an und es gelang ihr,
ein kleines, gequältes Lächeln auf ihr Gesicht zu zau-
bern. Der König brummte zufrieden und tätschelte ihr
behutsam die Schulter. „Das Leben zu leben kann einem
manchmal Alles abverlangen, und trotzdem lohnt es
sich, dass solltest du nie vergessen, es verfolgt immer
einen Plan." Nina wischte sich die Tränen aus dem Gesicht und atmete tief ein. „Eine Frage habe ich trotzdem
noch", der König sah sie abwartend an. „Wenn du die

Einsamkeit gewählt hast um dein Reich voran zu bringen, was wird dann passieren, wenn du eines Tages nicht mehr bist? Du hast keinen Erben, der deine Krone und damit deinen Weg fortführen kann." Überrascht nahm sie das spitzbübische Grinsen wahr, mit dem der König sich verschwörerisch zu ihr herüber lehnte. „Ich erzählte dir nur die halbe Geschichte von meinem besten Freund und der Frau, die wir beide liebten." Er beugte sich noch weiter zu ihr hinüber, sein Mund war ganz nah an ihrem Ohr und seine Stimme nur ein leises Flüstern. „Mein Freund erlag vor ein paar Jahren leider dem Wundfieber und hinterließ seine schwangere Frau. Sie schenkte ein paar Wochen später einem prächtigen, kleinen Knaben das Leben. Als ich davon erfuhr, machte ich mich auf den Weg zu ihr und überreichte ihr einen Beutel mit Gold und einen Umschlag, der mein Siegel trägt. Ich bat sie, das Kind außer Landes zu bringen und erst wieder zu kehren, wenn ich nach ihr schickte oder mein Ableben bekannt werden würde." Nina spitzte gespannt die Ohren, die Stimme des Königs war immer leiser geworden, als würde er sicher gehen wollen, dass Niemand außer ihr seine Worte vernahm. „Wäre sie mein Weib geworden, wäre dieser kleine Knabe mein Sohn. Der Umschlag, den ich ihr gab, weist ihn als Ebendiesen aus. Niemand wird das Wort des Königs in Frage stellen, der seinen unehelichen Sohn zu Lebzeiten des Landes verwiesen hatte, um sein Leben zu schützen, bis er sein rechtmäßiges Erbe würde antreten können." Nina warf ihm einen bewundernden Seitenblick zu. „Du musst diese Frau wirklich sehr geliebt haben, wenn du ihren Sohn als den Deinen ausgibst", wisperte sie kaum hörbar. Alois zwinkerte ihr verschwörerisch zu. „Und ihr Mann war mir der beste Freund, den ein Knabe sich wünschen konnte."

Eine Weile saßen sie schweigend nebeneinander und genossen die Stille dieses kleinen Idylls, der Trubel des Marktes drang nur gedämpft herein und war zu einem kaum wahrnehmbaren Hintergrundgeräusch geworden. Schließlich seufzte Nina leise auf. „Ich bewundere dich sehr und ich wünsche dir, dass du deine Aufgabe erfolgreich abschließen und dann nach Hause zurückkehren kannst." Sie schenkte ihm ein Lächeln. „Und ich danke dir für die Zeit, die du dir genommen hast und das Vertrauen." Sie deutete auf den geringen Abstand zwischen ihnen und der König nickte verstehend. „Abgesehen davon, dass ich Lola schon viele Jahre kenne und sie mein vollstes Vertrauen genießt", er brach ab und betrachtete Nina schweigend. In seinen Augen konnte sie sehen, dass er scheinbar nach Worten suchte und wartete geduldig, bis er wieder zu sprechen begann. „Ich kann es nicht erklären", seine Stimme klang verwundert, „aber es ist, als wäre da ein unsichtbares Band zwischen uns, eine Art Vertrautheit, als würden wir uns schon länger kennen." Er schüttelte ungläubig den Kopf, als wäre diese Erkenntnis auch für ihn neu. „Vielleicht kennen wir uns ja aus einem unserer früheren Leben", überlegte er laut. Nina antwortete darauf nicht, sie konnte sein Gefühl zwar nachvollziehen, ihr ging es ähnlich, aber diese Erklärung hielt sie für ausgeschlossen. Sie war zwar nie gut in Geschichte gewesen, aber sie schätzte, dass sie locker fünfhundert Jahre nach König Alois in diese Welt geboren worden war, wenn das mal reichte.

Das war allerdings eine Tatsache, die sie lieber für sich behielt, sie hätte nicht gewusst, wie sie dem König diesen Fakt hätte erklären sollen. „Wir sollten uns auf den Rückweg machen", sagte sie stattdessen. „Lola wird mich sicher schon suchen." Irritiert starrte der König sie an. Er war mit seinen Gedanken weit weg gewesen und brauchte einen kurzen Augenblick um sich zu sammeln. Dann erhob er sich und winkte ihr, ihm zu folgen.

Auf dem Burghof herrschte noch immer buntes Treiben. Die Musikleute spielten gerade ein fröhliches Lied und durch die Menge hindurch konnte Nina einige Menschen sehen, die ausgelassen um sie herum tanzten. Sie lächelte und wäre gerne hinüber gegangen um sich ihnen anzuschließen. Verwundert blieb sie stehen, hatte sie das gerade wirklich gedacht? Sie schüttelte den Kopf über sich selbst und lachte belustigt auf. Plötzlich packte sie Jemand unsanft am Arm. Erschrocken fuhr sie herum und blickte in Lolas errötetes Gesicht. „Da bist du ja", ihre Stimme klang seltsam aufgewühlt. „Seid ihr fertig? Hast du mit Alois reden können?" Überrumpelt nickte Nina und versuchte ihren Arm frei zu bekommen. „Lass mich los Lola, du tust mir weh." Die Angesprochene lockerte sofort den Griff, ohne jedoch ihre Hand von Ninas Arm zu nehmen. „Tut mir leid, wir müssen aufbrechen." Ihr Blick zuckte unruhig umher, als schien sie Etwas zu suchen, oder Jemanden. Nina spürte, wie ihr Magen sich zusammen zog. Die Unruhe ihrer Gefährtin übertrug sich augenblicklich auch auf sie. Ratlos schaute sie sich um und versuchte den Grund ausfindig zu machen, der Lola so aus der Ruhe gebracht hatte. Ihr Blick blieb an einem alten Weib hängen, sie stand etwa fünf Meter entfernt von ihnen und starrte sie unverwandt an. Das heißt, sie hätte gestarrt, wenn ihre Augen nicht seltsam milchig und trüb gewesen wären, was Nina sogar auf diese Entfernung bemerkte. Trotzdem war sie überzeugt davon, dass die Aufmerksamkeit der Alten ihnen galt. Mit gebeugten Rücken, in zerschlissenem Rock und einer viel zu weiten Kutte stand sie da. Die rechte Hand stützte sich auf einen leicht gekrümmten Gehstock und unter ihrem braunen Kopftuch lugten ein paar schneeweiße Haarsträhnen hervor, die ihr wirr ins Gesicht fielen. Nina fröstelte beim Anblick der Frau. Lola merkte die Veränderung sofort, folgte ihrem Blick und erstarrte. „Wer ist das?" Ninas Worte waren nur ein Flüstern, doch statt einer Antwort zog Lola sie mit sich, in die entgegengesetzte Richtung fort. „Ich habe meinen Rucksack dort drüben bereitgestellt, damit wir sofort los können". Nina ließ sich ohne Gegenwehr durch die Menge zerren, das Gesicht und die gruseligen Augen der Alten noch deutlich im Gedächtnis. „Warte Lola, was ist mit Alois, sollten wir uns nicht von ihm verabschieden?" Sie versuchte stehen zu bleiben, doch Lolas Griff wurde wieder fester und zwang sie in Bewegung zu bleiben. „Ich habe ihm eine Nachricht hinterlassen", erklärte Lola mit zusammengepressten Lippen. „Er wird es verstehen und ich habe ihm, auch in deinem Namen, für die Gastfreundschaft gedankt." Ergeben seufzte Nina und versuchte das Bedauern darüber, dass sie den König nicht noch einmal sehen würde, zu ignorieren. Endlich hatten sie sich durch die Menge hindurch gekämpft und kamen zur Treppe der Burg. Lola fischte ihren Rucksack, aus einer kleinen Nische im Stein, hervor. Dann deutete sie auf die Mauer und den kleinen Spalt darin, durch den sie den Hof am Abend zuvor betreten hatten. „Da entlang", befahl sie und rannte los. Nina versuchte mit ihr mitzuhalten, doch ihre Beine waren von den langen Wanderungen zwar kräftiger geworden, aber einen Spurt schafften sie dennoch nicht. Das linke Bein knickte plötzlich und ohne Vorwarnung einfach unter ihr weg und sie landete unsanft auf dem unregelmäßigen Steinpflaster. Ein kurzer Schrei entfuhr ihr, mehr aus Überraschung, als aus Schmerz. Lola drehte sich um und starrte sie ungläubig an, als verstünde sich nicht, was Nina auf dem Boden zu suchen hatte. Diese setzte sich gerade auf und rieb sich die aufgeschürften Hände. Mit wenigen Schritten war ihre Gefährtin an ihrer Seite, griff ihr unter die Arme und zog sie mit einem Ruck wieder auf die Füße. „Geht es dir gut? Hast du dich verletzt?" Nina schüttelte den Kopf, während sie ihre blutende Hand betrachtete. „Nur ein Kratzer", versicherte sie, als Lola die Wunde aufmerksam inspizierte. „Wir werden sie später verarzten", versprach Lola und wollte schon wieder los laufen, besann sich dann aber und blickte prüfend an Nina hinab. „Wird es gehen?" Sie deutete unsicher auf Ninas Beine, das Linke zitterte unübersehbar. „Ich kann sicher nicht rennen, aber laufen wird schon gehen", beeilte sich Nina zu versichern, in der Hoffnung, dass sie sich nicht irrte. Vorsichtig setzte sie das linke Bein einen Schritt nach vorne, es knickte immer noch leicht ein, trug sie aber. Gerade wollte sie den nächsten Schritt wagen, als sie plötzlich mitten in der Bewegung inne hielt und erstarrte. Lola legte ihr den Arm um die

Hüfte um sie zu stützen, doch Nina drehte sich überraschend um die eigene Achse und keuchte leise auf. Direkt hinter ihnen, ihn weniger als zwei Metern Abstand stand sie wieder und starrte sie aus diesen milchigen, trüben Augen an. Ihr schlaffer Mund hatte sich zu einem zahnlosen, triumphierenden Grinsen verzogen. Lola hatte sie auch bemerkt und schob sich schützend vor Nina, die ihren Blick nicht von dem alten Weib nehmen konnte. „Lass sie in Ruhe Merlina", zischte Lola warnend. „Du hast mit ihr Nichts zu schaffen." Die Alte grinste noch breiter. „Wenn du dich da mal nicht irrst, Wandlerin". Ihre Stimme war kaum mehr als ein heißeres Krächzen, trotzdem lag eine Stärke in ihr, die man einem so gebrechlichen Körper gar nicht zugetraut hätte. Nina spürte, wie sich die Härchen an ihrem Körper aufstellten. „Du wirst uns ziehen lassen müssen, sieh dich um, wir befinden uns am Hofe des Königs und sie steht unter seinem Schutz." Lolas Stimme klang schneidend, Nina fragte sich, was die Alte wohl verbrochen haben musste, um einen solchen Zorn zu verdienen. „Das weiß ich Wandlerin, das weiß ich wohl, aber du wirst sie nicht ewig vor mir verstecken können. Unsere Zeit ist bald gekommen, unser Schicksal schon besiegelt." Sie grinste noch einmal und humpelte dann auf ihren Stock gestützt davon.

Kapitel 13

Ohne sich noch einmal umzusehen, zwängten die beiden Frauen sich durch die Nische in der Mauer, stiegen die felsige, nicht enden wollende Treppe hinab und eilten, so schnell Ninas Beine es zuließen, durch die Stadt. Lola wurde erst langsamer, als das Stadttor einige Meter hinter ihnen lag. Erleichtert atmete Nina auf und schüttelte im Gehen ihr krampfendes Bein vorsichtig aus. „Es tut mir leid", murmelte Lola zerknirscht. „Ich habe nicht bedacht, dass das Rennen dir schwer fallen könnte." Nina winkte ab. „Das macht Nichts. Ich habe auf dieser Reise so viele Dinge getan, die ich für unmöglich hielt, ich hätte nicht mit Bestimmtheit sagen können, ob ich es kann oder nicht. Es kam auf einen Versuch an." Lola lächelte dankbar. „Brauchst du eine Pause?" wollte sie dann besorgt wissen, doch Nina schüttelte den Kopf und lief mit entschlossenen Schritten weiter. „Lass uns so viel Abstand wie möglich zwischen uns und diese Alte bringen", bat sie und Lola tat ihr den Gefallen. „Wer zur Hölle war das und was wollte sie?" fragte Nina, doch Lola schüttelte bestimmt den Kopf. „Nicht jetzt", antwortete sie knapp und Nina wusste nicht, ob sie erleichtert oder enttäuscht sein sollte. Am liebsten hätte sie die Alte und ihre gruseligen Augen, ganz aus ihrem Gedächtnis getilgt.

Statt in den Wald hinein zu gehen, bog Lola diesmal direkt am Waldrand ab und folgte einem kleinen unscheinbaren Pfad, der sich zwischen den Bäumen auf der Einen und der Wiese auf der anderen Seite erstreckte.

Überrascht nahm Nina den Richtungswechsel zur Kenntnis, lies ihn aber unkommentiert. Es dauerte eine ganze Weile, bis die Anspannung sich löste und die Stimmung zwischen ihnen wieder lockerer wurde. Lola schlenderte wieder, wie gewohnt, lächelnd den Weg entlang und erfreute sich an Allem, was ihre Augen erblickten. Nina jedoch war, wie es für sie mittlerweile üblich war, wieder ganz in ihren Gedanken versunken und versuchte Ordnung in ihr emotionales Chaos zu bringen. Das Gespräch mit dem König hatte sie aufgewühlt, sie teilten in gewissem Sinne ein Schicksal, hatten aber zwei vollkommen unterschiedliche Wege gewählt, wie sie damit umgingen. Während sie selbst zwischenzeitlich soweit gewesen war, dass sie ihrem Leben ein gewaltsames Ende setzen wollte, war Alois so in sich selbst ruhend und scheinbar Glücklich, dass es für sie beinahe wie eine Täuschung erschien. Aber eben nur beinahe, denn seine Worte und seine Gefühle dazu waren echt gewesen, sie war sich sicher, er hatte jedes seiner Worte genau so gemeint, wie er es sagte. Das wiederum stellte sie vor die bittere Frage, wie er sich mit einer ähnlichen Situation so einfach hatte arrangieren können, während sie selbst daran und an sich selbst gescheitert war. „Er kennt seine Aufgabe und seinen Platz im Jenseits", schoss es ihr durch den Kopf und sie griff unwillkürlich nach dem kleinen Buch in ihrer Tasche. Vielleicht war ja schon ein neuer Eintrag, wie von Zauberhand darin erschienen, der ihr in irgendeiner Art und Weise weiterhelfen konnte. Mit zitternden Fingern blätterte sie die Seiten durch, bis sie schließlich fündig wurde. In leuchtend violetten Lettern stand dort geschrieben:

Vertraue auf dich, auf das was ist und was sein wird – erkenne deine Bestimmung an und halte daran fest – dann ist dir Unterstützung gewiss und Einsamkeit ein Fremdwort

Sie schlug das Buch wieder zu und bemerkte, dass Lola neben ihr lief und sie eindringlich musterte. „Hast du deine Antwort bekommen?" Nina nickte unschlüssig. „Das schon, aber dadurch sind nur noch mehr Fragen aufgetaucht." „Dann werden wir wohl noch eine Weile gemeinsam unterwegs sein", stellte Lola betont locker fest, doch Nina glaubte Vorfreude heraus zu hören. „Nicht unbedingt", erwiderte sie nachdenklich. „Ich muss herausfinden, was meine Aufgabe im Leben ist und warum sie mich zur Einsamkeit verdammt hat." Lola blieb wie angewurzelt stehen. Nina drehte sich verwundert zu ihr um. „Was ist los?" Ihre Gefährtin starrte an ihr vorbei in Leere, ihr Gesichtsausdruck war erstarrt. „Das war es also", murmelte sie schließlich zu sich selbst und lief weiter, ohne Notiz von Nina zu nehmen, die ihr entgeistert hinterher schaute. So schnell Lolas Stimmung umgeschlagen war, so schnell kehrte sie zu ihrer normalen Ausgelassenheit zurück und summte gut gelaunt vor sich hin, als Nina sie schließlich einholte und mit Blicken zu durchbohren versuchte. Lola schien es nicht zu bemerken, sie zupfte einen Grashalm ab und ließ ihn durch ihre Finger gleiten. „Ich möchte, dass du gut darüber nachdenkst, ob dies wirklich deine letzte Frage ist", bemerkt sie plötzlich und Nina zuckte zusammen. „Wenn wir uns auf den Weg machen, diese Antwort zu ergründen, wird es keine Möglichkeit mehr

171

geben, noch weitere Fragen zu stellen. Sie bedeutet das Ende unserer Reise und Du wirst dann deine Entscheidung treffen müssen. Also nimm dir Zeit um in Ruhe darüber nachzudenken."

Nina starrte sie bestürzt an, doch je länger sie darüber nachdachte, desto mehr erschienen Lolas Worte einleuchtend. Wenn sie ihre Aufgabe, ihr Schicksal und den Grund ihrer Einsamkeit kannte, was gab es dann noch, was sie wissen musste? Entweder sie würde sich dazu entscheiden, dieses Los zu tragen und darauf vertrauen, dass sie das nicht allein tun musste, oder aber sie würde ablehnen und ihr Leben frühzeitig beenden, in der Hoffnung damit auch früher wieder nach Hause zurück kehren zu können. Endlich erlöst von dem Schmerz, den dieses Leben für sie bedeutete. Sie wog in Gedanken das Für und Wider ab, versuchte in sich hinein zu horchen, ob da noch andere Fragen offen geblieben waren, doch in ihrem Inneren herrschte mal wieder Chaos und sie konnte keinen Gedanken lange genug zu fassen kriegen, um ihn sich in Ruhe anzuschauen. Schließlich seufzte sie frustriert auf. „Das geht so nicht", stellte sie zornig fest und blickte sich suchend um. Lola hatte sich zu ihr umgedreht und schien auf eine weitere Erklärung zu warten. „Ich brauche einen Ort, an dem ich zur Ruhe kommen kann. Ich kann keinen klaren Gedanken mehr fassen und meine Beine bringen mich um." In der Tat hinkte sie heute deutlich schlimmer als sonst, das linke Bein knickte immer wieder weg und zitterte merklich. Lola nickte und griff nach ihrer Hand. „Komm, ich denke ich weiß, wo ein solcher Ort zu finden ist.

Sie zog Nina mit sich, in das dichte Unterholz des Waldes und führte sie geschickt um herumliegende Äste und Wurzeln herum. Nina blickte sich verzweifelt um, ihre Beine taten wirklich scheußlich weh und sie hoffte, dass dieser Querfeldeinmarsch nur von kurzer Dauer sein würde. Doch Lola lief stur geradeaus und wich nur hin und wieder mal einem Baumstamm aus, der ihr im Weg stand. „Es ist nicht mehr weit", tröstete sie Nina mit einem kurzen besorgten Seitenblick, als hätte sie deren Gedanken mal wieder erraten. Und tatsächlich wurde der Wald, durch den sie sich gerade, im wahrsten Sinne des Wortes, durchkämpften, langsam wieder lichter. Nina amtete erleichtert auf, als sie vor sich, in beinahe greifbarer Nähe, das Ende dieses Waldstückes erblickte. Als hätte ihr die Aussicht, endlich aus dem, mittlerweile dornigen, Gestrüpp heraus zu kommen neue Kraft gegeben, beschleunigte sie ihre Schritte. Doch immer wieder verfingen sich die dornigen Zweige in ihren Kleidern und zwangen die Frauen ihr Tempo erneut zu verlangsamen, um sich zu befreien. Dann war es geschafft, Nina stolperte hinter Lola aus dem Unterholz hinaus ins Freie und keuchte überrascht auf. Direkt vor ihnen, inmitten von saftigen Wiesen und Feldern, war ein kleiner Berg aufgetaucht, auf seiner Spitze stand ein ausladendes Gebäude, das Nina entfernt an eine Kirche oder ähnliches erinnerte. Lola lächelte verzückt. „Da wären wir." Sie winkte Nina ihr zu folgen und lief ein Stück durch die Wiese, bis sie auf einen kleinen, lehmigen Trampelpfad stieß, der sich, in kleinen unregelmäßigen Kurven, den grünen Berg hinaufschlängelte. Nina stöhnte leise und versuchte ein Wimmern zu unterdrücken, als sie sich hinter Lola den steilen Weg hocharbeitete. Lola blieb abrupt stehen und drehte sich zu ihr um. „Was hältst du davon, wenn du es dir hier im Gras ein wenig bequem machst und ich gehe vor und besorge eine Transportmöglichkeit für dich." Nina schaute sie fassungslos an und wollte protestieren, doch Lola hob beschwichtigend die Hand. „Ich weiß, dass du die Zähne zusammen beißen würdest um es bis ganz nach oben zu schaffen, aber ich glaube, dein Bein hat den Sturz heute nicht ganz unbeschadet überstanden und ich befürchte, es muss ein bisschen geschont werden." Sie deutete auf das linke Bein und als Nina an sich herab blickte, sah sie, dass das Bein deutlich geschwollen war, die sonst eher weitgeschnittene Hose, schmiegte sich beinahe hauteng darum und am Knie hatte sich ein dunkelroter Fleck gebildet, der aber bereits eingetrocknet zu sein schien. Sie seufzte resigniert und nickte zustimmend. „Ok, aber bitte beeil dich. Ich fühle mich nicht wohl hier, so ganz allein und ungeschützt, mitten im Nirgendwo zu sitzen." Lola lächelte sie aufmunternd an. „Keine Sorge, hier ist weit und breit keine Menschenseele und dir wird Nichts passieren." Sie winkte zum Abschied und eilte dann den geschlungenen Pfad weiter, bis sie um eine kleine Biegung verschwand und Nina sie aus den Augen verlor. Ächzend ließ sie sich in das weiche Gras sinken, vorsichtig darauf bedacht, das linke Bein nicht zu belasten. Es hämmerte scheußlich und Nina verfluchte sich, nicht zum ersten Mal heute, dass sie nicht besser aufgepasst hatte. Im ersten Schreck hatte sie den Schmerz gar nicht so deutlich spüren können und dann war diese seltsame Alte aufgetaucht und sie hatte nur noch flüchten wollen. Aber jetzt, wo sie hier saß, war sie Lola gerade unheimlich dankbar für ihren Vorschlag. Missmutig lehnte sie sich ein Stück zurück und schaute den Berg hinauf, diese Strecke hätte sie wohl wirklich nicht mehr geschafft.

Müde legte sie sich auf den Rücken und verschränkte die Arme hinter dem Kopf. Nachdenklich starrte sie in den Himmel und beobachtete die Wolken, die träge über sie hinwegzogen. „Selbst die sehen hier irgendwie anders aus", schoss es ihr unwillkürlich durch den Kopf. Irgendwie voller, weißer, strahlender, als wären sie tatsächlich aus Watte. „Hier ist so einiges anders", sie schloss kurz die Augen, lies die Bilder der vergangenen Tage an sich vorüber ziehen. Aber wo war eigentlich hier? Wie war sie vom See, an dem sie Lola getroffen hatte, hierher gelangt? War es am Ende noch derselbe Ort, nur zu einer anderen Zeit? Und was sie noch vielmehr interessierte, stammten all die Menschen, die sie während der Reise getroffen hatte, aus derselben Zeit? Oder hatte Lola sie tatsächlich immer wieder zwischen den Zeiten hin und herspringen lassen? Das konnte sie sich irgendwie nicht so wirklich vorstellen, schließlich waren sie zu Fuß unterwegs gewesen und Nina wäre ein solcher Zeitsprung sicherlich irgendwann mal aufgefallen. „Wirklich?" Die leise Stimme in ihrem Kopf erhob Einspruch. Immerhin hatte sie den Sprung am Anfang der Reise, vom See in den Wald der Vergangenheit, ja auch nicht bemerkt. Nina betrachtete die Wolken erneut. Wie war das Alles überhaupt möglich? Vielleicht war sie ja doch im See ertrunken und das hier war das Leben nach dem Tod? Oder sie war gefunden worden und lag in irgendeinem Krankenhaus, im Koma und ihr Gehirn spielte ihr einfach einen Streich? Glaubte sie wirklich daran, mit einer Wandlerin, die sie an der Schwelle zwischen Leben und Tod abgefangen hatte, auf Wanderschaft zu sein um Antworten zu finden, die dann in einem kleinen, weißen Buch plötzlich auftauchten? Das hörte sich doch Alles ziemlich weit hergeholt an und das würde ihr sicher Niemand glauben. Aber, wem hätte sie es auch erzählen sollen? Ihrer großen Liebe, die sich abgewandt hatte, aber in regelmäßigen Abständen wieder auftauchte nur um sich mal kurz in Erinnerung zu rufen, während sie selbst wieder im Schmerz zu ertrinken drohte? Oder ihren wenigen Freunden, die allesamt weit entfernt wohnten und die ihre geistige Gesundheit mitunter sowieso schon in Frage stellten, weil sie sich von ihrer Liebe nicht zu lösen vermochte?

Eine einsame Träne löste sich aus ihrem Augenwinkel und rollte ihr die Schläfe hinab. Es war doch völlig egal, was sie glaubte, erzählen würde sie es sowieso Niemanden. Was spielte es also für eine Rolle, was hier wirklich geschah. Trotzig wischte Nina sich mit dem Ärmel über die Augen. Plötzlich, ohne das sie es bewusst entschieden hatte, wusste Nina, dass sie noch eine wichtige Frage klären wollte, bevor sie ihre letzte Frage stellte. Überrascht setzte sie sich auf und schaute ungeduldig den Berg hinauf, in der Hoffnung Lola zu erblicken. Sie kannte jetzt ihre nächste Frage!

Ein Geräusch ließ sie aufhören, sie lauschte angestrengt und erkannte, dass es näher kam. Sie setzte sich gerade auf, reckte den Hals und blickte erwartungsvoll zu der Kurve, hinter der Lola vor einiger Zeit verschwunden war. Plötzlich schob sich der kleine, zottige graue Kopf eines Esels in ihr Blickfeld und sie keuchte überrascht auf. Ein Mann führte das zahme Tier, das geduldig den Berg hinabstapfte, an einem Seil neben sich her. Diese Gestalt war der eigentliche Grund für Ninas Überraschung. Sein Kopf war kahl und sein Körper steckte in einer langen, braunen Kutte, die nur von einem Band um die Leibesmitte gerafft wurde. Ihr Blick wandte sich unwillkürlich zu dem Gebäude hinauf, das sich über ihr, auf der Kuppe des Berges erhob. Es war keine Kirche, Lola hatte sie zu einem Kloster geführt. Unwillig schüttelte sie den Kopf und sandte ihrer Gefährtin einen deftigen Fluch hinterher. Sie hatte sie sicher nicht ohne Grund hierher gebracht, von wegen hier würde sie Ruhe finden. Lola hatte ihre nächste Frage schon gekannt, bevor Nina selbst sich ihrer bewusst war.

„Wie finde ich den richtigen Glauben", murmelte Nina zwischen zusammen gebissenen Zähnen hervor und blickte noch einmal ungläubig auf das Kloster, in dem Lola auf sie wartete.

„Ich grüße Dich, man nennt mich Bruder Theo und das ist Leopold unser treuer Esel. Er wird dich sicher den Berg hinauf bringen." Der fremde Mann war vor ihr stehen geblieben und lächelte freundlich zu ihr hinab. „Freut mich deine Bekanntschaft zu machen", erwiderte Nina höflich und streckte ihm die Hand, zum Gruß, entgegen. Doch der Mönch schien sie falsch verstanden zu haben, beherzt griff er mit einer Hand die ihre, seine andere Hand jedoch, schob sich unter ihren Arm und mit einem kurzen Ruck, hatte er sie auf die Beine gezogen. Verdutzt stand Nina vor ihm und starrte ihn an.

„Vielen Dank, aber so war meine Geste nicht gemeint."
Er legte den Kopf schief und musterte sie fragend. „Bei
uns reicht man sich die Hände, wenn man sich begrüßt",
erklärte sie eilig, während sie sich den Staub vom Ho-
senboden klopfte. „Oh, das wusste ich nicht", erwiderte
der Mönch ruhig und schenkte ihr erneut ein wohlwol-
lendes Lächeln. „Schaffst du es allein auf Leopolds Rücken, oder brauchst du meine Hilfe?" Unsicher blickte
Nina den Esel an, der geduldig da stand und in Seelen-
ruhe an ein paar Grashalmen kaute. Er war klein, ging
ihr kaum bis über die Hüfte und Nina überlegte, ob sie
wohl die Füße anziehen musste, damit sie nicht auf dem
Boden hinterher schleifen würden. „Lassen wir es auf
einen Versuch ankommen", sagte sie laut und humpelte
zu Leopold hinüber. Vorsichtig hielt sie ihm die Hand
vor die Nase, streichelte kurz seine weichen Nüstern
und strich dann seinen Hals entlang. Zaghaft griff sie
ihm in die struppige kurze Mähne und zog ganz sachte
daran. Der Esel zeigte sich gänzlich unbeeindruckt und
sie schob sich näher an seine Seite heran. Als er noch
immer keinerlei Reaktion zeigte, nahm sie ihren Mut
zusammen und schob, mit einem leisen Ächzen, ihr
rechtes Bein über seinen Rücken. Sie versuchte sich mit
dem linken Bein, so gut es ging, vom Boden abzustoßen,
musste aber nachhelfen, indem sie nun etwas beherzter
in die stoppelige Mähne griff und sich in eine sitzende
Position hievte. Amüsiert blickte sie hinab zu ihren Füssen, sie würde die Zehenspitzen hochziehen müssen, die
hatten nämlich tatsächlich noch Bodenkontakt und würden sonst zwei nette Spurrillen den Berg hinauf ziehen.
„Bist du bereit?" Die Stimme des Mönches klang fragend

und Nina nickte bestätigend. „Es kann losgehen." Der Mann setzte sich in Bewegung. Leichtfüßig, als würde die Steigung des Berges ihm Nichts ausmachen, lief er neben dem kleinen Esel her, der in gemächlichem Tempo und mit sicherem Tritt, den geschlungenen Pfad erklomm. Nina krallte sich mit beiden Hände in der Mähne fest, nicht etwa aus Angst hinunter zu fallen, sondern weil sie sonst Mühe hatte, ihre Füße weit genug hoch zu ziehen. Der schaukelnde Gang des kleinen Reittieres war ungewohnt für sie und sie musste immer mal wieder ihre Position auf seinem Rücken korrigieren. Je länger der Anstieg dauerte, desto größer wurde ihr schlechtes Gewissen Leopold gegenüber und sie war froh, als sie endlich vor dem Tor, des gewaltigen Klosters, standen und sie von seinem schmalen Rücken rutschen konnte. Nina beugte sich zum Ohr des Esels. „Ich danke dir wirklich sehr für deine Mühe", wisperte sie leise und tätschelte ihm liebevoll den Hals. „Ohne dich hätte ich den Weg sicher nicht geschafft." Als hätte Leopold sie verstanden, warf er einmal kurz den Kopf hoch und trottete dann hinter seinem Herrn durch das kleine Tor, das auf einen wunderschön begrünten Innenhof führte. Nina blieb wie angewurzelt stehen. So unscheinbar und grau die Gemäuer von außen gewirkt hatten, hier im Inneren dieser Mauern war das absolute Gegenteil der Fall. Überall standen kleine und große Bäume, Töpfe mit Blumen und Kräutern und wo man auch hinsah, im ganzen Hof verteilt waren liebevoll gepflegte Gemüsebeete angelegt. „Wow", entfuhr es ihr unwillkürlich und sie ließ den Blick schweifen. Bruder Theo drehte sich zu ihr um. „Es ist wunderschön, nicht wahr?" Glücklich betrachtete er den angelegten Garten. „Hier bauen wir an, was wir zum Leben brauchen." Nina entdeckte ein paar Hühner, die über den Hof wuselten und hier und da Rast machen um ein paar Körner aufzupicken.

Lola kam mit ausgestreckten Armen auf sie zugeeilt. „Nina, endlich bist du da, habe ich dir zu viel versprochen? Hier wirst du bestimmt die nötige Ruhe finden." Sie strahlte ihre Gefährtin an und legte ihr freundschaftlich einen Arm um die Schultern. „Aber erst wird Bruder Theo sich Dein Bein anschauen." Wie zur Bestätigung nickte der Mönch und gab ihnen, mit der Hand, ein Zeichen ihm zu folgen. Widerstrebend löste Nina sich vom Anblick des kleinen Klostergartens und warf Lola einen mürrischen Blick zu. „Du hast meine Gedanken gelesen", stellte sie trocken fest. „Und das sogar, noch bevor ich sie überhaupt denken konnte." Lola blickte sie irritiert an. „Wie meinst du das?" fragte sie entgeistert. „Woher wusstest du, dass ein Kloster der perfekte Ort sein würde, um meiner nächsten Frage auf den Grund zu gehen?" Nina schaute sie kampfeslustig an und Lola lächelte zerknirscht. „Ich habe keinen deiner Gedanken gelesen, das versichere ich dir. Aber, mir war klar, dass dir noch ein wichtiger Baustein fehlen würde, wenn wir gleich zur letzten Frage gekommen wären. Sagen wir also, ich wollte dir ein bisschen auf die Sprünge helfen." Nina starrte ihr prüfend ins Gesicht. „Du hast also nicht ungefragt in meinen Gedanken gewühlt und hast die Frage entdeckt, bevor ich sie kannte?" Lola schüttelte bestürzt den Kopf. „Um Himmels Willen nein. Ich bin zwar gut, aber das übersteigt sogar meine Fähigkeiten. Ganz abgesehen davon, dass das deutlich zu weit ginge." Zufrieden nickte Nina und lächelte sie versöhnlich an. „Dann bin ich beruhigt.

Bruder Theo war ihnen vorausgeeilt und führte sie in einen kleinen, kargen Raum, in dem ein massiver Holztisch stand. An den Wänden waren überall Regale angebracht, auf deren Brettern sich zahlreiche Töpfchen und Fläschchen aneinander reihten. Soweit Nina das beurteilen konnte, enthielten die kleinen Gefäße wohl Kräuter und Säfte und sie nahm an, dass sie sich in einer Art Medizinraum befanden. Sie kramte in ihren Erinnerungen, hatte sie nicht irgendwo mal gelesen, dass gerade Mönche unheimlich bewandert waren was Heilkräuter und deren Anwendung betraf? Sie war sich nicht sicher und bevor sie weiter darüber nachdenken konnte, drehte Bruder Theo sich zu ihr um und lächelte sie auffordernd an. Nina erwiderte sein Lächeln freundlich, blieb aber stehen. Lola stupste sie lachend in die Seite. „Du musst schon dein Bein frei machen, wenn Theo es sich ansehen soll. Begriffsstutzig wandte Nina sich zu ihr um. „Oh", machte sie leise, als sie verstand und knöpfte zögernd ihre Hose auf. Die Vorstellung, gleich halb nackt vor einem Geistlichen zu stehen, behagte ihr ganz und gar nicht, es fühlte sich irgendwie falsch an. „Nur keine falsche Scham, Bruder Theo ist ein sehr gefragter Heilkundiger, er hat schon zahlreiche andere Frauen unbekleidet gesehen." Lolas geflüsterten Worte wirkten beruhigend auf Nina und mit einem leisen Seufzen, lies sie ihre Hose zu Boden fallen. Der Mönch blickte, so diskret wie es ihm in dieser Situation möglich war, an ihr hinab. Interessiert inspizierte er ihre Beine und machte einen langsamen Schritt auf sie zu. „Darf ich?" Seine Hände streckten sich nach ihrem linken Knie aus, aber er berührte sie nicht. Nina nickte unsicher und keuchte vor Schmerzen auf, als er ihr Bein mit beiden Händen umschloss und das verwundete Knie vorsichtig abtastete. Dann griff er neben sich auf den Tisch, nahm eine Pinzette und beförderte damit einen kleinen, scharfkantigen Stein zutage, der sich in ihrem Knie befunden hatte. Überrascht starrten Lola und Nina das Steinchen an. Sie hatte überhaupt kein Loch im Stoff der Hose bemerkt. „Das brennt jetzt ein bisschen." Die gutgemeinte Warnung kam just in dem Moment, als der Schmerz auch kam und Nina biss keuchend die Zähne zusammen. Tröstend tätschelte Lola ihr den Rücken. Während der Mönch sich daran machte, ihr Knie mit einer Paste zu bestreichen und dann zu verbinden. „Es ist nur eine oberflächliche Verletzung, die Kräuter werden verhindern, dass die Wunde sich entzündet." Er betrachtete zufrieden sein Werk. Dann griff er sanft nach Ninas Oberschenkel und begann ihn fachmännisch zu massieren. „Mehr Sorgen machen mir die Schwellungen des restlichen Beines", erklärte er und erhöhte den Druck ein wenig. „Mir scheint, da ist Flüssigkeit im Gewebe, ich würde denken, es kommt von einer Überbelastung." Er drehte sich um und sein Blick wanderte suchend durch die Regale. Schließlich wurde er fündig, griff nach einem Tiegel und kehrte damit zu Nina zurück. „Damit musst du das Bein drei Mal am Tag einreiben. Nimm ruhig reichlich davon, es wird den Druck und den Schmerz lindern und dafür sorgen, dass die Flüssigkeit abfließen kann." Dankbar griff Nina nach dem dargebotenen Topf. „Ich danke dir sehr für Deine Hilfe." Bruder Theo bedachte sie kurz mit einem warmen Blick. „Warum auch immer du sie hergebracht hast", wandte er sich leise an Lola, „Dankbarkeit und Demut muss sich nicht mehr lernen." Als er ihren überraschten Gesichtsausdruck sah, lächelte er. „Ich konnte hören, wie sie sich bei Leopold für seine Hilfe bedankt hat", erklärte er schlicht, als sei damit alles gesagt und Lola betrachtete Nina nachdenklich von der Seite. Die hatte sich beeilt ihre Hose wieder anzuziehen und knöpfte soeben erleichtert den Hosenbund zu. Sie schien die Worte des Mönchs nicht mitbekommen zu haben und blickte Lola abwartend an. „Und nun?" fragte sie unsicher. „Bruder Theo, habt ihr euren Raum der Stille noch?" Überrascht wandte der Mann sich zu Lola um und nickte zögernd. „Selbstverständlich, wie könnten wir darauf verzichten?" „Wäre es vielleicht denkbar, dass Nina sich für eine Weile dorthin zurückziehen dürfte? Sie ist auf der Suche nach ein paar wichtigen Antworten und braucht dringend Ruhe und Zeit um in sich zu gehen." Wieder nickte der Mönch langsam. „Zwischen dem Mittagessen und dem Abendessen gehen die Mönche für gewöhnlich ihrer Arbeit nach und der Raum ist ungenutzt. In dieser Zeit darf sie sich gerne dort aufhalten. Zu den anderen Zeiten wäre es manch Einem sicher unangenehm, sie dort anzutreffen." Sein Blick ruhte auf Nina, die eilig nickte. „Ich werde das berücksichtigen", versicherte sie ihm.

Der Raum der Stille war, wie Nina mit gemischten Gefühlen feststellen musste, nur eine karge Zelle, in deren Mitte sich ein Holzschemel befand. Ein großes Kreuz an der Wand war der einzige weitere Gegenstand, ansonsten war dieser Raum völlig leer und durch eine kleine

Öffnung in der Mauer, drang nur spärlich das Tageslicht hinein. Fröstelnd wickelte Nina sich in die Decke ein, die Lola ihr, mit einem verschwörerischen Zwinkern, in die Hand gedrückt hatte und setzte sich vorsichtig auf den kleinen Schemel. Er war hart und ihr Bein begann in dem Winkel, in den es durch diese Haltung gezwungen wurde, sofort an zu schmerzen. Unschlüssig schaute sie sich um und entdeckte dann ein kleines, graues Kissen, das am Rande des Raumes auf dem Boden lag, genau dort, wo sich ein paar Sonnenstrahlen hin verirrt hatten, die durch die kleine Fensteröffnung herein drangen. Erleichtert stand sie auf und ließ sich mit einem leisen Seufzen auf das Kissen sinken, die Beine lang vor sich ausgestreckt. Unschlüssig ließ sie ihren Blick schweifen, besah sich die Steine der Mauer und versuchte ihren Gedanken freien Lauf zu lassen. Doch statt zur Ruhe zu kommen, ertappte sie sich dabei, wie sie die Mauersteine zählte. „Reiß dich zusammen", ermahnte sie sich selbst und schloss die Augen. Dieser Raum machte seinem Namen wirklich alle Ehre. Nicht ein einziges Geräusch drang zu ihr hinein. Nur ihr eigener Atem war zu hören. Sie saß einfach nur da und wartete, nicht genau wissend worauf. Aber ihr blieben noch ein paar Stunden bis zum Abendessen und vielleicht würde die Ruhe ihr ja wirklich gut tun. Sie ließ die Tage ihrer Reise, vor ihrem inneren Auge, Revue passieren. Sie war eigentlich ständig in Begleitung gewesen und selbst wenn sie versucht hatte, mal Zeit für sich zu gewinnen, war immer jemand dazwischen gekommen, um sich mit ihr zu unterhalten. Im Gegensatz zu ihrem normalen, bisher gewohnten Leben, in dem sie sehr viel Zeit mit sich allein hatte, waren sol-

che Momente auf dieser Reise rar gewesen. „Verrückt",
murmelte sie leise. „Mein ganzes Leben lang wollte ich
um jeden Preis Gesellschaft haben und das Allein sein
hat mich geängstigt, aber jetzt, wo immer jemand um
mich herum ist, erscheint mir die Einsamkeit hin und
wieder doch sehr verlockend." Vielleicht wäre ein guter
Mittelweg ja eine Lösung, dachte sie bei sich und schloss
wieder die Augen.

Sie dachte an Lola, den Abend als sie sich kennen gelernt hatten und zu ihrer Reise aufgebrochen waren.
Dann kam ihr die erste Station ihrer Reise in den Sinn,
die mit jedem Tag wunderlicher zu werden schien. Ein
Lächeln lag auf ihren Lippen, als sie an Harold und
Maggi dachte, die sich so sehr liebten, dass es ihr in der
Seele wehgetan hatte. Sie verspürte eine ähnliche Liebe
in sich und wünschte sie könnte noch einmal dahin zurückkehren, wo damals Alles begonnen hatte. Bei diesem Gedanken brach der Schmerz so unerwartet und
heftig über sie herein, dass sie sofort die Augen aufriss
und atemlos keuchte. Daran wollte sie jetzt lieber nicht
denken, irgendwann würde auch hierfür die Zeit gekommen sein, aber nicht heute. Ihre Gedanken kehrten
zurück zu ihrer Reise und der zweiten Station. Zu Aria,
die einfach nicht still sitzen konnte. Die ein beeindru-
ckendes Händchen für Badezusätze hatte und die trotz
ihrer zahlreichen Verpflichtungen, immer darauf achtete, was sie wollte und brauchte. Mit Wehmut dachte sie
an Leva und das Zigeunerlager. Die Lebensfreude, die
sie dort verspürt hatte und die durchgetanzten Nächte.
Wieder musste sie Lächeln. Leva hatte sie sehr gemocht
und der Abschied war ihr schwer gefallen. Das Bild ei-

nes großen, grauen Wolfes tauchte vor ihrem inneren Auge auf. „Archibald", seufzte sie leise. Der treue Wolf und sein bester Freund, der Waldläufer, der sein Wissen mit ihr geteilt hatte. Der ihr klar zu machen versuchte, wie wenig es brauchte um Zufrieden und Frei zu sein. In ihren Erinnerungen schwamm sie noch einmal in dem klaren, dunkelblauen See und ließ den Wasserfall auf sich herab prasseln, ganz so, wie sie es vor wenigen Tagen mit Lola getan hatte. Dieses Gefühl der Ruhe und des Friedens, würde sie nie wieder vergessen. Ebenso wenig wie ihr Zusammentreffen mit König Alois. Der einsame König, mit den wundervoll warmen und hypnotisch wirkenden braunen Augen, der ihr seine Geheimnisse anvertraut hatte. Als sich das Bild der seltsamen Alten zeigte, schüttelte sie unwillig den Kopf und versuchte es zu vertreiben. Stattdessen versuchte sie die Eindrücke des Ritts auf Leopolds Rücken herauf zu beschwören und die stille Erscheinung von Bruder Theo, der ihr stolz den Klostergarten gezeigt hatte, als wäre das seine ganz eigene Herzensangelegenheit. Sie stellte überrascht fest, dass sie den Mönch, mit seiner ruhigen Art mochte. Für gewöhnlich waren ihre Geistliche eher suspekt und sie konnte Religionen, egal Welcher, Nichts abgewinnen. Doch Bruder Theo hatte etwas in seiner Art, was sie auf eine seltsame Weise faszinierte und sie hegte insgeheim die Hoffnung, dass sich die Gelegenheit für ein Gespräch ergeben würde.

Während sie in ihren Erinnerungen schwelgte, wurde ihr klar, wie ungeheuer dankbar sie war, dass all diese Personen, ihr einer Wildfremden, ein solches Vertrauen entgegen gebracht hatten um ihre Geheimnisse und

Weisheiten mit ihr zu teilen. Sie war nicht ein einziges Mal auf Ablehnung gestoßen. Sie Alle hatten sie, ausnahmslos aufgenommen, als sei sie ein Teil der Familie. Sie hatten ihr Zuhause und ihre Nahrung mit ihr geteilt und keine weiteren Fragen gestellt. Nachdenklich grübelte Nina darüber nach, ob sie selbst wohl auch so großzügig wäre, wenn eine alte Freundin plötzlich bei ihr vor der Tür stehen würde, mit einer weiteren Person im Schlepptau und ihr erklärte, sie wären nur auf der Durchreise und bräuchten was zu Essen und ein Bett. Bei der Vorstellung musste sie beinahe lachen, sie konnte sich ihr eigenes Gesicht nur zu gut vorstellen. Aber, so sehr sie sich auch anstrengte, ihr fiel tatsächlich kein einziger Mensch aus ihrem Leben ein, der sich so oder ähnlich verhalten hätte, wie die Menschen hier es taten. Diese Feststellung überraschte sie und sie versuchte dahinter zu kommen, was wohl der Unterschied sein mochte. Vielleicht lag es daran, dass man in früheren Zeiten, in denen sie hier offenbar mit Lola unterwegs war, noch mehr Interesse an einem Miteinander hatte, als in der Zeit, in der sie für gewöhnlich lebte? Die Menschen schienen sich gengenseitig weniger zu misstrauen und sich ehrlich über Gesellschaft zu freuen, sei sie auch noch so kurz.

Ein leises Klopfen an der Tür ließ Nina aus ihren Gedanken aufschrecken. Sie blickte auf und sah Lola, die sie entschuldigend angrinste. „Deine Zeit für heute ist um", sagte sie und deutete auf die kleine schmale Öffnung, durch die nun kaum noch Licht herein fiel. Draußen dämmerte es bereits. Erstaunt rieb Lola sich über die müden Augen und kämpfte sich vom Boden hoch. Ihr

Bein war vom langen Sitzen noch steifer geworden und sie humpelte mühsam auf ihre Gefährtin zu. „Wir werden unser Essen in unserer Kammer einnehmen", klärte Lola sie auf. „In diesem Kloster sind Frauen sehr selten über Nacht zu Gast und gar nicht gern gesehen." Nina nickte verstehend und stützte sich dankbar auf dem dargebotenen Arm ab, als sie durch den vereinsamten Gang liefen.

Ihre Zelle war ein winzig kleiner Raum, direkt neben dem Eingangstor, des Klostergebäudes, gelegen. Links und rechts an den Wänden standen kleine, schmale und hart aussehende Pritschen. Es gab keine Kissen und eine einsame grobe Wolldecke war das einzige Bettzeug. In der Mitte des Raumes stand ein winziger Holztisch, der kaum größer zu sein schien, als der Schemel, der sich im Raum der Stille befand. Dort stand eine Schale mit Brot und ein wenig Käse. Ein Krug mit Wasser und zwei Äpfel rundeten das Abendmahl ab. Nina schaute sich betreten um. Der Raum wirkte wenig einladend, er verursachte ihr vielmehr eine gewaltige Gänsehaut, so spartanisch und leblos, wie er wirkte. „Ich weiß, wir haben es schon gemütlicher getroffen", Lola deutete um sich. „Aber wir sind in einem Kloster, die anderen Zellen sehen genauso aus. Die Mönche verzichten auf Alles, was nicht lebensnotwendig ist." Sie griff sich eine Scheibe des dunklen Brotes und biss herzhaft in ein Stück Käse. „Es ist trocken, es ist halbwegs warm und wir sind hier sicher", nuschelte sie mit vollem Mund. „Für eine Nacht wird es schon gehen." Nina nickte müde, fischte sich ein Brot aus der Schale und setzte sich auf eine der Pritschen, den Rücken gegen die Wand gelehnt. Das Bett war so schmal, dass ihre Beine mühelos auf dem Boden stehen konnten und sie fragte sich, wer von ihnen Beiden heute Nacht wohl als Erste auf dem Fußboden landen würde. „So schön ich den Klostergarten finde, aber das wäre definitiv kein Leben für mich." Nina brach ein Stück vom Brot ab und schob es sich nachdenklich in den Mund. Lola nickte lachend. „Nein, das glaube ich dir, dazu muss man wohl geboren sein."

Sie beendeten ihre karge Mahlzeit schweigend. Nina war nicht nach reden zu Mute und sie wickelte sich müde in die kratzige Wolldecke ein. Ihr Bein brannte leicht, seit sie es mit der Salbe von Bruder Theo, eingerieben hatte. Als sie sich auf dem Bett langstreckte, überlegte sie kurz, ob sie nicht lieber gleich auf dem Boden schlafen sollte. Die Pritsche war beinahe ebenso hart und sie würde dann wenigstens nicht rausfallen können, doch, sie verwarf den Gedanken wieder.

Kapitel 14

Das Leben im Kloster endete mit dem Sonnenuntergang, aber es begann, noch bevor die Sonne wieder aufging. Verschlafen schreckte Nina in die Höhe, als direkt über ihr eine gewaltige Glocke anschlug. Lola schien das nicht zu beeindrucken, sie drehte sich leise murrend zur Seite und schlief weiter, einen Arm über den Rand der Pritsche hängend. Die Glocke schlug genau fünf Mal, dann verstummte sie. Beruhigt lehnte Nina sich wieder zurück und kniff die Augen zusammen. Draußen war es noch dunkel, wie sie durch die Öffnung in der Mauer erkennen konnte. Doch bevor sie wieder einschlafen konnte, hallte monotoner Männergesang durch die Gänge und machte vor der kleinen, zugigen Holztür ihrer Kammer nicht halt. Genervt setzte Nina sich wieder auf und bewegte vorsichtig die Beine. Das linke Bein war immer noch etwas steif und das Knie schmerzte, aber sie war fest entschlossen, diesen Ort, der ihr immer unangenehmer wurde, noch heute zu verlassen und zwar ohne die Hilfe des kleinen Esels in Anspruch nehmen zu müssen. Sie stand langsam auf und schlüpfte leise in die Schuhe. Gerade wollte sie die Tür öffnen, als Lolas Stimme hinter ihr ertönte und sie abermals zusammen zucken ließ. „Bruder Theo hat uns gebeten, bis nach der Morgenandacht in unserer Kammer zu bleiben. Er wird uns dann holen." Resigniert nickte Nina und trottete zurück zu ihrer Pritsche. Sie fühlte sich in diesem Kloster mehr und mehr wie eine Gefangene. Lola gähnte herzhaft und begann sich anzukleiden. „Nicht wie eine Gefangene, aber als Frauen sind wir so etwas wie Eindringlinge", bemerkte sie flüsternd und übersah Ninas wütenden Blick, weil sie ungefragt ihre Gedanken gelesen hatte. „Wären Bruder Theo und ich nicht schon sehr alte Freunde, wir kannten uns lange, bevor er dem Orden beitrat, hätten wir vor der Klostermauer nächtigen müssen. Frauen haben hier nur tagsüber und unter strenger Aufsicht Zugang. Außer sie liegen auf dem Sterbebett und benötigen medizinische Hilfe." Sie stand auf und legte die Decke ordentlich auf ihrem Bett zusammen. Ihr Rucksack stand fertig gepackt neben der

Tür und Nina hoffte, sie würden aufbrechen, sobald die Morgenandacht vorbei war. „Bruder Theo wird dich heute Morgen mit in die Felder nehmen. Er will überprüfen, ob die Ernte wie geplant verlaufen wird. Da werdet ihr ausreichend Zeit haben, um euch zu unterhalten." Lola lächelte Nina aufmunternd an. „Und was machst du in der Zeit?" Ninas Frage klang beinahe besorgt. „Ich habe noch etwas zu erledigen, aber keine Sorge, bis du zurück bist, werde auch ich wieder hier sein und dann können wir direkt aufbrechen."

Wie versprochen, klopfte Bruder Theo an ihre Tür, kaum das die Andacht beendet war. Er hielt Lola ein kleines Bündel unter die Nase. „Ein bisschen Proviant für dich." Er lächelte und drehte sich dann zu Nina um. „Dein Frühstück habe ich schon im Wagen verstaut, du kannst es unterwegs zu dir nehmen." Überrascht blickte Nina ihn an. „Im Wagen?" Sie folgte ihm, ohne weitere Aufforderung, nach draußen und versuchte ihre Enttäuschung zu verbergen. Der Wagen, von dem Bruder Theo gesprochen hatte, war Nichts weiter, als eine kleine Bank auf Rädern, die hinten eine winzige Plattform hatte und auf der ebenso ein Bündel lag, wie Lola es erhalten hatte. Gezogen wurde das kleine Gefährt von keinem Geringeren, als Leopold selbst. Sie begrüßte ihn lächelnd und graulte ihn sanft hinter den Ohren. „Steig auf, wir haben ein Stück Weg vor uns", forderte der Mönch sie auf und deutete auf den schmalen Platz neben sich. Nina seufzte leise und insgeheim wünschte sie, ihre Frage und den Wunsch nach einer Antwort zum Teufel. „Wie passend", fuhr es ihr durch den Kopf. Wortlos hievte sie sich auf die kleine Sitzbank und kaum das sie saß, schnalzte

Bruder Theo mit der Zunge und Leopold lief, gemütlich auf einem Grashalm kauend, los. Langsam und mit einem leisen Knarren setzte sich das Gefährt in Bewegung und passierte das weit geöffnete Tor der Klostermauern. Kaum dass sie sich in Freiheit befand, besserte Ninas Laune sich schlagartig und sie schaute sich begeistert um. Die Natur rund um das Kloster war atemberaubend schön und hier, vom Berg aus, konnte man weit über die Wiesen und Felder rundherum schauen. Hinter ihnen, auf der anderen Seite, lag der Waldrand, doch vor ihnen lagen nur saftige grüne Wiesen und bunte Felder, soweit das Auge reichte.

Der Esel trottete gemächlich den Berg hinab und Theo saß mit entspannten Zügeln in der Hand da, seine Augen wanderten mal hier hin und mal dorthin. Auch er schien die Fahrt zu genießen. „Die ganzen Felder, die du hier siehst, gehören zum Kloster und werden von uns bewirtschaftet. Nur im Herbst beschäftigen wir einige der jungen Burschen, aus den umliegenden Dörfern, um uns bei der Ernte zu helfen." Er deutete mit ausgestrecktem Arm auf die umliegenden Felder. „Sie sichern sich damit ihren Wintervorrat und können ihre Familien durchbringen", setzte er nach, als wäre es ihm peinlich, dass sie auf Hilfe angewiesen waren und Andere für sich arbeiten ließen. Nina blickte auf. „Das sieht nach sehr viel Arbeit aus", sagte sie leise, nur um irgendwas zu sagen. Der Mönch nickte nachdenklich und musterte sie dann kurz von der Seite. „Lola deutete an, du seist auf der Suche nach einer Antwort und ich könne dir dabei vielleicht helfen?" Nina rutschte unbehaglich auf ihrem Sitz herum und grinste ein bisschen hilflos. „Naja, ob du mir da wirklich weiterhelfen kannst, weiß ich nicht. Aber sie war der Meinung, da es sich um eine Glaubensfrage handelt, könntest du, sozusagen als Fachmann, der richtige Ansprechpartner für mich sein." Sie verstummte und hielt die Augen stur geradeaus gerichtet um den Mönch nicht anschauen zu müssen. Der räusperte sich leise. „Du scheinst ein Problem mit meiner Person zu haben, richtig?" Nina schüttelte eilig den Kopf. „Nein, nicht mit dir. Ich habe nur keinen Bezug zur Religion oder der Kirche. Mir ist deine Lebensweise fremd und ich verstehe nicht, wie du so leben kannst. Das macht mich etwas unbeholfen, schätze ich." Sie blickte vorsichtig zu ihm rüber, in der Hoffnung ihn nicht verärgert zu haben. Zu ihrer Erleichterung grinste er fröhlich. „Ach da liegt dein Problem. Ich dachte schon, ich hätte dich irgendwie brüskiert." Er zwinkerte ihr gutgelaunt zu. „Dann erklär mir doch mal, wo genau dein Problem mit Religion, Gott und der Kirche liegt. Das würde mich wirklich interessieren."

Während Leopold sie sicher einen schmalen Feldweg entlang kutschierte, suchte Nina nach den richtigen Worten. „Nun, ich denke zum einen ist mein Problem, dass es so viele Regeln und Verbote gibt. Und dann die Sache mit der Ewigkeit in der Hölle, wenn man kein guter Mensch war. Das wirkt nicht sehr motivierend auf mich." Sie stockte kurz und dachte einen Moment lang nach. „Kein Mensch kann diese Regeln alle befolgen, also wird man unweigerlich Fehler machen und in der Hölle landen, oder sein Leben lang Buse tun, in der Hoffnung es wird einem vergeben. Die Religion lässt wenig Freiraum und kaum Platz für Individualität."

Bruder Theo hörte ihr aufmerksam zu, sagte aber Nichts dazu. „Zum anderen gibt es so viele verschiedene Glaubensrichtungen, woher soll man wissen, dass man auch wirklich dem richtigen Gott dient? Woher weiß ich, dass ich mich an die richtigen Regeln halten würde? Das macht für mich alles keinen wirklichen Sinn. Und es nimmt einem die Verantwortung ab selbst Entscheidungen treffen zu müssen, weil die Bibel bestimmt eine Antwort parat hat." Sie fuhr sich mit der Hand über die Augen. Die Sonne stand mittlerweile hoch und blendete sie. Bruder Theo griff nach dem Bündel hinter ihnen und reichte es ihr. „Wenn du dein Frühstück gegessen hast, kannst du dir das Tuch umbinden, es wird dich ein wenig vor der Sonne schützen", erklärte er ihr sanft. Dann lenkte er den Esel samt Wagen geschickt um eine kleine Kurve und sie fuhren zwischen zwei Getreidefeldern hindurch. Sein Blick wanderte prüfend von links nach rechts. Seinem Gesichtsausdruck nach schien er zufrieden zu sein. Dann sah er Nina, die ihn abwartend beobachtete hatte, direkt in die Augen. „Hat Lola dir irgendwas über mich erzählt?" Sie schüttelte verneinend den Kopf. „Ich bin schon seit vielen Jahren Mitglied in diesem Orden und das war das Beste, was mir passieren konnte. Ich verstehe deine Fragen und Vorbehalte durchaus. Und wenn man seinen Glauben allein auf die Bibel, die Religion und ihre Regeln und Verbote stützt, dann kann das nur abschreckend und wenig einladend wirken, da gebe ich dir Recht." Er legte den Kopf schief und beobachtete Gedankenversunken den kleinen Esel, der vor ihnen her trottete. „Ich wurde auf der Straße geboren und bin dort aufgewachsen. Ich war ein Waisenkind, niemanden kümmerte es, dass es mich gab. Ich schlug mich mehr schlecht als recht durch, bis ich eines Tages versuchte einem Mönch seinen Klingelbeutel zu stehlen. Natürlich hat er mich erwischt, doch statt mich zu melden und mich meiner gerechten Strafe zuzuführen, nahm er mich bei der Hand und kaufte mir einen großen Laib Brot." Er lächelte bei der Erinnerung an diesen Tag. „Wir setzten uns und er fragte mich, warum ich ihn nicht einfach nach ein paar Münzen gefragt hätte? Ob ich denn nicht wisse, dass er ein Diener Gottes sei und mir gerne helfen würde? Ich lachte ihn aus und fragte ihn, wo denn sein großer Gott wäre und er deutete nur auf sein Herz und sagte „Hier drin, er ist immer bei mir, er lebt, weil ich ihm erlaube in mir zu leben." Bruder Theo blickte sie unsicher von der Seite an, doch als er sah, dass sie ihm aufmerksam zuhörte, fuhr er fort. „Ich lachte ihn wieder aus und sagte ihm, dass ihn das weder satt machen noch warm halten würde. Er wurde ganz still, dann griff er mich am Arm und zog mich wortlos mit sich. Ich dachte, jetzt würde er mich doch noch melden, stattdessen brachte er mich ins Kloster und wies mir eine Zelle zu. Er sagte mir, hier hätte ich es warm und wenn ich satt werden wolle, solle ich ihm im Garten zur Hand gehen." Bruder Theo lenkte den Esel geschickt in eine Linkskurve und sie fuhren weiter zwischen den Feldern her, während er fortfuhr. „Er sorgte dafür, dass ich Lesen lernte und lies mich die ganze Bibel durchlesen, bevor er mir auch nur eine weitere Frage zu Gott gestattete. Ich habe viele Wochen gebraucht, doch dann kam der Tag und ich trat, mit der Bibel, stolz vor ihn und sagte ihm, dass ich bereit für das Gespräch sei. Er jedoch nahm mir das Buch aus den Händen und schüttelte den Kopf. Er meinte, ich sei noch nicht bereit, ich hätte die Bibel zwar gelesen, aber nicht verstanden." Bruder Theo lachte leise auf. „Und bei Gott, er hatte Recht. Ich habe die Bibel gelesen wie du, mit den Augen, aber nicht mit dem Herzen." Nina schaute ihn fragend an. „Wie meinst du das?" Bruder Theo zuckte mit den Schultern. „Ein Buch kann dir den Glauben nicht erklären, er kann dich Gott nicht näher bringen. Nur du selbst kannst das. Du musst es in dir fühlen, du musst dich öffnen, dein Herz, deine Seele. Dann wirst du instinktiv wissen, was richtig oder falsch ist. Dann ist ein Buch, wie die Bibel, zwar ein Leitfaden, aber sie definiert nicht deinen Glauben, der lebt in dir und durch dich." Nina nickte zaghaft. „Aber woher weiß ich dann, dass ich an das Richtige glaube? Es gibt so viele verschiedene Götter und Regeln." Der Mönch blickte ihr ernst in die Augen. „Wenn du es genau nimmst, haben alle Glaubensrichtungen einen gemeinsamen Ursprung. Sie Alle gehen von einem allmächtigen Wesen aus, welches ihnen zur Seite steht, wenn sie ihm dienen. Oder, das sie für Fehlverhalten bestraft, weil sie nicht gehorsam waren. Am Ende des Weges lockt immer eine Belohnung, oder eben die gerechte Strafe, weil man kein gutes Leben geführt hat. Es liegt in der Natur jedes Menschen, an irgendwas glauben zu wollen oder zu müssen. Es gibt deinem Leben einen anderen Sinn, einen Inhalt, es dient dann einem höheren Zweck und man fühlt sich nicht nutzlos oder unwichtig. Man wird ja schließlich geliebt, auf die ein oder andere Weise." Er kratzte sich nachdenklich am Kinn. „Aber so verschieden, wie die Menschen sind, so verschieden ist auch der Glaube, der sich richtig für sie anfühlt. Es geht nicht um Religion, wie du sie kennst, es geht um Fühlen. Was fühlt sich in dir drin richtig und gut an? Mit welchem Glauben kannst du abends beruhigt einschlafen und morgens wieder aufwachen, in der Gewissheit, dass du nicht allein bist und heute ein guter Tag werden wird und du dich wie ein guter Mensch verhalten willst?" Er lächelte sie wohlwollend an. „Es ist egal, wie du deinen Glauben nennst, oder ihn lebst. Wichtig ist einzig und allein, dass er für dich wahrhaftig ist und du ihn fühlst. Für mich, ist mein Glaube an Gott mein Zuhause, meine Zuflucht geworden. Ich wäre sicher nicht mehr am Leben, wenn dieser Mönch mich damals nicht aufgelesen und ins Kloster gebracht hätte. Für mich sind Gott und meine Glaubensbrüder die Familie, die ich niemals hatte. Das Leben im Kloster hält mich warm, macht mich satt und gibt mir die Sicherheit zu überleben. Dafür bin ich unendlich dankbar und mehr erwarte ich nicht von meinem Leben. Was du als Spartanisch und nicht wirklich lebenswert erachtest, ist für mich ausreichend und mehr als genug, in dieser Welt." Nina antwortete darauf nicht. Sie dachte über die Worte des Mönchs nach und musste ihm Recht geben, aus seiner Sicht gesehen, machte das durchaus Sinn. Jetzt war nur die Frage, woran glaubte sie? Und vor Allem, glaubte sie aus vollem Herzen?

„Ich danke dir, du weißt nicht, wie sehr du mir weiter geholfen hast. Ich verstehe was du meinst, und auch wenn es für mich noch ein langer Weg werden wird, weil ich ehrlich gesagt, nur sehr halbherzig Glaube, bin ich meiner Antwort doch viel näher gekommen." Bruder

Theo grinste glücklich. „Das freut mich, ich hatte so ein Gefühl, dass heute ein guter Tag werden würde." Er warf hin und wieder prüfende Blicke in die umliegenden Felder und verließ sich ansonsten ganz auf Leopold, der den Weg zu kennen schien. Die bevorstehende Ernte schien ihn zufrieden zu stellen und schließlich saß er entspannt neben Nina, die Augen halb geschlossen. „Hast du dich nie nach einer realen, einer menschlichen Familie gesehnt?" Ninas Frage ließ den Mönch aufblicken. „Nein, ich habe in meinem Leben eine wichtige Lektion gelernt: Menschen kommen und Menschen gehen. Sei es aus freien Stücken oder durch Krankheit, Tod oder was auch immer. Mein Glaube bleibt und er ist sehr viel weniger grausam, als Menschen es sein können, auch wenn gerne das Gegenteil behauptet wird. Gott ist niemals grausam, er kann schlimme Dinge nicht verhindern, weil die Menschen ihr Verhalten frei wählen können. Oder weil das Schicksal manchmal eben andere Pläne hat, aber er veranlasst diese Dinge auch nicht, und somit habe ich immer jemanden an meiner Seite, auf den ich mich verlassen kann, auch wenn alle anderen mich schon verlassen haben."

Während des gesamten Rückweges schwiegen sie. Nina war so tief in Gedanken versunken, dass sie überrascht aufblickte als der Wagen vor dem Tor des Klosters stoppte. „Was für ein erfolgreicher Tag." Bruder Theo sprang gut gelaunt vom Wagen und hielt ihr einen Arm hin um sie zu stützen. Mit steifen Gliedern, von der langen Fahrt, stieg Nina ab und kam ein wenig unsicher neben dem Wagen zum Stehen. „Ich wünsche dir, dass du den Glauben in dir findest, der dich sicher durch den größten Sturm geleiten wird." Der Mönch blickte ihr fest in die Augen. „Es ist nicht wichtig, wie du ihn Benennst, es ist auch nicht wichtig, ob deine Glaubenssätze in irgendeinem Buch dieser Welt niedergeschrieben stehen. Was zählt, ist dein Gefühl dazu, dass es dir hilft und die Einsamkeit aus deinem Herzen zu vertreiben vermag." Nina nickte verstehend und lächelte ihn dankbar an. „Ich werde das berücksichtigen bei meiner Suche", versprach sie und reichte dem Mönch zum Abschied die Hand. Sie hatte Lola bemerkt, die auf einem Stein in der Nähe der Mauer saß, den Rucksack zwischen ihren Füssen und damit, wie versprochen, Abmarschbereit auf sie wartete. „Ich danke dir für Deine Zeit und Gastfreundschaft." Der Mönch nahm diesmal bereitwillig ihre Hand und schüttelte sie kurz. „Ich bin erfreut deine Bekanntschaft gemacht zu haben." Er nickte Lola zum Abschied zu, dann wandte er sich um und führte den kleinen Esel wieder in die Sicherheit der Klostermauern zurück. Das Tor fiel krachend hinter ihnen ins Schloss und Nina hörte, wie der mächtige Schlüssel darin umgedreht wurde. Auch wenn sie froh war, das Gemäuer nicht mehr betreten zu müssen, nach dem Gespräch mit Bruder Theo, sah sie es mit etwas freundlicheren Augen. Es war zu seinem Zuhause geworden und für ihn war es alles was er brauchte.

„Hast du deine Antwort gefunden?" Lola kam ihr langsam entgegen, den Rucksack bereits geschultert. Langsam nickte Nina und lächelte sie geistesabwesend an. „Zumindest Teile davon", sagte sie mehr zu sich selbst, bevor sie sich umdrehte und den langen Abmarsch, den Berg hinab begann.

Kapitel 15

Die Sonne stand schon tief am Himmel, als sie den Waldrand endlich erreichten. Nina war durchgeschwitzt, ihr linkes Bein hämmerte wieder von den Strapazen. Betrübt hatte sie festgestellt, dass sie die Salbe, die Bruder Theo ihr gegeben hatte, leider in ihrer Kammer vergessen hatte. So hinkte sie, die Zähne zusammenbeißend hinter Lola her, die sich, wie immer gut gelaunt und leise summend, vor ihr durch das Dickicht des Waldes kämpfte. Sie kamen langsamer voran als gewöhnlich und Nina fragte sich, ob sie jemals den Weg erreichen würden, der sie deutlich komfortabler durch den großen Wald führen würde. Gerade, als sie frustriert um eine Pause bitten wollte, nachdem sie schon zum hundertsten Mal mit dem linken Fuß an einer Baumwurzel hängen geblieben war, stolperte sie aus dem Dickicht hinaus und stand auf einem breiten, ausgetretenen Waldweg. Erleichtert atmete sie auf und blickte sich neugierig um. „Wo geht's lang?" fragte sie Lola, die mit verträumtem Blick da stand, ihre Hand lag auf einem Baumstamm, als würde sie ihn streicheln wollen. „Sag du es mir?" Sie zog ihre Hand zurück und warf Nina einen fragenden Blick zu. Diese zuckte ratlos mit den Schultern. „Ich weiß es nicht. Ich habe gerade so viele Gedanken im Kopf, ich weiß nicht, ob da noch eine weitere Frage zu stellen wäre." Lola nickte verstehend. „Dann lass uns einfach nach Süden laufen und vielleicht kann ich dir behilflich sein, beim Ordnen deiner Gedanken?" Sie war bereits los gelaufen und Nina folgte ihr erleichtert. „Bruder Theo und ich haben über Glauben gesprochen. Seine Ansichten sind so ganz anders als meine. Zumindest als meine waren. Jetzt weiß ich gar nicht mehr so wirklich, was ich eigentlich glaube und woran ich glauben soll und das macht mich alles völlig wahnsinnig." Die Worte sprudelten nur so aus ihr heraus, als hätten ihre Gedanken nur nach einem Ventil gesucht, um in die Freiheit zu gelangen. Lola lachte laut auf. „Langsam Nina. Langsam", sie legte ihr beruhigend eine Hand auf den Arm. „Sonst verstehe ich nur die Hälfte und kann dir nicht helfen." Nina verstummte und sah sie überrascht an. „Kannst du nicht dieses eine Mal selbst nachschauen?" bat sie leise. „Ich habe wirklich Probleme es zu ordnen und ich weiß nicht, ob ich dir zusammen hängend erklären könnte, was ich meine." Nachdenklich nickte Lola. „Okay, wenn du das so möchtest." Sie liefen eine Weile schweigend nebeneinander her. Nina versuchte sich ein bisschen zu entspannen und Lola nickte hin und wieder oder blickte Nina mit besorgten Blicken von der Seite an. Schließlich seufzte sie leise. „Ok, was ich verstanden habe, ist, dass du zwar einen Glauben hast, ihn aber nicht wirklich glauben willst, weil du ja nicht weißt, ob du das Richtige glaubst." Jetzt musste Nina lachen, so ungefähr fühlte sich ihr Kopf wohl an. „Und Bruder Theo hat dir gesagt, es sei egal, was du glaubst, so lange es sich gut anfühlt, du es in dir fühlst und du dich sicherer im Leben damit fühlst, unabhängig davon, ob Andere es für richtig erachten." Wieder kicherte Nina leise, nickte aber bestätigend. „Siehst du selbst das Problem, oder soll ich es dir erläutern?" Lolas Frage klang ernstgemeint, doch Nina verstand nicht, worauf sie hinaus wollte. Als hätte ihre Gefährtin das erwartet, setzte sie zur Erklärung an. „Du gehst absolut Verstandesmäßig an die Thematik ran. Was ist Glaube, woran glaube ich, warum glaube ich und vor Allem, was denken andere über meinen Glauben." Soweit konnte Nina ihr folgen und nickte abwartend. „Bruder Theo geht dieselbe Thematik von der emotionalen Seite an. Was fühle ich, wie fühlt sich mein Glaube an, wie fühle ich mich damit, wie fühlt sich mein Leben damit an." Lola lachte leise auf. „Das klassische Kopf gegen Bauch Spiel. Aber, in diesem Punkt gewinnt der Bauch." Sie blieb stehen und legte Nina liebevoll beide Hände auf die Schultern. „Die Wahrheit ist in dir, du musst sie nur fühlen. Hör auf es logisch erfahren zu wollen, das kannst du nicht. Du musst in dich hinein hören, dann weißt du, was richtig oder falsch ist. Theoretisch gesehen gibt es in Sachen Glauben nämlich kein richtig oder falsch. Nur es fühlt sich gut an oder eben nicht. Und wenn es sich nicht gut anfühlt, ist es nicht der richtige Glaubensansatz für dich. Der muss nicht für jeden Menschen derselbe sein. Bruder Theo hat es dir schon richtig erklärt, Glaube ist etwas sehr persönliches, aller Glaube hat letztendlich denselben Ursprung, aber er fühlt sich eben für jeden Menschen anders an."

Nina lief nachdenklich weiter. „Du meinst also, letztendlich glauben alles dasselbe, aber weil Menschen unterschiedlich fühlen, fühlt sich das woran sie glauben auch unterschiedlich an?" Lola lächelte begeistert. „Ja, so könnte man das ausdrücken." „Also muss ich mir keine Gedanken machen, welcher Religion ich folgen sollte, weil ich gar nicht dem falschen Gott dienen kann, solan-

ge es sich richtig für mich, in meinem Inneren anfühlt?"
Ihre Gefährtin nickte. „Religion ist von Menschen gemacht. Es ist ein guter Leitfaden, kann die Menschen
unterstützen, ihnen eine Hilfestellung geben, gerade
dann, wenn sie, aus welchem Grund auch immer, ihren
Glauben nicht mehr fühlen können. Aber die Religion
selbst ist nicht der Glaube und wird ihn dir auch niemals
schenken können." Nina sah sie von der Seite an. „Ist es
nicht traurig, dass es kein Buch darüber gibt? Das Glaube eine Gefühlssache ist? Damit wäre es völlig sinn frei,
andere Menschen wegen ihrem Glauben zu verurteilen
oder zu bekriegen. Jeder fühlt eben anders, es gibt kein
richtig oder falsch und fertig." Lola lächelte bekümmert.
„Ja, das wäre schön, aber ich fürchte, so einfach würde
es niemals werden. So lange statt dem Glauben die Religion, so wie sie niedergeschrieben steht, gelebt und benutzt wird, wirst du mit so einem Buch nicht wirklich
jemanden erreichen." Nina senkte missmutig die Schultern. „Da hast du wohl Recht." Dann seufzte sie leise.
„Also muss ich nur noch rausfinden, was sich für mich
richtig anfühlt und was nicht." Lola blickte sie fragend
von der Seite an. „Zumindest glaubst du schon Mal an
eine Seele und daran, dass diese wiedergeboren wird.
Das ist ein Anfang." Nachdenklich lief Nina neben ihr
her. „Ich glaube auch, dass eine Seele mit bestimmten
Aufgaben geboren wird. Die sie entweder meistert, um
sich dann im nächsten Leben Neue vorzunehmen, oder
scheitert und dann wiederholt." Lola brummte zustimmend. „Nach Allem, was du auf dieser Reise gelernt
hast, weißt du nun auch, dass du niemals allein sein
wirst. König Alois nannte es deine Ahnen, die dich be-

gleiten und anleiten, wenn du ganz still bist. Leva hat dir das Geheimnis des Buches der Einsichten verraten und das ich eine Wandlerin bin, für die Orte und Zeiten keine Rolle spielen. Und was ist mit dem Waldläufer, dem in einer Notlage ein grauer Wolf an die Seite gestellt wurde, der ohne Rudel den Winter auch nicht überlebt hätte. Das sind doch ein paar weitere Puzzlestück die nicht übersehen werden sollten?" Eifrig beeilte Nina sich zu nicken. „Ja, du hast vollkommen Recht." Ihre Hand fuhr in die Tasche und schloss sich um das kleine weiße Buch darin. Zaghaft zog sie es hervor. Zu ihrer Verwunderung musste sie feststellen, dass der Einband, trotz der langen Reise, nicht einen Fleck abbekommen hatte. Er strahlte immer noch in reinem Weiß und es erschien ihr beinahe undenkbar, dass es schon so viele Jahre alt sein musste. Lola beobachtete sie aufmerksam. „Schau hinein, der neue Eintrag kann dir vielleicht die Klarheit verschaffen, die du gerade suchst." Nina zögerte kurz. Was, wenn sie noch gar nicht bereit dafür war? Doch die Neugier siegte und mit zittrigen Fingern blätterte sie Seite um Seite um, bis sie fündig wurde. In großen, leuchtend blauen Buchstaben stand dort ihre Antwort:

Wer den Glauben im Verstand sucht, wird nur Regeln und Verbote finden, die Ketten gleichkommen - Wer aber den Glauben im Herzen findet, der wird wissen was Leben ist und sich ihm ohne Zweifel hingeben

Bedächtig klappte Nina das kleine Buch wieder zu. Lola war ein Stück voraus gegangen, die Botschaft in

204

dem Buch war nicht für ihre Augen bestimmt und das wusste sie. Nina hegte allerdings keine Zweifel daran, dass all die Einsichten, die mittlerweile auf den Seiten aufgetaucht waren, nichts Neues für ihre Gefährtin gewesen wären. Sie beeilte sich um Lola einzuholen. „Ich verstehe die Einsicht, sie klingt, wie alle anderen Einsichten auch, wieder vollkommen logisch. Nur wie ich es umsetzen soll, das habe ich noch nicht verstanden. Wie integriere ich es in meinem Alltag? Wie kann ich es einsetzen, damit es mir das Leben leichter macht und mir meinen Schmerz nimmt?" Sie bombardierte Lola förmlich mit Fragen, bis diese kapitulierend die Hände in die Luft hob. „Jetzt hol mal tief Luft", stoppte sie den gerade erst beginnenden Redeschwall. „Dein Problem ist diese verdammte Kopflastigkeit", schimpfte sie leise. „Du gehst alles mit dem Verstand an, dabei ist in dir so viel Gefühl. Ich verstehe nicht, warum du jede Frage wie eine mathematische Formel angehst, wenn du doch eigentlich pures Gefühl bist. Warum sträubst du dich so gegen dein eigenes Ich?" Nina stutze. „Ich hasse Mathe und ich habe noch nie eine einzige Formel korrekt anwenden können." Diese Erwiderung war ihr einfach so rausgerutscht, sie hätte nicht sagen können, wieso. Lola lachte lauthals auf. „Merkst du jetzt endlich wo dein Problem liegt? Du bist kein Mathematiker, also hör auf so zu tun als ob." Sie lachte noch lauter und Nina stimmte mit ein. Wäre in diesem Moment Jemand auf diesem Waldweg daher gekommen, so hätte er zwei Frauen mittleren Alters zu sehen bekommen, die sich laut lachend krümmten und kaum auf den Beinen halten konnten. Hinterher konnte Nina nicht mit Bestimmtheit sagen, was eigentlich an Lolas Bemerkung so lustig gewesen war, aber das spielte auch keine Rolle, dieses Lachen, bis ihr die Tränen liefen, hatte sich so befreiend angefühlt, so Richtig, dass der Grund ihr vollkommen egal war. Mit dem Ärmel wischte sie sich kichernd übers Gesicht, sie konnte sich nicht erinnern, wann sie das letzte Mal aus vollem Herzen gelacht hatte.

„Okay, diese Lektion habe ich ausnahmsweise sofort verstanden", kicherte sie nach Luft ringend. Zufrieden strahlte Lola sie an. „Sehr gut. Darauf können wir aufbauen." Sie liefen weiter, es dämmerte bereits und Nina fragte sich, was wohl passieren würde, wenn sie keine weitere Frage stellen wollte, wo würden sie die Nacht verbringen?" „Weißt du, Lola? Sie blickte ihre Gefährtin abwartend von der Seite an, bis diese sie fragend ansah. „Ich möchte gar kein Mathematiker sein, aber in der Mathematik ist alles so einfach. Die Dinge sind logisch, sie gehören einfach so wie sie sind und das gibt Sicherheit und kann keine Schmerzen verursachen." Sie seufzte leise. „Ich glaube, ich lehne mein eigenes Ich so sehr ab, weil ein Mensch, der nur aus Gefühl besteht und aus ihnen heraus handelt, so unglaublich viel Schmerz ertragen muss. Ein Mathematiker, der nur Formeln anwendet, dem passiert das nicht, er muss nur die richtige Zahl an den richtigen Platz einsetzen und nicht darüber nachdenken, warum das so ist, was er falsch gemacht haben könnte, ob es noch andere Möglichkeiten gäbe oder ähnliches." Lola schwieg, nach ein paar Metern räusperte sie sich schließlich. „Ich verstehe was du meinst, aber du hast da einen kleinen Denkfehler." Nina hatte beinahe schon mit Widerspruch gerechnet und schwieg. „Wenn du dein eigenes Ich annehmen und wirklich ausleben würdest, dann würden sich all die Fragen, die du gerade aufgezählt hast, gar nicht stellen. Denn wenn du rein aus dem Gefühl eine Entscheidung triffst, dann fühlt sie sich richtig an und ist daher nicht in Frage zu stellen. Wenn du aus dem Gefühl heraus handelst, wird es immer die richtige Handlung sein. Dein Gefühl ist mindestens genauso treffsicher und unfehlbar, wie eine mathematische Formel." Nina schluckte betroffen, der Gedanke war ihr noch gar nicht gekommen. „Natürlich treffen Niederlagen, Ablehnungen und solche Sachen dich augenscheinlich schlimmer, wenn du sie fühlst, statt sie nur über den Verstand einzuordnen. Das ist, aus deiner Sicht betrachtet, natürlich wahr. Aber dafür nimmst du auch Positives anders auf, als eine Formel dies könnte. Und, ich glaube, was dein eigentliches Kernproblem ist: Du wehrst dich gegen dein Gefühls-Naturell, versuchst es mit dem Mathematiker zu ersetzen und heraus kommt eine Mischform, die dich vollends ins Chaos stürzt, denn genau dadurch entstehen die Fragen, die du aufgeworfen hast." Das klang in Ninas Ohren schon wieder verdammt logisch. „Wenn du aus dem Gefühl heraus eine Entscheidung triffst, sagen wir, ein bestimmtes Verhalten zeigst, und dann den Mathematiker analysieren lässt, wie das Umfeld darauf reagiert, wie du wohl gewirkt hast, was man jetzt von dir denkt und so weiter, können die Antworten niemals befriedigend für dein Gefühl sein. Sie werden dich in deinem Naturell nur verunsichern, weil du sie gar nicht wirklich erfassen kannst, schlimmer noch, du stellst dich selbst damit permanent in Frage und versuchst den Mathematiker letztendlich entscheiden zu lassen, was als Nächstes zu tun ist. Aber er wird dir nur eine vollkommen unverständliche Formel vorlegen und du rätselst dann herum, welches Gefühl wohl die passende Zahl sein könnte." Nina begann der Kopf zu schwirren, langsam konnte sie den Ausführungen ihrer Gefährtin nicht mehr folgen. „Das ist auf Dauer furchtbar anstrengend und kann niemals funktionieren. Dein Naturell und die analytische Mathematik passen einfach nicht zusammen. Gegensätzlicher könnte es fast schon nicht mehr sein." Lola senkte den Kopf und schwieg. Nina musste ihr Recht geben, diese Rechnung ging, im wahrsten Sinne des Wortes, nicht auf. „Gut das wir das geklärt haben", erwiderte sie schließlich lakonisch und strich sich das lange Haar aus dem Gesicht. „Also muss ich nur noch den Mathematiker loswerden und mein Naturell an die Macht lassen. Nichts einfacher als das." In ihren Worten war der Sarkasmus deutlich zu hören und brachte Lola zum Grinsen. „Komm schon, stell deine Frage, bevor wir die ganze Nacht hindurch wandern müssen." Sie stupste Nina neckend in die Rippen, diese warf ihr einen mürrischen Blick zu. „Wie kann ich mein Naturell leben ohne es zu beeinflussen und woher weiß ich, dass es sich auch wirklich um mein Naturell handelt?" Unsicher presste sie die Lippen zusammen, sie war nicht sicher, ob sie die richtige Frage getroffen hatte. „Na bitte, du möchtest also wissen, wie du zu dir selbst findest. Das hört sich doch phantastisch an." Lola schnalzte zufrieden mit der Zunge und als Nina aufblickte, stellte sie erleichtert fest, dass ein Stück vor ihnen, auf der rechten Seite, eine kleine Waldlichtung mit einer Holzhütte auftaucht war. Sie schaute Lola fragend an und diese nickte bestätigend. „Unsere nächste Herberge, ich denke, die Bewohnerin dort wird dich faszinieren, sie ist nämlich durch und durch sie selbst geblieben, und das, obwohl sie wirklich schon steinalt ist." Lola lachte leise und lief beschwingt auf die kleine, etwas windschiefe Hütte zu.

Kapitel 16

Beherzt klopfte Lola an die einfache Holztür und aus dem Inneren der Hütte drangen schlurfende Schritte an ihre Ohren. Einen kleinen Augenblick geschah gar Nichts. Dann fragte eine hohe, zittrige Stimme: „Freund oder Feind? Was ist Euer Begehr?" Lola grinste glücklich. „Esmelda, ich bin es Lola, öffne schon die Tür." Sie hatte den Satz noch nicht ausgesprochen, da schwang die Tür auf und eine alte, kleine Frau sprang förmlich heraus und direkt in Lolas ausgebreitete Arme. „Lola"! kreischte die Frau aufgeregt, dann drehte sie sich um. „Seht mal wir haben Besuch, Lola hat ihr Versprechen gehalten." Ihre Arme klammerten sich noch immer um Lolas Hals und sie freute sich, wie ein kleines Kind. Dann fiel der Blick ihrer blitzenden, braunen Augen auf Nina und ihr Ausdruck verwandelte sich, von purer Freude in Begeisterung, gemischt mit Neugier. Sie ließ von Lola ab und watschelte ein bisschen unbeholfen auf Nina zu. Die schaute fragend zwischen Lola und der alten Frau hin und her, doch Lola hatte sie kurzerhand stehen gelassen und war schon im Inneren der Hütte verschwunden. „Und wer bist du mein Kind?" Die Stimme piepste vor Begeisterung noch einen halben Ton höher. „Ich heiße Nina, ich begleite Lola auf ihrer Reise", stammelte Nina unsicher. „Freut mich dich kennen zu lernen Nina. Ich heiße Esmelda und ich bekomme nicht so oft Besuch." Sie machte einen Satz auf Nina zu und schlang ihr die Arme um den Bauch, Nina überragte sie locker um zwei Köpfe. Die alte Dame war wirklich winzig, und von so zierlicher Statur, dass Nina die Umarmung nur vorsichtig erwiderte, aus Angst sie könnte die Frau verletzen. „Ich freue mich immer, wenn mich Jemand besuchen kommt", versicherte Esmelda und zog sie am Ärmel hinter sich in die Hütte. Kaum das sie eingetreten waren, fiel die Tür auch schon zu und die alte Dame schob den Riegel vor. Verblüfft sah Nina sich um. Die Hütte war vollgestopft bis oben hin, mit Möbeln, Büchern und allerlei anderem Zeug. In einer Ecke stand ein riesiges, massives Holzregal, das Platz für hunderte von Tannenzapfen in allen Größen und Formen bot. Ein anderes Regal, das an Seilen von der Decke hing, war belegt mit den verschiedensten Kieselsteinen. Vergeblich suchte Nina nach der anderen Person, mit der Esmelda von draußen gesprochen hatte. Doch hier war Niemand. Nur zwei dicke schwarze Katzen lagen, zufrieden zusammengerollt, auf einem Kissen, neben dem Kamin. Esmelda war ihrem Blick gefolgt. Eilig trippelte sie näher. „Das sind meine Freunde", erklärte sie und deutete auf die Katzen. „Sie heißen Miez und Mauz" kicherte sie fröhlich. Dann blickte sie sich nach Lola um. „Hast du mir etwas mitgebracht?" Sie deutete auf den großen

210

Rucksack und Lola nickte lachend. „Versprochen ist versprochen. Von jeder Station, bei der ich Rast gemacht habe, Einen." Neugierig trat nun auch Nina näher und beobachtete verblüfft, wie Lola ihren Rucksack öffnete und einen kleinen Leinensack heraus nahm, der prall gefüllt mit Kieselsteinen war. Esmelda kreischte und vollführte einen wahren Freudentanz. „So viele Steine. Oh, wo soll ich nur Platz für die kleinen Schätze finden?" Sie warf sich Lola wieder in die Arme. „Ich danke dir von ganzem Herzen. So viele hätte ich nie erwartet." Überglücklich und beinahe zärtlich öffnete sie den Sack und besah sich die Steine. Einzeln nahm sie sie raus, wog sie in der Hand, strich darüber, beäugte sie von allen Seiten und legte sie dann sorgfältig in Reih und Glied auf den Tisch. „Sie sind perfekt", hauchte sie ehrfürchtig und blickte sich suchend in ihrer Hütte um. „Ich bin gleich zurück", versicherte sie. Dann eilte sie auf einen abgenutzten, großen Schrank zu, öffnete ihn und verschwand darin. Nina blickte ihr entgeistert hinterher. „Der Schrank verbirgt die Tür zum Nebenraum", erklärte Lola lachend, als sie das Gesicht ihrer Gefährtin bemerkte. „Das ist ihr einziger Schutz, wenn sich doch mal jemand hierher verirrt. Sie versteckt sich dort." Bevor Nina etwas erwidern konnte, schwang die Schranktür wieder auf und Esmelda hielt triumphierend ein schiefes Regal, das aus fingerdicken Ästen zusammengebunden war, in die Höhe. „Ich wusste doch, dass ich bald ein Neues brauchen würde. Das hatte ich so im Gefühl." Sie räumte ein paar Bücher, von einer Kommode herunter und stellte das Regal mittig darauf. Dann drapierte sie die Bücher wieder drum herum, damit das wackelige

Holzgestell abgestützt wurde und machte sich daran, die wertvollen Steine, die Lola ihr geschenkt hatte, an ihren neuen Platz zu setzen. Lola hatte ihre Gefährtin neben sich auf eine kleine Bank gezogen und ihr zu verstehen gegeben, dass sie einfach nur zu schauen sollte. Und das tat Nina. Fasziniert beobachtete sie, wie Esmelda jeden einzelnen der Steine anhob, ihm etwas zuflüsterte und ihn dann ehrfürchtig an seinen Platz stellte. Als sie schließlich den letzten Stein eingeräumt hatte, betrachtete sie zufrieden ihr Werk und drehte sich dann freudestrahlend um. „Sie werden hier ein gutes neues Zuhause haben", versicherte sie und ließ sich erschöpft in einen knarzenden Schaukelstuhl fallen, der neben dem Kamin stand. Sie schloss kurz die Augen und faltete andächtig die Hände. Dann schnalzte sie leise mit der Zunge. „Wo bin ich nur mit meinen Gedanken. Seid ihr hungrig, habt ihr Durst?" Ohne eine Antwort abzuwarten, war sie aufgesprungen und machte sich geschäftig an einem kleinen Kessel zu schaffen, den sie über das Feuer hängte. Sie kramte in der Kommode, auf der nun das neue Steinregal thronte und brachte ein paar Schüsseln zum Vorschein. Mit einem Leinentuch wischte sie kurz darüber und brachte sie eilig zum Tisch. „Ich habe nicht oft Besuch und ich war nicht darauf vorbereitet Gäste zu bewirten", erklärte sie entschuldigend. „Ich habe nur den Eintopf, der von heute Mittag noch übrig ist. Aber mit ein bisschen zusätzlichem Wasser und ein paar Kräutern, zaubere ich uns sicher noch etwas Schmackhaftes daraus." Sie wuselte zum Kessel zurück und suchte, aus ein paar Schüsseln und Bechern, die richtigen Kräuter zusammen. „Mach dir nicht so viel Mühe, Esmelda", entgegnete Lola ihr sanft. Sie stand auf, griff in ihren Rucksack und zog ein kleines Bündel daraus hervor, so ähnlich wie das, was Bruder Theo ihnen zum Frühstück ausgehändigt hatte. „Ein Schälchen warme Suppe reicht uns. Ich habe Brot und Käse mitgebracht, ich wusste doch, dass wir dich unvorbereitet überfallen." Sie legte der alten Frau liebevoll einen Arm um die Schulter. „Setz dich einfach zu uns, während die Suppe warm wird und erzähl uns, wie es dir ergangen ist." Esmelda blickte dankbar zu ihr auf. „Wenn es euch Nichts ausmacht euer Brot mit mir zu teilen, teile ich gerne meine Suppe mit euch." Lola nickte zustimmend und führte die alte Frau an den Tisch, wo sie sie auf einen gemütlichen Lehnstuhl drückte. „Esmelda und ich sind alte Freunde", wandte sie sich an Nina, die sich aufrichtete und die beiden Frauen aufmerksam beobachtete. „Oh ja", wisperte die alte Frau vergnügt. „Esmelda, wie lange lebst du nun schon hier im Wald?" Lolas Frage klang ehrlich interessiert, obwohl Nina sich sicher war, dass sie die Antwort bereits kannte. „Seit dem Tag, an dem ich verstoßen wurde", antwortete Esmelda leise und senkte den Blick auf den Tisch. „Ich habe vergessen wann das war", gab sie schließlich zu. Lola beugte sich zu ihr hinunter und küsste sie liebevoll auf die grauen, langen Haare. „Schon gut meine Liebe, es ist lange her." Die alte Frau blickte Nina traurig an. „Ich war noch viel jünger, als ich es heute bin. Ein hübsches junges Ding nannten sie mich. Nur eben verrückt." Sie schwieg und kramte angestrengt in ihren Erinnerungen. „Esmelda lebte auf dem Hof ihrer Eltern, sie waren einfache Bauersleute. Irgendwann kamen die jungen Burschen der Gegend, die auf Brautschau waren, auch bei ihnen vorbei. Doch, Esmelda war ein wenig anders als andere Mädchen und es fand sich kein Bräutigam für sie." Lola hatte sich wieder neben Nina auf die Bank gesetzt und blickte die alte Dame, über den Tisch hinweg, traurig an. „Stattdessen verbreitete sich bald die Kunde, dass sie verrückt sei, von Dämonen besessen oder eine Hexe und das abergläubische Volk rottete sich zusammen, wollte sie auf dem Scheiterhaufen brennen sehen. Eines Tages kamen einige Männer zum Hof, zerrten Esmelda in die Scheune, legten ihr eine Schlinge um den Hals und knüpften sie am Dachbalken auf. Die Eltern haben sie gerade noch rechtzeitig gefunden, sie wollten ihr einziges Kind nicht sterben sehen. Also brachten sie Esmelda fort und versteckten sie hier in dieser Hütte, wo sie sicher sein würde. Die Jahre vergingen, die Eltern besuchten ihr Kind wann immer sie konnten, versorgten sie mit dem Notwendigsten und brachten ihr bei, wie sie sich im Wald versorgen konnte." Die alte Frau blickte auf. „Ja, das haben sie. Sie haben mir gezeigt, welche Beeren ich pflücken darf und welche Kräuter mich heilen würden, wenn ich erkrankte. Sie zeigten mir allerhand nützliche Dinge." Sie lächelte selig. „Doch irgendwann verstarben die Eltern und Esmelda blieb hier zurück. Ich kenne sie noch aus der Zeit, als sie auf dem Hof lebte. Sie war ein faszinierendes Mädchen, wissbegierig und sie erfreute sich an Allem, was sie finden konnte." Lolas Stimme klang traurig, als würde diese Erinnerung sie schmerzen. „Verrückt nannten sie mich. Eine Hexe die brennen müsse." Esmelda war aufgesprungen und lief aufgeregt in der Hütte umher. „Oh, wenn sie nur einmal mit meinen Augen hätten sehen können, wie wunderschön diese Welt ist. Wie viel Freude sie mir jeden Tag macht, dann hätten sie mich nie wieder verrückt genannt." Sie blieb vor dem Regal mit den Tannenzapfen stehen. „Sie wollten, dass ich still bin, dass ich mich nicht erfreute und lachend und tanzend und singend jeden Tag feierte. Aber wie konnte ich das tun, bei all der Schönheit um mich herum?" Liebevoll nahm sie einen der Tannenzapfen in die Hände und trug ihn herüber zum Tisch. „Seht ihn euch an. Für sie war es nur ein blöder Tannenzapfen, unbedeutend, wie Tausende andere auch. Aber seht ihn euch richtig an. Diese wunderschöne Farbe, die perfekten Formen und wie er sich anfühlt. Er ist einzigartig und wundervoll und Niemand wollte das bemerken." Sie strich liebevoll, mit dem Daumen, über den Zapfen und trug ihn zurück. „Niemand außer mir schenkte ihm die Aufmerksamkeit, die er verdiente. Was nützt all die Schönheit um uns herum, wenn Niemand sie zu würdigen weiß?" Esmelda nahm den Kessel vom Feuer und schöpfte vorsichtig die Suppe, in die bereitgestellten Holzschalen. Dann trug sie sie einzeln hinüber zum Tisch. „Was hat all die Schönheit, das Leben, die Natur für einen Nutzen, wenn Niemand davon Notiz nimmt, wenn kein Mensch sich daran erfreut und dankbar dafür ist?" Sie schob Nina eine der dampfenden Schalen zu. „Das ist eben meine Aufgabe im Leben, dafür wurde ich geboren, um mich an den schönen Dingen zu erfreuen, ihnen meine Aufmerksamkeit zu schenken und es ist mir egal wenn sie mich deswegen verrückt nennen und mich verstoßen." Sie ließ sich schwerfällig wieder auf den Stuhl sinken. „Meine Zeit hier ist begrenzt. Mir werden nur noch wenige Jahre bleiben. Aber ich habe mein Bestes gegeben. Ich habe ihnen all meine Liebe und Aufmerksamkeit gewidmet und ihnen gezeigt, wie sehr ich mich an ihnen erfreue." Sie setzte ihre Suppenschale an und trank einen vorsichtigen Schluck. Lola brach das Brot in drei Teile und gab Jedem ein Stück davon. „Was kümmert mich, was die Leute reden? Ich habe das getan, was mich glücklich macht und ich weiß, es wurde mir gedankt." Ihr Blick glitt wieder hinüber zu den Tannenzapfen. Nina probierte die Suppe, die überraschend würzig und schmackhaft war. Lola steckte sich ein Stück Brot in den Mund und warf ihr einen vielsagenden Blick zu. „Hast du deinen Weg jemals bereut oder überlegt dich zu verändern, damit du zurück zu den Menschen kannst?" Nina hatte ihre Schale abgestellt und blickte Esmelda fragend an. Die alte Frau schüttelte mit Nachdruck den Kopf. „Was soll ich mich mit Menschen umgeben, die blind sind, für Alles was mir etwas bedeutet und denen ich egal bin, weil ich nicht bin wie sie? Hätte ich einem von ihnen etwas bedeutet, hätte ich mich für ihn nicht verändern müssen. Er hätte mich verstanden oder zumindest sein lassen, wie ich eben bin." Nina nickte anerkennend und sie dachte an Harold, der genau dies für seine Maggi tat. Auch wenn Esmelda auf den ersten Blick befremdlich auf sie gewirkt hatte und sie mit ihrer verschrobenen Art verunsicherte, so respektierte sie die alte Frau doch von ganzem Herzen, für ihren Mut und ihre Klarheit, mit der sie das Leben betrachtete. „Ich lebe nun schon so lange hier und ich kann nicht sagen, dass es ein schlechtes Leben war, nein, ganz sicher nicht." Sie legte nachdenklich den Kopf in den Nacken.

„Es gab manchmal Momente, da habe ich mich ein bisschen einsam gefühlt", räumte sie schließlich ein. „Aber seit Miez und Mauz bei mir leben, ist das nicht mehr so schlimm. Sie antworten zwar nicht, aber sie hören mir zu, ganz egal wie verrückt ich in ihren Augen auch sein mag." Lola stand auf, räumte die leeren Schalen zusammen und brachte sie zur Waschschüssel. „Du bist nicht verrückt Esmelda, nur war die Welt einfach nicht bereit, für einen so besonderen Menschen wie dich." Die alte Frau schenkte ihr ein dankbares Lächeln. „Ich erinnere mich noch gut, Lola. Ich erinnere mich noch sehr gut an den Tag, als du mich gefunden hast, mit dem Strick um meinen Hals. Ich weiß noch jedes Wort, das du damals zu mir gesagt hast und ich habe mich daran gehalten. Ich habe es nie vergessen." Lola stand auf, trat zu ihr und kniete sich vor den Stuhl der alten Frau. „Und ich habe dich nicht belogen, oder?" Esmelda schüttelte eifrig den Kopf. „Nein, jeder Tag war es wert. Ich habe es so gemacht, wie du es mir gesagt hast. Ich habe all die Liebe in mir weitergegeben, an Diejenigen, die sie verdienten. Ich habe sie nicht verschwendet und ich habe sie niemals zurück gehalten." Lola zog die alte Frau in ihre Arme. „Und ich bin dir sehr dankbar, dass du nicht aufgegeben hast und so stark und tapfer warst." Nina beobachtete die Szene mit gemischten Gefühlen. Sie war nicht sicher, ob sie es richtig verstand, aber offenbar war auch Esmelda mal ein Schützling von Lola gewesen. Ein Gedanke formte sich in ihrem Inneren. War Esmelda die Einzige, oder waren alle Menschen, denen sie auf dieser Reise begegnet war, früher einmal von Lola wieder zurück auf den richtigen Weg gebracht worden? War das die Lösung, woher Lola all diese Menschen, in den verschiedenen Zeiten und an den verschiedenen Orten kannte? Warum jeder von ihnen sie so herzlich aufgenommen und so bereitwillig sein Wissen mit ihr geteilt hatte? Kannten sie Ninas Situation praktisch aus eigener Erfahrung? Das würde durchaus Sinn machen, dachte sie und beschloss Lola später danach zu fragen.

„Wir sollten uns langsam schlafen legen", schlug Lola soeben vor und Esmelda nickte müde. „Viel Platz habe ich nicht, aber man sagt ja, Platz ist in der kleinsten Hütte." Sie kicherte leise und erhob sich mühsam von ihrem Stuhl. Nina blieb sitzen, unsicher, was sie erwartete. Die alte Frau öffnete einen abgenutzten, verblichenen Schrank und zauberte daraus ein dickes Bündel hervor, das sie Nina hinhielt. „Es ist warm und recht sauber. Du kannst es hier vor dem Kamin ausbreiten, wenn es dich nicht stört, dass Miez und Mauz dir Gesellschaft leisten." Nina stand auf, nahm das Bündel entgegen und starrte Lola fragend an. Die zuckte mit den Schultern. „Ich schlafe drüben im Nebenraum, bei Esmelda, sie hat so selten menschlichen Besuch, es tut ihr gut, wenn sie weiß ich bin bei ihr". Verstehend nickte Nina und entknotete das Seil, das ihr Bündel zusammen hielt. Es roch nach Lavendel und Esmelda hatte nicht zu viel versprochen, als sie es vor dem Kamin ausgebreitet und sich auf dem Lager ausgestreckt hatte, lag sie überraschend weich. Lola war ihrer Gastgeberin inzwischen, durch den Schrank hindurch, ins Nebenzimmer gefolgt und Nina rollte sich müde zusammen. Sie zog sich die Decke bis zum Kinn hoch und starrte nachdenklich in die schrumpfenden Flammen des Kamins. Sie bemerkte, dass sie schläfrig wurde und gerade als ihr die Augen zu fallen wollten, gesellten sich tatsächlich Miez und Mauz zu ihr.

„Oh Lola, schau nur was für ein wundervoller Anblick"! Nina fuhr erschrocken hoch und blickte direkt in Esmeldas vergnügt glitzernde Augen. Die alte Frau hatte sich über sie gebeugt und ihre Entzückung verlieh ihrem faltigen Gesicht eine sanfte Röte. Irritiert blinzelte Nina und schaute sich um, es dauerte einen Moment, bist sie realisierte, dass sie selbst wohl den Begeisterungssturm ausgelöst haben musste. Lola trat durch den Schrank und grinste ihre Begleiterin spitzbübisch an, offensichtlich sprach Ninas Gesicht Bände. „Guten Morgen ihr drei", flötete sie gut gelaunt. Esmelda machte sich am Kamin zu schaffen und entfachte, mit wenigen Handgriffen, ein kleines Feuer. Nina versuchte sich aus der Decke zu schälen, doch die bewegte sich keinen Millimeter. Miez und Mauz hatten sich, einer links und einer rechts von ihr, lang ausgestreckt und taten so, als würden sie tief und fest schlafen. Endlich verstand Nina, was Esmelda so erfreut hatte und sie lächelte müde. Die alte Frau tippelte auf die Tür zu, in einer Hand einen Kessel, in der Anderen einen Krug. Wortlos stürmte sie hinaus und lies die kühle Luft des Morgens, durch die offenstehende Tür, hinein. Nina fröstelte und sie befreite sich eilig aus ihrem Nachtlager. „Wie hast du geschlafen?" Lola lehnte an einem der Regale und beobachtete, wie Nina mit ihrer Hose kämpfte. Das linke Bein war noch immer leicht geschwollen und sie hatte Mühe, es in das Hosenbein zu bugsieren. „Ganz gut, denke ich. Zu-

219

mindest scheine ich nicht gefroren zu haben, so schön festgezurrt wie die Decke war", lachte Nina und Lola stimmte in das Lachen mit ein. „Für gewöhnlich schlafen die Katzen bei Esmelda", erklärte sie leise, „aber wenn ich bei ihr schlafe, wird es zu eng und dann müssen sie mit ihren Kissen, am Kamin, vorlieb nehmen." Nina rollte die Decken, die ihr als Nachtlager gedient hatten ordentlich zusammen und verschnürte sie gewissenhaft. „Oder sie suchen sich eben eine andere Alternative", entgegnete sie trocken und warf den Katzen, die soeben aus der offenen Haustür marschierten, einen liebevollen Blick hinterher. Dann nutzte sie die Gelegenheit und trat näher an die verschiedenen Regale heran um deren Inhalt genauer zu inspizieren. Neben den Tannenzapfen und Steinen schien Esmelda außerdem eine Schwäche für Kastanien und Eicheln zu hegen. Auch sie lagen, wie schon die Steine, fein säuberlich aufgereiht, auf den Regalbrettern. Bei genauerem Hinsehen fiel Nina auf, dass nicht ein Staubkorn zu finden war. Die alte Frau musste ihre Schätze also in regelmäßigen Abständen abstauben, was mit Sicherheit ein zeitaufwändiges Unterfangen war. „Sie lebt wirklich nur für den Wald und die Natur, oder?" Nina drehte sich zu Lola um, die an der Haustür stand und mit verschränkten Armen die frische Luft genoss. „Eigentlich lebt sie nur für die Schönheit um sich herum", erwiderte sie nachdenklich. „Aber, für sie ist die Natur die schönste Kreation, die sie finden konnte, also hast du vermutlich Recht, ja." Sie lächelte wehmütig. „Sie ist die geborene Genießerin, mit all ihren Sinnen und du weißt nicht, was es sie gekostet hat, sich dieses unschuldige und naive Wesen, das dich so irritiert, über die Jahre hinweg zu bewahren." Lola seufzte und trat einen Schritt ins Freie um Esmelda entgegen zu gehen, die in einer Hand den Kessel und den Krug, voller Wasser, balancierte, mit der anderen Hand jedoch einige neue Tannenzapfen umklammerte. „Lass mich dir helfen", bat Lola sanft und griff nach den Wassergefäßen. „Es tut mir leid", murmelte die alte Frau. „Ich konnten nicht widerstehen." Ihr Blick wanderte zu den Zapfen in ihrer Hand. „Ach Esmelda", Lolas Stimme klang traurig. „Wie oft habe ich dir schon gesagt, entschuldige dich niemals für Das was du bist. Du weißt doch, dich gibt es nur einmal und du bist genau so gewollt." Die alte Frau nickte dankbar und lächelte schief. „Ja, das hast du mir gesagt, sehr oft sogar." Dann tippelte sie an ihr vorbei in die Hütte und Nina beobachtete fasziniert, wie sie die Tannenzapfen sorgfältig mit einem Tuch reinigte und dann vor das Regal trat und minutenlang damit beschäftigt war, die richtigen Plätze für sie rauszusuchen.

Lola hatte sich inzwischen daran gemacht, den Wasserkessel über das Feuer zu hängen und einige Kräuter, aus Esmeldas Vorräten hinein zu werfen. Es dauerte nur wenige Augenblicke und der Geruch von frischer Minze durchströmte die Hütte. Lola schien es heute nicht eilig zu haben, nachdem sie ihr Frühstück eingenommen hatten, machte sie in aller Ruhe den Aufwasch und schnappte sich danach einen alten, zerfledderten Reisigbesen um die Hütte auszukehren. Nina schaute ihr überrascht zu. „Kann ich auch was tun?" Ihre Frage klang unsicher, doch Lola schüttelte den Kopf, während sie das bisschen Staub und Dreck, das sie gefunden hatte, zur Haustür hinausfegte. „Nein, der Rest ist Esmeldas

Heiligtum, da lassen wir lieber die Finger weg." Sie schielte zu dem Wandschrank hinüber, durch den die alte Frau vor einigen Minuten verschwunden war. „Sie wird dort drin eine Weile beschäftigt sein", flüsterte sie und gab Nina ein Zeichen ihr vor die Hütte zu folgen. Dort setzten die beiden Frauen sich auf die nackte Erde und lehnten sich gegen das, von der Sonne aufgewärmte, Holz der Wand. „Sie hat ihre Rituale entwickelt im Laufe der Zeit, von denen kann man sie nur schwer abbringen." Lola schloss langsam die Augen und hielt ihr Gesicht den Sonnenstrahlen entgegen. „Lassen wir sie also in Ruhe und genießen einfach die Zeit." Nina streckte die Beine aus und warf Lola einen kurzen Seitenblick zu. „Müssen wir denn nicht bald aufbrechen und weiterziehen?" Ihre Gefährtin schüttelte langsam den Kopf. „Nein, wir werden noch eine Nacht bleiben, denke ich. Je nachdem wie lange das hier dauern wird." Sie schaute auf und lauschte. „Wartest du auf etwas?" Nina beobachtete sie skeptisch. „Nicht auf etwas, auf jemanden", kam die prompte Antwort. Dann seufzte Lola leise auf. „Hat Esmelda deine letzte Frage zu deiner Zufriedenheit beantworten können?" Nina legte nachdenklich den Kopf schief, schließlich nickte sie. „Ja, ich denke schon. Wobei sie weniger die Frage an sich beantwortet hat, sondern sie selbst ein lebendes Beispiel dafür ist." Lola lachte und nickte bestätigend. „Oh ja, das ist sie durchaus." Dann wurde sie wieder ernst. „Tu mir bitte den Gefallen und schau, ob dein Buch die neue Einsicht schon enthüllt hat." Nina ließ sich nicht zweimal bitten. Sie griff in ihre Tasche und zog neugierig das kleine, weiße Buch heraus. Eilig blätterte sie die Seiten um, schließlich grinste sie triumphierend. „Ja, die Frage wurde beantwortet." In großen, scharlachroten Lettern stand in der Mitte des Buches:

Verrate niemals Dein einzigartiges Wesen, was auch immer es dich kostet – lebe und feiere seine Perfektion mit Hingabe und Stolz – so hältst du den Schlüssel für dein Leben in den Händen

Nina lächelte, während sie die Zeilen immer wieder las. Lola räusperte sich leise. „Gut, dann denke ich, es wird Zeit für deine letzte Frage." Sie blickte zu Boden, während Nina das Buch zuschlug, es in ihrer Tasche verstaute und sie dann fragend musterte. „Sollte ich damit nicht warten, bis wir unterwegs sind? Oder glaubst du, das Esmelda mir auch diese Frage beantworten kann?" Lola fühlte sich sichtlich unwohl und mied weiterhin ihren Blick, als sie leise antwortete. „Nein, Esmelda kann dir diese Frage nicht beantworten. Aber Merlina kann es." Nina starrte ihre Gefährtin an, als hätte diese den Verstand verloren. Mit offenem Mund und vor Schreck geweiteten Augen saß sie da und versuchte den Sinn hinter Lolas Worten zu verstehen. „Merlina"? war alles, was sie rausbrachte, ihre Stimme war nicht mehr, als ein heißeres Krächzen.

Kapitel 17

„Ja, Merlina." Lola schluckte und fuhr sich nervös durch die Haare. „Als du gestern mit Bruder Theo unterwegs warst, habe ich die Alte aufgesucht. Bei unserem letzten Treffen, hat sie etwas gesagt, dass mich nicht los ließ." Nina starrte sie noch ungläubiger an, sagte aber Nichts. „Sie meinte, dein Begehr sei auch ihr Begehr und euer Schicksal sei schon seit langer Zeit besiegelt." Sie atmete tief durch, bevor sie fortfuhr. „Zunächst habe ich es nicht verstanden, aber irgendwann fiel es mir wie Schuppen von den Augen." Sie blickte Nina unsicher an. „Wer ist sie und was will sie von mir"? verlangte diese zu wissen. Ihre Augen waren dunkel vor Zorn, aber auch Angst schwang darin mit. „Merlina ist eine Seherin, eine sehr mächtige und sehr alte Seherin", begann Lola und wurde von Ninas freudlosem Lachen unterbrochen. „Welch Ironie des Schicksals, eine blinde Seherin." Sie schüttelte ungläubig den Kopf. „Ja, sie ist blind, aber sie ist trotzdem die beste Seherin, die mir persönlich jemals begegnet ist. Leider hat sie ihre Gabe irgendwann verraten und für Zwecke benutzt, für die sie niemals bestimmt waren. Sie hat damit viel Leid verursacht und statt sich ihrer gerechten Strafe zu stellen, hat sie sich ihr durch Selbstmord entzogen." Nina schüttelte fassungslos den Kopf. „Wie meinst du das? Sie schien doch sehr lebendig, als wir sie getroffen haben." Lola schüttelte nachdrücklich den Kopf. „Nein, sie ist wie ich. Sie wandelt zwischen den Welten und Zeiten. Sie kann nicht über die Grenze in das Land der ewigen Seelen

224

eintreten, aber sie kann auch nicht mehr in die Welt der Sterblichen zurück. Sie ist dazu verdammt, dazwischen zu wandeln, nicht wissend, wie sie den Übergang schaffen kann." Nina legte betroffen den Kopf schief. „Also wird sie bestraft, weil sie nicht tat, was von ihr erwartet wurde?" In ihrer Stimme lag das blanke Entsetzen. Doch Lola hob die Hand. „Nein", sagte sie bestimmt. „Niemand wird bestraft, das ist nicht die Art, wie das Leben funktioniert. Fehler sind Erfahrungen und die werden nicht bestraft. Man bekommt höchstens die Chance, diese Fehler zu korrigieren oder aus ihnen zu lernen." Sie lehnte den Kopf zurück und schloss kurz die Augen. „Merlina sucht die Antwort auf die wichtigste Frage ihres Daseins, genauso, wie du die Deine suchst. Sie ist der festen Überzeugung, dass du ihre Frage beantworten wirst und sie ist wohl deine beste Chance, zu erfahren, was du wissen möchtest." Nina schwieg eine Weile, ihrem Gesicht war deutlich anzusehen, dass es in ihrem Kopf arbeitete. Schließlich blickte sie Lola entgeistert an. „Moment, warum muss Merlina mir die Antwort liefern? Ich dachte, du kennst sie bereits?" Lola zuckte mit den Schultern. „Das tue ich, aber mir ist es nicht gestattet sie dir zu geben. Ich hätte dir jede einzelne, deiner Fragen beantworten können, aber dann wäre das eine sehr kurze Reise geworden und Du hättest die Antworten niemals so hautnah erleben können." Irritiert hob Nina den Kopf. „Sieh mal", erklärte Lola geduldig. „Ich hätte dir mit Worten niemals so deutlich erklären können, was Liebe ist, wie Harold es tat, als er dir seine Liebe sprichwörtlich zeigte. Er ließ sie dich praktisch hautnah erleben. Ich hätte Dir Lebensfreude niemals so nachhaltig näher bringen können, wie Leva es an jenem Abend im Lager tat." Nina begann zu verstehen. „Also wird Merlina mich meine Aufgabe spüren oder erleben lassen, wie du es nicht könntest?" Lola nickte. „Wenn sie sich nicht irrt, dann wird sie das, ja." Nina nickte und lehnte sich wieder gegen die Wand. Ihre Gedanken kreisten und auch wenn ihr der Gedanke nicht gefiel, noch einmal auf die gruselige Alte, mit den milchigen Augen zu treffen, leuchteten ihr Lolas Argumente doch ein. Ihre Gefährtin griff behutsam nach ihrer Hand. „Ich weiß, sie macht dir Angst, aber es gab eine Zeit, da war sie kein schlechter Mensch. Sie ist vom Weg abgekommen und hat es sehr bitter bereut. Sie sucht verzweifelt nach der Lösung und sie wird dir helfen, damit sie endlich nach Hause zurückkehren darf." Nina warf ihr einen unschlüssigen Blick zu. „Woher willst du wissen, dass ausgerechnet ich die Lösung für sie habe? Warum ist sie sich da so sicher?" Lola grinste. „Sie ist eine Seherin, schon vergessen? Sie hat mich davon überzeugt, dass sie euer Schicksal gesehen hat." Nina nickte, unschlüssig, ob diese Antwort sie überzeugt hatte. „Wie kann ich ihr helfen?" „Das wird sie dir zeigen. Es ist ihr Teil der Abmachung, dir zu erklären, was du wissen möchtest. Und dann wirst du wissen, welche Hilfe sie von dir benötigt. Du bist kein Mathematiker, denk daran. Eine Formel würde dich nicht weiterbringen, du bist ein Wesen, dass fühlen und selbst erfahren muss." Nina lächelte zaghaft. „Wo und wann werde ich sie treffen?" Lola zuckte wieder mit den Schultern. „Sie ist ganz in der Nähe, da sie keine eigene Unterkunft besitzt, dachte ich, hier wäre ein guter Ort. Hier seid ihr ungestört, Esmelda und ich werden ein bisschen Sammeln gehen. Und die Zeit, die bestimmst du selbst." Nina nickte, das hatte sie sich schon fast gedacht. In dem Moment, in dem sie ihre letzte Frage laut aussprach, würde die gruselige Alte also auftauchen. „Was ist, wenn ich noch nicht so weit bin?" Ninas Frage klang beinahe flehentlich, doch Lola lächelte sie wohlwollend an. „Wenn nicht jetzt, wann dann? Du hast die wichtigsten Fragen, die es für dich zu klären gab, beantwortet bekommen. Du hast viel gelernt, über dich selbst und das Leben im Allgemeinen. Das ist der große Moment, auf den du die ganze Zeit gewartet hast, was also sollte dich jetzt davon abhalten, die Wahrheit zu erfahren?" Nina schlug traurig die Augen nieder. „Wenn ich die Antwort kenne, wird unsere Reise beendet sein, oder?" Lola nickte zustimmend. „Dann werde ich eine Entscheidung treffen müssen und je nachdem wie ich entscheide, werde ich dann wieder allein auf der Welt sein." Nina schluckte schwer. „Ich habe viel gelernt, das ist richtig, aber wie du schon sagtest, ich muss die Dinge fühlen, erleben, spüren. Ich habe Angst, dass ich das nicht schaffe und der Schmerz zurückkommt, sobald ich wieder in meiner Welt und meinem Leben angekommen bin." Lola rutschte ein Stück näher und zog sie tröstend in die Arme. „Ich verstehe deine Angst, aber tu mir bitte den Gefallen und warte das Treffen mit Merlina ab. Vielleicht siehst du die Dinge danach in einem anderen Licht." Sie strich Nina sanft über das weiche Haar. „Und diese Reise endet nicht ganz so abrupt, wie du jetzt scheinbar denkst. Wir werden danach noch ein wenig Zeit haben, um über das zu reden, was dich beschäftigt." Dieses Versprechen beruhigte Nina und sie richtete sich seufzend auf. „Also schön, dann stelle ich jetzt meine letzte Frage." Sie atmete tief ein und schloss für einen Moment die Augen. „Was ist der Sinn meines Lebens? Wie lautet die Aufgabe, zu der ich bestimmt bin." Sie hielt den Atem an und öffnete vorsichtig erst ein Auge, dann das andere. Erleichtert atmete sie auf. Merlina war nicht plötzlich, wie aus dem Nichts, vor ihr aufgetaucht. Ihr würde also noch ein Moment Zeit bleiben, um sich zu sammeln. Lola war neben ihr aufgestanden und wischte sich ein paar Erdkrumen von der Hose. „Ich hole jetzt Esmelda und nehme sie mit in den Wald. Hab keine Angst, Merlina sieht sehr viel furchteinflößender aus, als sie in Wahrheit ist." Lola wandte sich ab. „Zumindest seit sie nicht mehr unter den Lebenden weilt", murmelte sie leise, doch Nina hatte jedes Wort verstanden und zuckte erschrocken zurück.

Lola und Esmelda waren schon vor einer ganzen Weile aufgebrochen. Nina saß noch immer, in der Sonne, vor der Hütte und versuchte ihre Nervosität im Zaum zu halten. In Gedanken ging sie immer wieder, das erste und glücklicherweise einzige Treffen mit Merlina durch. Die milchigen, trüben Augen und der schlaffe, zu einem Grinsen verzerrte Mund, waren ihr am deutlichsten im Gedächtnis geblieben. Sie schimpfte mit sich selbst, der Frau aufgrund ihres Aussehens mit solchem Misstrauen zu begegnen. Doch dann dachte sie an Lolas Reaktion auf dieses Zusammentreffen, ihre Flucht vom Hofe des Königs und an die Geschichte, die Merlina umgab. Nein, beschloss sie, es war nicht allein das Aussehen gewesen, warum sie eine solche Abneigung gegen die alte Frau hegte.

Ein leises Knacken ließ sie aufhorchen, hatte sie sich das bloß eingebildet? Sie öffnete die Augen und erstarrte. Keine zwei Meter von ihr entfernt, stand sie da, die milchigen Augen starr auf Nina gerichtet. „Ich nehme an, du erwartest mich bereits?" Ihre Stimme klang heute nicht mehr so furchteinflößend schrill. Heiser und leise, beinahe flehend klang sie. Nina nickte stumm, bis ihr einfiel, dass Merlina das wohl kaum würde sehen können. „Ja, das tue ich", antwortete sie daher schnell und wollte sich erheben. „Bleib ruhig sitzen, meine alten Knochen können eine Rast gut gebrauchen." Überraschend flink war die alte Frau an ihrer Seite, den Gehstock hielt sie fest umklammert, während sie sich ächzend auf die Erde sinken ließ. „Ich danke dir, dass du mich empfängst und ich euch nicht mehr durch alle Zeiten hinterher jagen muss." Sie kicherte leise. „In meinem Alter ist das wahrlich kein Vergnügen mehr." Nina starrte sie sprachlos an. Schließlich fand sie ihre Stimme wieder. „Du bist uns gefolgt?" Merlina nickte eifrig. „Ja, ich habe auf Eine wie dich gewartet." „Auf Eine wie mich", wiederholte Nina nachdenklich. Die alte Frau zeigte wieder ihr zahnloses Lächeln, doch heute wirkte es glücklich und auf ihrem faltigen Gesicht lag ein Ausdruck tiefster Freude und Dankbarkeit. „Wirst du deinen Teil der Abmachung auch wirklich einhalten?" fragte sie besorgt. Nina blickte sie fragend an. „Welche Abmachung?" Merlina zog bekümmert die kargen Augenbrauen zusammen. „Hat Lola dir denn nicht erzählt, warum ich hier bin?" Ihre Stimme klang ungläubig und verzweifelt. „Doch, sie sagt, du wirst mir meine sehnlichste Frage beantworten, dafür erhoffst du dir, dass ich dir die Lösung für die Deine nenne." Eifrig nickte Merlina und lächelte erleichtert. „Das Problem ist nur, ich kenne die Antwort auf deine Frage gar nicht, also weiß ich nicht, ob ich dir überhaupt weiterhelfen kann." Die alte Frau lehnte sich zufrieden zurück und legte den Gehstock sorgsam neben sich ins Gras. „Das wirst du, glaube mir. Und du wirst auch schon sehr bald verstehen warum." Sie räusperte sich kurz. „Wäre es vielleicht denkbar, dass ich einen Schluck Wasser bekommen könnte, bevor wir anfangen?" Nina nickte und sprang auf. Auch wenn Merlinas Gesellschaft heute nicht unbedingt unangenehm war, flößte irgendwas, an ihrer Art, ihr doch Respekt oder beinahe sogar ein bisschen Angst ein. Sie eilte ins Haus und kehrte wenige Momente später mit einem Becher voll Wasser zurück und hielt ihn der alten Frau hin. Zu ihrer Überraschung griff diese ohne zu zögern zu, setzte den Becher an und trank ihn in einem Zug leer. „Danke sehr, das tat gut", genüsslich wischte sie sich mit dem Handrücken über den Mund. Dann drehte sie den Kopf und blickte Nina direkt an, die sich wieder auf ihrem alten Platz an der Hauswand niedergelassen hatte. „Meine Augen sind blind, was aber nicht heißt, dass ich nicht sehen kann. Zumindest, seit ich die Welt der Lebenden verlassen habe. Ich sehe nicht auf die Art und Weise wie du siehst, aber ich sehe." Nina nickte als hätte sie verstanden, obwohl ihr schleierhaft war, was die alte Frau damit meinte. Doch Merlina schien nicht zu weiteren Erklärungen aufgelegt zu sein. Sie stellte den Becher neben sich ins Gras und rieb sich voller Vorfreude die Hände. „Ich bin bereit, wenn du es bist", sagte sie gut gelaunt und ihre Stimme überschlug sich beinahe. Nina schluckte, dann nickte sie langsam. „Bereit", war alles was sie herausbrachte, bevor sie atemlos den Worten, der alten Frau, zu lauschen begann.

Kapitel 18

„Jede Seele hat denselben Ursprung, aber nicht jede Seele hat denselben Weg vor sich", begann Merlina und räusperte sich kurz. „Je nachdem, wie lange eine Seele schon existiert, gibt es verschiedene Entwicklungsstufen, verschiedene Aufgaben und Erfahrungen, die hinter ihr oder noch vor ihr liegen. Meist sind diese Aufgaben und Ziele persönlicher Art, aber manchmal kommt es vor, dass eine Seele mit einer besonderen Aufgabe betraut wird. Einer, die nicht nur ihrer persönlichen Entwicklung dient, sondern die auch anderen Seelen weiter helfen soll." Mit einem kurzen Seitenblick vergewisserte sie sich, dass Nina ihr folgen konnte und fuhr fort, als diese bestätigend nickte. „Ob eine Seele mit einer solchen Aufgabe in die Welt gesandt wird, hängt davon ab, ob sie die erforderlichen Fähigkeiten, Gaben und Erfahrungen mitbringt. Es gibt manchmal nur ganz kleine Aufträge, die nur für einen bestimmten Menschen von Nutzen sind, die können auch von jüngeren Seelen übernommen werden. Aber es gibt auch Aufgaben, die sind weitreichend und nur schwerlich zu erfüllen, weil sie eine unglaubliche Macht in sich tragen aber, wie immer im Leben, damit auch eine gewisse Gefahr mit sich bringen." Sie verstummte und schien nach den richtigen Worten zu suchen. „Wie du weißt, hat jede Seele ihren eigenen Weg, den sie sich vorgenommen hat, den sie beschreiten wollte, als sie in die Welt gekommen ist. Leider kommen nicht Wenige von diesem Weg ab. Sei es, weil sie selbst Entscheidungen treffen, die dazu führen oder sei es, weil sie von Entscheidungen anderer dazu gebracht wurden. Einmal vom Weg abgekommen, gelingt es meist nur schwerlich, wieder zurück zu finden. Eines ergibt das Andere und ehe man sich versieht, läuft man Gefahr, seine Aufgaben nicht mehr erfüllen zu können oder aber, sich selbst das Leben so schwer zu machen, dass man letztendlich ganz aufgibt." In ihren letzten Worten lagen Wehmut und Schmerz, sie schien an ihr eigenes Versagen zu denken. Die alte Frau fuhr mit leiser Stimme fort. „Um genau solchen Seelen, die ihren Weg verloren haben, eine Hilfe zur Seite zu stellen, wurden irgendwann sogenannte Spiegel in die Welt entsandt." Verständnislos schüttelte Nina den Kopf. „Spiegel"? Merlina nickte. „Ja, dabei handelt es sich um sehr weit fortgeschrittene Seelen, die so genannt werden, weil sie die Gabe haben, anderen Menschen die notwendigen Schritte oder Veränderungen zu zeigen, um ihren Weg wiederzufinden. Sie können sie ihr Ziel erblicken lassen, welches sie ursprünglich erreichen wollten und wenn notwendig auch Hilfestellungen dazu anbieten. Wenn ein Mensch eine solche Spiegelseele trifft, wird er sich selbst erkennen, mehr noch, er wird seinen Weg sehen. Wie er zu sich selbst findet, zu seinem Glück und Allem was ihm ein erfülltes Leben schenken kann. Er muss diesen Weg nur annehmen und gehen." „Oh", war alles was Nina hervorbrachte. Die alte Frau nickte zustimmend. „Es ist ein schweres Los, das ein Spiegel da auf sich genommen hat. Denn meist wird der einfachere Weg bevorzugt und so reagieren viele Menschen leider nicht so, wie es gedacht war. Einige reagieren wütend, weil ihnen vor Augen geführt wird, wo Änderungen notwendig wären, um ihr Ziel zu erreichen. Andere wiederum verstehen nicht was sie sehen und erwarten, der Spiegel würde ihnen erfüllen, was sie in ihm sehen. Früher oder später werden sie sich betrogen fühlen und abwenden."

Sie blickte auf und richtete die milchigen Augen in die Ferne, auf ihrem Gesicht lag Kummer. „Statt sich der eigenen Wahrheit zu stellen und sich an die Arbeit zu machen, richten diese Seelen, ihren Zorn, ihre Wut, ihr Unvermögen, gegen Denjenigen, der ihnen eigentlich helfen möchte. Der Spiegel wird sozusagen zum Zielobjekt und ist diesem Hass hilflos ausgeliefert. Vor Allem in sehr jungen Jahren, denn ein Spiegel wird mit seiner besonderen Gabe geboren und kann sie niemals ablegen." Nina stockte der Atem, als ihr die Tragweite dessen bewusst wurde. „Was passiert dann mit so einer Spiegelseele", fragte sie kaum hörbar. Die alte Frau strich sich bekümmert über die Augen. „Die Allerwenigsten von ihnen erreichen das Erwachsenenalter als intakte Spiegel. Sie sind meist schon lange vorher in tausend Scherben zerbrochen worden und verlieren daher ihre Fähigkeit zu spiegeln was sie sollten. Stattdessen fristen sie ihr Dasein als eine Art Reflektor. Sie sind wie ein Stück leeres Pergament, auf dem sich Alles spiegelt, was ihr Gegenüber darauf projiziert. Sie können das

Spiegeln nicht ganz verhindern, es liegt in ihrer Natur, aber ihnen fehlt das Instrument dazu, also lernen sie, zu tun was von ihnen erwartet wird. Sie spiegeln nur noch das, was die Menschen sehen wollen und erfüllen die Wünsche ihres Gegenüber." Bei dem Wort Reflektor hatte Nina überrascht aufgehorcht. Hatte Lola so etwas nicht mal erwähnt, als sie von ihrer großen Liebe sprachen? Sie wollte Merlina gerade danach fragen, doch da sprach die alte Frau weiter. „Es sind ein paar Fälle bekannt, in denen es einem zersplitterten Spiegel gelungen ist, sich im Laufe seines Lebens, wieder soweit zusammen zu setzen, dass er einigermaßen intakt ist und seine Aufgabe erfüllen kann. Das ist allerdings harte Arbeit und verlangt dieser Seele alles ab, was sie an Kräften aufbringen kann. Sie seufzte leise und Nina blickte sie nachdenklich an. „Die meisten Spiegel sind so zerstört, dass sie keinen Sinn darin sehen sich wieder zusammen zu setzen. Sie entsagen ihrer Mission und versuchen die Zeit einfach zu überstehen, bis sie wieder nach Hause zurück kehren können. Das scheint für sie dann noch das einzig Lohnenswerte zu sein. Sie sind zerstört und in ihrem Selbst so erschüttert, über das ganze Unrecht und Leid, das ihnen widerfahren ist, dass sie ihr ganzes Dasein in Frage stellen und keinen Sinn mehr in ihrem Leben sehen." Die Stimme der alten Frau hatte angefangen zu zittern, es schien ihr nicht leicht zu fallen, über ein solches Schicksal zu sprechen. „Wer kann es ihnen verdenken? Durch ihre Funktion als Reflektoren sind sie immer nur damit beschäftigt, zu tun was Andere von ihnen verlangen, was sich häufig weder mit ihrem eigenen Willen noch mit ihrem Naturell deckt. Es ist, als seien sie versklavt worden und mit diesem Gefühl können sie nicht leben." Die alte Frau keuchte, das lange Reden strengte sie offensichtlich an. Sie schwiegen ein paar Minuten, bis ihr Atem sich wieder beruhigt hatte. Nina starrte Gedankenverloren vor sich hin. „Als Lola mich fand, war ich im Begriff, meinem Leben ein Ende zu setzen. Ich fühlte mich als verlorene Seele, die keinen Platz in der Welt hat und die eigentlich niemals hätte geboren werden dürfen." Sie schluckte und blinzelte die aufkommenden Tränen weg. „Ich habe mein Leben lang einen Platz gesucht, wo ich hingehöre und dachte, ich hätte ihn gefunden. Doch dann habe ich meine große Liebe wieder verloren. Diese Liebe kam so unerwartet und war so gewaltig, ich hatte niemals vorher etwas Ähnliches gespürt, es war als wären wir Eins. Das Ende jedoch, kam genauso plötzlich und unerwartet und der Schmerz schien mich bei lebendigem Leib aufzufressen. Ich hatte Nichts mehr, wofür es sich in meinen Augen zu leben lohnte, also gab ich auf." Sie musste sich räuspern, ihre Stimme klang belegt und einen kurzen Augenblick lang traf sie der alte Schmerz so heftig, dass sie aufpassen musste, nicht doch noch in Tränen auszubrechen. Die alte Frau saß ganz still neben ihr und hörte ihr mit geschlossenen Augen zu. „Als ich Lola davon erzählte, am Anfang unserer Reise, hat sie mir gesagt, dass diese Verbindung ungut gewesen wäre und sprach von einem Reflektor." Ninas Stimme versagte und sie musste ein paar Mal tief durchatmen. „Dieser Reflektor bin also ich gewesen?" Die alte Frau öffnete die Augen und lächelte sie überrascht an. „Aber Nein mein Kind, du bist kein Reflektor. Nicht mehr jedenfalls." Nina zuckte hoch und starrte sie mit offenem Mund an. „Du bist ein Spiegel, ein sehr mächtiger noch dazu. Du warst vielleicht irgendwann mal ein Reflektor, ich kann die Splitter deines Spiegels noch deutlich erkennen. Aber du hast das zu Stande gebracht, was nur Wenigen gelingt. Du hast dich wieder zusammengesetzt und spiegelst beinahe so, als hättest du niemals etwas anderes getan." Die alte Frau lachte glücklich auf. „Du kannst dir gar nicht vorstellen, wie lange ich auf einen Spiegel gewartet habe, der intakt nach Hause kommt und mir meinen Weg weisen kann. Ich habe so viele von Deiner Sorte gesehen, die zerbrochen, in tausend Teile, zurückkehrten." Ihre Stimme klang wieder traurig. „Ich habe so viele Seelen gesehen, die ihren eigenen Wert nicht mehr erkannten und sehr lange Zeit brauchten, ehe sie sich erholt hatten." Ihre milchigen Augen schienen plötzlich zu leuchten. „Und dann habe ich dich gesehen, in meinen Visionen, ein zersplitterter Spiegel, der beinahe wieder intakt war und ich wusste, ich muss dich finden." Nina saß eine Weile nur da. Sie war zu perplex um etwas sagen zu können, zu schockiert, um überhaupt denken zu können. Sie saß einfach nur neben der alten Frau und starrte auf den Boden. Schließlich seufzte sie leise auf. „Aber was meinte Lola dann, als sie von einem Reflektor sprach?" Merlina kicherte leise. „Sie hat Unfug geredet. Denn das, was sie da annimmt, ist schlichtweg unmöglich." Nina schaute sie misstrauisch an, doch bevor sie nachfragen konnte, fuhr die alte Frau schon fort. „Wenn sie angenommen hat, deine große Liebe sei eine Kombination aus dir, einem intakten Spiegel und einem Reflektor, dann ist das schlichtweg falsch. Ein Reflektor ist, wie schon erwähnt, wie ein Stück leeres Pergament, wenn du ein solches Pergament vor einen Spiegel hältst, bleibt es leer. Es hat Nichts zu spiegeln, du wärst also vollkommen uninteressant für diesen Reflektor. Und da du die Wege und Schicksale anderer Menschen spiegelst, nicht dein eigenes Schicksal, kannst du auch Nichts auf sein Pergament projizieren. Ihr würdet einfach Nichts voneinander wissen wollen, weil ihr im Anderen Nichts finden würdet, was für euch von Belang wäre. Es sei denn", sie brach mitten im Satz ab und ihr Blick wurde starr. Nina beugte sich ungeduldig vor. „Was?" Ihre Stimme klang beinahe schrill. Merlina zuckte erschrocken zusammen, hatte sich aber einen Moment später wieder gefangen. „Das wäre höchst ungewöhnlich und in der Tat eine sehr seltene Verbindung", murmelte sie leise vor sich hin. Nina unterdrückte nur mit Mühe den Drang, die alte Frau zu schütteln, damit sie endlich weitersprach. „Es gab schon Fälle, in denen ein Spiegel zwar zersplittert war und fortan als Reflektor lebte, aber sich noch genug Spiegelscherben halten konnten, um zumindest teilweise intakt zu bleiben. Man könnte also sagen, es ist kein kompletter Spiegel mehr, aber noch kein kompletter Reflektor. Wenn deine Liebe so eine Mischform gewesen wäre, dann, ja dann hättet ihr euch wohl eine Menge zu geben gehabt. Dann hättet ihr euch nämlich gegenseitig eure Wege gespiegelt und in dem Augenblick, wo das passiert, werden eure Wege unweigerlich miteinander verbunden sein. Es wird ein Band geknüpft, das so mächtig ist, dass es nicht wieder gelöst werden kann." Nina blickte sie verständnislos an und Merlina fuhr aufgeregt fort. „Verstehst du denn nicht?

Der Spiegel ist, aufgrund seiner Fähigkeiten, praktisch dazu verdammt allein durchs Leben zu gehen. Die Menschen werden nicht gerne ständig daran erinnert, was sie eigentlich zu tun hätten oder wie weit sie von ihrem Ziel noch entfernt sind. Sie werden den Spiegel nur zeitweise um sich herum ertragen, oder aber sie hegen von Anfang an eine Abneigung und meiden ihn komplett. Manche werden auch versuchen ihn zu zerstören, weil sie den Anblick nicht mehr ertragen, der sich ihnen zeigt, wenn sie ihn anblicken." Und plötzlich fiel es Nina wie Schuppen von den Augen, sie dachte an all die Verluste, die Schmerzen, das Leid und die Ablehnung die sie erfahren hatte. Das war also die Antwort darauf? Die Menschen sahen ihn ihr etwas, was sie nicht sehen wollten? Und sie verstand noch etwas anderes, warum das Band zwischen zwei Spiegeln, seien sie beide intakt oder nur teilweise, nicht wieder gelöst werden konnte. Ein Spiegel, der so gelitten hatte, würde niemals wieder allein durchs Leben gehen wollen, nachdem er endlich eine Seele getroffen hatte, die dasselbe Schicksal teilte. Und nicht nur das, dadurch, dass sie ihre eigenen Wege im Gegenüber sehen konnten, waren ihre Wege zu einem Einzigen geworden und ohne den Anderen war ein weitergehen kaum noch möglich. Sie spürte, wie ihr nun doch die Tränen die Wangen hinunterflossen, diesmal wischte sie sie nicht fort. Endlich verstand sie, was ihr solche Qualen bereitet hatte, während all der Jahre, die sie auf der Welt lebte. Der Schmerz in ihrer Brust drohte ihr den Atem zu rauben und sie keuchte leise auf. „Du hast es also verstanden", flüsterte die alte Frau zufrieden. „Leider bedeutet es wohl, in diesem Falle, trotzdem eine höchst unglückliche Verbindung." Sie dachte kurz nach. „Ein Spiegel, der nur bruchstückhaft vorhanden ist, müsste die Arbeit auf sich nehmen und sich wieder komplett zusammen setzen, damit diese Verbindung auf Dauer funktioniert. Wahrscheinlich ist es deshalb auch so abrupt mit euch geendet. Denn genau das bekommt dein Gegenüber die ganze Zeit gespiegelt. Vielleicht hat deine Liebe den Mut dazu nicht gefunden. Vielleicht kam irgendwann der Zorn, weil du nicht aufhörtest zu spiegeln, vielleicht war es einfach auch nicht lohnenswert genug, weil das Ziel so weit entfernt schien. Alles gute Gründe für einen Reflektor, die Flucht zu ergreifen. Schade nur, dass er nicht erkannt hat, dass genau deine Fähigkeit ihm den Weg hätte weisen können, dass Du und eure Liebe ihm die beste Chance boten wieder zu heilen. Aber wer weiß, wie zerstört die Seele hinter dem Spiegel schon war und warum sie deine Hilfe nicht mehr wollte." Die alte Frau rieb sich müde die Augen. „Mag aber auch sein, dass der Reflektor einfach mehr Zeit benötigte um seine Arbeit zu erledigen um bereit zu werden für diese Liebe. Wer weiß, ob das letzte Wort tatsächlich schon gesprochen ist." Sie lächelte Nina vielsagend an. „Für gewöhnlich werden solche Begegnungen vermieden, denn so heilsam und mächtig sie sein können, wenn der teilweise zerbrochene Spiegel die Chance am Ende doch nicht ergreift, besteht leider die Gefahr, dass der intakte Spiegel daran erneut zerbricht. Denn er hat endlich den Sinn seines Lebens verstanden, er hat endlich seinen Weg gesehen, der auf ewig mit dem zweiten Spiegel verbunden sein wird und dieser Weg wird ihm versperrt. Wofür lohnt es sich dann noch zu leben?"

Nina schloss verzweifelt die Augen. Ja, wofür lohnte es sich dann noch zu leben? Sie würde sich nicht lösen können, ihre Schicksale waren in dem Moment zu einem geworden, in dem sie sich erkannt und miteinander verbunden hatten. Dann schreckte sie hoch. „Aber ist es dann überhaupt Liebe von der wir da sprechen und nicht eher so etwas wie eine Interessengemeinschaft"? Sie schaute Merlina mit ängstlicher Mine an. „Ob das Liebe ist?" Die alte Frau lachte leise auf. „Oh mein Kind, wenn das keine Liebe ist, dann gibt es keine Liebe auf der Welt. Dieser Weg, den ihr gemeinsam beschlossen habt, dieses Band, dass ihr miteinander geschlossen habt, es besteht aus reiner Liebe, aus Nichts anderem. Und wenn ihr nicht irgendwann aufgegeben hättet, dann hättet ihr das mächtigste Gefühl aller Zeiten kennen gelernt. Zwei intakte Spiegel, vereint in einer Liebe, die durch Nichts zu erschüttern gewesen wäre. Deine Seele wusste das, deshalb hat sie aufgegeben, als ihr dieser Zugang versperrt wurde. Aber glaub mir, wo immer deine große Liebe sich aufhalten mag, dieser Verlust wird auch für sie den Untergang bedeuten. Auch wenn ihr das noch nicht bewusst ist, sondern sie es nur erahnen kann. Denn nicht nur du wurdest deines Weges und damit der Erfüllung beraubt, das betrifft euch Beide. Auch wenn dieser Spiegel nur teilweise intakt zu sein scheint, ist er nicht so zerstört, dass er das Ausmaß nicht überblicken könnte. Und vielleicht ist genau dies der Punkt, an dem du die Hoffnung noch nicht ganz aufgeben solltest. Lass ein wenig Zeit verstreichen. Diese Verbindung hat eine Macht, die nicht von eurer Welt ist, aber manchmal braucht Heilung seine Zeit." Sie schüttelte bekümmert den Kopf. „Es war ein Segen, dass Lola dich fand, sie hat gerade noch rechtzeitig verhindern können, dass dein Spiegel wieder und damit endgültig, in seine tausend Scherben zerbricht und genau das durfte sie nicht zu lassen. Du wirst noch gebraucht, wenn du bereit dazu bist, deine Aufgabe anzuerkennen. Es gibt so wenige von Euch und das obwohl ihr so dringend benötigt werdet."

Eine Weile saßen sie schweigend nebeneinander. Nina fühlte sich völlig ausgelaugt, ihr Körper war schwer wie Blei und in ihrem Kopf tobte ein wahrer Orkan an Gedanken und Emotionen. Sie wusste nicht was sie noch sagen sollte und wünschte, sie könnte sich einfach irgendwo verkriechen, irgendwo wo sie Ruhe finden würde.

„Ich weiß, das war jetzt alles ein bisschen viel für dich", setzte die alte Frau unsicher an, verstummte dann aber wieder. Nina rieb sich die Augen und setzte sich aufrecht hin. „Ja, ich weiß. Du hast deinen Teil der Abmachung eingehalten. Nun sag mir, was du von mir brauchst." Merlina lächelte dankbar. „Du bist ein Spiegel, du kannst mir den Weg nach Hause zeigen." Nina blickte sie unschlüssig an. „Ich wusste bis eben nicht mal, was ein Spiegel ist, ich habe keine Ahnung, wie ich dir irgendetwas zeigen könnte." Sie zuckte bedauernd mit den Schultern. „Oh, ich bin sicher, du spiegelst es mir schon die ganze Zeit, und wenn meine Augen nicht so blind wären, würde ich die Antwort bereits kennen. Aber so bitte ich darum, deine Hände kurz halten zu dürfen, um auf meine Weise zu sehen." Überrascht schaute Nina auf ihre eigenen, im Schoss liegenden

Hände, sie hatte sie zu Fäusten geballt und es nicht mal bemerkt. Dann wanderten ihre Augen zu den Händen, die die alte Frau ihr entgegen streckte. Die Finger waren schwielig und krumm, die Haut durchscheinend wie Pergament. Nina seufzte und schob ihre Hände hinüber zu Merlina, die diese ohne zu zögern packte und sich an ihnen festklammerte, als hätte sie Angst, Nina könnte sie ihr im nächsten Augenblick wieder entreißen. Stumm saßen sie da. Nina beobachtete die alte Frau, die mit geschlossenen Augen und zitternden Lippen vor ihr saß. Sie hielt den Kopf leicht schräg und atmete in tiefen, langen Atemzügen. Gerade als Nina fragen wollte, ob sie denn etwas sah, veränderte der Gesichtsausdruck der alten Frau sich. Tiefe Bestürzung ließ ihre Wangen einfallen und aus den trüben Augen kullerten dicke Tränen. „Das ist Alles? Wie konnte ich das übersehen?" Die Worte kamen beinahe lautlos über ihre trockenen Lippen. Dann zog sie ihre Hände weg und schlug sie sich vors Gesicht. Einige Minuten lang saß die alte Frau weinend da, geschüttelt von ihrem eigenen Schluchzen. Schließlich zog sie ein großes, braunes Leinentuch aus ihrer Rocktasche und schnäuzte sich geräuschvoll. Ihre Augen waren glasig, als sie in Ninas Richtung blickte. „Ich bin dir zu tiefstem Dank verpflichtet", flüsterte sie leise. „Du weißt nicht, wie sehr ich mich nach diesem Tag gesehnt habe, an dem ich endlich wieder nach Hause zurückkehren darf." Sie legte eine ihre schwieligen Hände auf ihr Herz und deutete mit dem Kopf eine Verbeugung an. „Wenn es dir Recht ist, möchte ich jetzt, da ich endlich die Antwort kenne, gerne den Heimweg antreten. Unser Schicksal hat sich erfüllt, wir haben ausgetauscht, was wir zu tauschen hatten und ich wünsche dir alles Glück der Welt. Ich hoffe sehr, dass du zu deinem Weg zurück findest, ob mit oder ohne deine zweite Hälfte." Sie erhob sich mühsam und schwankte leicht. Nina blieb sitzen, ihr fehlte die Kraft um aufzustehen. „Ich danke dir für deine Antworten. Auch wenn ich im Moment noch nicht weiß, was ich damit anfangen werde. Trotzdem ist es gut die ganze Wahrheit zu wissen, denn nur so kann man zu einer Entscheidung kommen, nicht wahr?" Sie blickte auf und Merlina nickte ihr müde lächelnd zu. „Oh ja mein Kind, eine weise Entscheidung benötigt alle Fakten, sonst kann sie nicht wahrhaftig sein. Leb wohl und viel Glück." Nina hob die Hand zum Abschied, doch die alte Frau humpelte, auf ihren Gehstock gestützt, davon, ohne sich noch einmal umzudrehen. Nina seufzte und schloss müde die Augen, erleichtert, dass sie endlich allein war.

Kapitel 19

Als die Dämmerung langsam herein brach, saß Nina immer noch an derselben Stelle auf der Erde und starrte gedankenversunken vor sich hin. Die Worte der alten Frau gingen ihr immer und immer wieder durch den Kopf. Wie eine Endlosschleife hörte sie die Antworten, die sie so sehnlichst herbei gesehnt hatte. Doch nun, da sie die Wahrheit kannte, wusste sie nicht, was sie damit anfangen sollte. Der Schmerz, der in ihrem Inneren tobte, war nicht weniger geworden, im Gegenteil. Sie hatte eine Aufgabe übernommen, die anderen Seelen helfen sollte und war dafür verdammt worden, so viele Male. Zorn mischte sich in ihren Schmerz. „Die Menschen sind undankbar und wollen letztendlich doch überhaupt keine Hilfe", schoss es ihr durch den Kopf und sie ballte wieder die Fäuste. Sie dachte darüber nach, wie sie weitermachen sollte, wenn sie wieder in ihrer Welt war. Würde sie die Kraft finden, ihr Leben weiter zu leben? Und wenn ja, zu welchem Zweck? Ihre Hilfe wurde ja offensichtlich nicht gewollt, warum sich also unnötigen Anfeindungen oder Gefahren aussetzen? Wenn sie sich von den Menschen fernhielt, wäre sie zumindest was das betraf in Sicherheit. Merlinas Abschiedsworte kamen ihr wieder in den Sinn. „Es gibt so wenige von Euch, dabei werdet ihr so dringend benötigt." Sie schnaubte verächtlich. Alles wozu ein Spiegel in der Welt benötigt wurde, war um seine Wut oder seinen Frust an ihm abzulassen, warum sonst kamen so viele von ihnen zerbrochen zurück? Ihre Gedanken kamen immer wieder an denselben Punkt zurück und sie verzweifelte langsam an diesen Fragen. Was sollte sie mit dem Rest ihres Lebens anfangen? Die Liebe gab es für sie nicht mehr, dieser Weg war versperrt, zumindest für den Moment. Ebenso wie der Weg, der sie mit dieser Liebe verband und den sie hätten nur gemeinsam gehen können. Also war ihr persönliches Ziel in diesem Leben wohl nicht mehr erreichbar, außer es würde noch ein Wunder geschehen, doch da war sie nur vorsichtig optimistisch.

Blieb noch die Aufgabe, die sie für das Wohl der Allgemeinheit übernommen hatte, und ob sie die weiter tragen wollte, wagte sie momentan zu bezweifeln. Je länger sie über ihre ganze Situation nachdachte, desto unsinniger erschien es ihr weiterzumachen. Aber als sie den Entschluss fassen wollte, diese Reise am See enden zu lassen, um das zu tun, was sie schon lange hätte tun sollen, fühlte sich diese Lösung ebenso falsch an, wie alle anderen.

„Das ist doch völlig bescheuert", schimpfte sie schließlich und ließ ihren Kopf schwer gegen das Holz der Hütte fallen. Frustriert schlug sie mit den Fäusten auf den Boden ein und begann mit den Füssen zu strampeln. Sie hatte plötzlich das Gefühl, dass sie irgendwie Dampf ablassen, sich abreagieren musste. Da war zu viel Chaos in ihr, was sie an den Rand der Verzweiflung brachte und sie fand einfach keine Lösung mit der sie leben konnte. Plötzlich traf ihre Hand einen Gegenstand und sie blickte überrascht hinunter. Das Buch der Einsichten, es lag neben ihr auf dem Boden, offenbar schien es aus ihrer Tasche gefallen zu sein. Sie hob es auf und blätterte fahrig darin umher, vielleicht würde ja der neue Eintrag, zu ihrer heutigen und finalen Frage, ein bisschen Licht ins Dunkel bringen. Doch auch als sie das Buch zum zweiten Mal durchblätterte, es waren nur die Einsichten zu finden, die sie bis gestern gewonnen hatte. Sie spürte, wie Übelkeit in ihr aufstieg. Wenn sich nach dem Gespräch mit Merlina kein weiterer Eintrag zeigte, dann hieß das, ihre Frage war überhaupt nicht beantwortet worden. Bisher war immer eine Botschaft in ihrem Büchlein aufgetaucht, nachdem sie ihre Antwort erhalten hatte. Schockiert klappte sie das Buch zu und starrte stumm vor sich hin. Was sollte sie jetzt tun?

„Alles in Ordnung?" Lolas Stimme riss sie aus ihren trüben Gedanken und sie fuhr überrascht auf. Es war mittlerweile dunkel geworden, das einzige Licht kam aus dem Kamin in der Hütte. „Nein, gar Nichts ist in Ordnung", schluchzte Nina und schlug frustriert auf das Buch. „Meine Frage wurde nicht beantwortet, es ist keine neue Einsicht im Buch erschienen." Sie spürte wie Tränen ihr die Wangen hinab kullerten. „Ich habe mich an meinen Teil der Abmachung gehalten, aber sie hat ihren Teil nicht eingehalten." Lola ließ sich vor ihr auf die Knie sinken. „Sie hat sich an die Abmachung gehalten", flüsterte sie leise. „Merlina kann keinen Eintrag in deinem Buch der Einsichten hinterlassen, das ist nur deiner Seele möglich." Nina blinzelte sie verständnislos an. „Ich habe noch keinen einzigen Eintrag verfasst und doch ist nach jeder Rast, die wir eingelegt haben, nach jeder beantworteten Frage ein Neuer hinzugekommen." Lola nickte zustimmend. „Du hast Recht, in diesem Leben hast du noch keinen Eintrag verfasst, es ist ja auch noch nicht vorbei." Sie blickte Nina abwartend an und dann verstand Nina plötzlich. Ihr Gesicht wurde kreidebleich und sie schnappte nach Luft. „Das ist nicht wahr", stammelte sie leise und starrte abwechselnd das Buch und dann wieder Lola an. „Oh bitte sagt mir, dass das nicht wahr ist." Sie drehte den Kopf zur Hütte, in der Esmelda gut gelaunt mit Miez und Mauz plauderte. Lola lächelte sie traurig an. „Hast du dich nie gefragt, warum diese Menschen, so ganz ohne Fragen zu stellen, ihre Geheimnisse mit dir teilen? Warum sie dich so bereitwillig in ihre Seelen blicken ließen, obwohl du für sie doch augenscheinlich eine völlig Fremde warst?" Nina zuckte entschuldigend mit den Schultern. „Doch, das habe ich in der Tat, aber ich dachte, es würde daran liegen, dass ich mit dir unterwegs bin und es vielleicht zu der Zeit, in der sie lebten, normal war. Nur weil in meiner Zeit die Menschen meist sehr verschlossen sind, heißt das ja nicht, dass es schon immer so gewesen sein muss." Sie schloss die Augen und wischte sich müde mit beiden Händen über das Gesicht. „Merlina ist also die Einzige, die nicht meine eigene Vergangenheit ist?" Sie blickte Lola flehend in die Augen. „Ja, so ist es. Deshalb wollte ich dich vor ihr schützen, als wir sie auf dem Markt trafen." Nina schüttelte verzweifelt den Kopf. „Also habe ich mir praktisch selbst jede Frage beantwortet?" Sie konnte es nicht glauben. „So in der Art, ja. Meine Aufgabe war es, dich zu der Person zu führen, die du warst, als du die notwendige Erkenntnis gewonnen hast." Nina spürte wieder Übelkeit in sich aufsteigen, sie hatte sich also praktisch selbst immer wieder besucht, um ihre eigenen Erfahrungen neu zu entdecken. „Wussten sie es?" Lola schüttelte den Kopf. „Nein, bewusst spürten sie nur eine sehr enge Verbundenheit zu dir, aber ihre Seele erkannte sich selbst wieder, deshalb haben sie nicht gezögert und dir deine Fragen beantwortet." Nina nickte beruhigt. „Sie wissen also nicht, dass mein Besuch eigentlich bedeutet, dass sie schon lange tot sind?" Lola lächelte beruhigend. „Nein und das werden sie auch niemals erfahren." Traurig ließ Nina den Kopf hängen. „Ich mochte sie Alle sehr, jeden Einzelnen von ihnen und ich habe zum ersten Mal das Gefühl gehabt, nicht auf Ablehnung zu stoßen, wenn ich zu fremden Menschen komme. Sie haben mich so herzlich aufgenommen, dass tat mir gut und jetzt erfahre ich, dass es eigentlich nicht real war, weil ich mich selbst immer wieder willkommen geheißen habe." Lola lachte leise. „Und trotzdem wurdest du immer mit offenen Armen empfangen. Sie wussten ja nicht, wer du bist, also ist es doch trotzdem eine schöne Erfahrung, die du für dich gemacht hast." Nina legte den Kopf schief und schaute Lola direkt in die Augen. „Aber du bist keins meiner vergangenen Leben, oder?" Ihre Gefährtin schüttelte eilig den Kopf. „Nein, ich bin eine Wandlerin, ich begleite dich nur auf deiner Reise." Nina nickte nachdenklich. „Wohl nicht zum ersten Mal", sie deutete mit dem Kopf auf die Hütte und Lola grinste. „Nein, nicht zum ersten Mal. Ich habe deine Seele schon durch einige harte Zeiten begleiten dürfen. Jedes Leben, das du auf dieser Reise kennen gelernt hast, stand irgendwann auf der Grenze zwischen Leben und Tod und ich habe sie jedes Mal sicher wieder auf die richtige Seite geleitet." Überrascht blickte Nina auf. „Warum? Ich denke einer Wandlerin ist das Eingreifen nur gestattet, wenn eine besondere Aufgabe oder Gabe geschützt werden muss." „Das gilt nur wenn die Seele sich selbst entscheidet aus dem Leben zu scheiden. Wenn eine Seele unverschuldet zwischen Leben und Tod schwebt und sich für eine Seite entscheiden muss, dann darf ich bei dieser Entscheidung behilflich sein." Nina dachte über diese Antwort lange nach, schließlich seufzte sie. „Aria hast du auf dem Wochenbett zurückgeführt. Leva nehme ich an, als sie ihre Beine verbrannt hatte. Den Waldläufer in jener Nacht, als Archibald zu ihm kam, Bruder Theo, als er als Straßenkind lebte und Esmelda, als man ihr den Strick um den Hals legte und sie zum Sterben zurück lies. Aber was ist mit Harold? Wann hast du ihn gerettet?" Lola lächelte, als sie an Harold zurück dachte. „Wie er ja erwähnte, war er viel unterwegs, er war ein Vagabund und lebte riskant, er hatte Nichts wofür es sich zu leben lohnte. In jener Nacht, geriet er in einer Taverne in einen Streit, er hatte ein Messer im Rücken, noch bevor er wusste wie ihm geschah. Es war nicht leicht, ihn zu überzeugen, sich für das Leben zu entscheiden, doch dann zeigte ich ihm seine Zukunft mit Maggi." Sie grinste. „Die Liebe hat ihn letztendlich überzeugen können."

Nina schüttelte ungläubig den Kopf. „Das glaubt mir kein Mensch, wenn ich das Irgendjemandem erzähle." Sie strich sich mit zitternden Händen durch die Haare. „Gab es noch mehr Leben von mir?" Neugierig beugte sie sich vor. „Aber ja, nur waren sie auf dieser Reise nicht von Bedeutung für dich." Sie stand auf und reichte Nina die Hände. „Komm, du musst hungrig sein, wir haben Pilze gesammelt und wenn mich meine Nase nicht täuscht, hat Esmelda uns inzwischen ein leckeres Abendmahl zubereitet."

Lola sollte Recht behalten, als sie die kleine Hütte betraten, standen schon drei dampfende Schalen auf dem Tisch bereit. Mit knurrendem Magen ließ Nina sich auf die Bank fallen und beobachtete Esmelda, die geschäftig in ihrer kleinen Hütte hin und her wuselte. Es war ein komisches Gefühl, sich in gewissen Sinne selbst zu beobachten und Nina erwischte sich dabei, wie sie nach irgendwelchen Gemeinsamkeiten, Auffälligkeiten oder Hinweisen Ausschau hielt.

Während sie aßen, erzählte die alte Frau von ihrem Tag im Wald. Begeistert sprang sie immer wieder vom Tisch auf, fischte eine ihrer neuesten Errungenschaften aus einem der Regale und hielt sie Nina aufgeregt unter die Nase. Lola beobachtete das Ganze mit einem amüsierten Grinsen, glücklicherweise fiel nur ihr auf, dass Nina nicht bei der Sache war und jeden von Esmeldas Schritten aus ganz anderen Gründen verfolgte. Doch die alte Frau war glücklich und darauf kam es letztendlich an. Sie saßen noch eine ganze Weile an dem alten Holztisch und Esmelda hörte gar nicht mehr auf zu erzählen. Sie schien sich ehrlich über die Gesellschaft zu freuen und diese in vollen Zügen zu genießen. Erst als Nina die Augenlider schon beinahe zu fielen, sie hatte sich inzwischen nur noch zu gelegentlichem Nicken oder zustimmenden Brummen aufraffen können, erlöste Lola sie schließlich und merkte an, dass es langsam Zeit für die Nachtruhe sei. Esmelda schien die Zeit völlig vergessen zu haben und blickte überrascht auf. „Oh ja, natürlich. Es ist ja schon stockfinstere Nacht", stellte sie erstaunt fest und tippelte eilig zum Wandschrank, um Nina ihr Bündel für das Nachtlager zu geben. „Du weißt ja, vor dem Kamin ist es recht gemütlich", sagte sie noch, dann schob sie sich durch den Schrank ins Nebenzimmer und war verschwunden. „Ich hoffe du kannst ein bisschen Ruhe finden." Lola blickte sie besorgt an, doch Nina winkte ab. „Ich könnte im Stehen einschlafen, mach dir keine Gedanken. Ich bin vollkommen erledigt." Lola lächelte zufrieden und folgte der alten Frau durch den

Schrank. Nina nahm sich nicht mal mehr die Zeit um sich auszukleiden. Sie schlüpfte nur schnell aus ihren Schuhen, rollte das Bündel auf und ließ sich bäuchlings darauf fallen. Halbherzig zupfte sie die Decke über sich zurecht, dann war sie auch schon eingeschlafen.

Kapitel 20

Nina erwachte am nächsten Morgen frierend und die Decke, in die sie gehüllt war, fühlte sich klamm an. Irritiert öffnete sie die Augen, sie lag auf dem Rücken und starrte verständnislos direkt in den grauen, wolkenverhangenen Himmel. Abrupt setzte sie sich auf und ein leiser Schrei entfuhr ihrer Kehle. Direkt vor ihr, nur wenige Zentimeter von ihren Füssen entfernt, lag der See. Feiner Nebel stieg von ihm auf und Nina rutschte erschrocken ein Stück zurück. Mit aufgerissenen Augen starrte sie hektisch um sich, doch es war weit und breit keine Menschenseele zu sehen. „Beruhige dich", schoss es ihr durch den Kopf, doch ihr Herz schlug viel zu schnell in ihrer Brust und ihr Atem ging stoßweise. „Lola"? rief sie verzweifelt, und warf die Decke zur Seite. „Ich bin hier", hörte sie die vertraute Stimme hinter sich und atmete erleichtert auf. Lola trat neben sie und ließ sich, mit einer geschmeidigen Bewegung, auf die Erde sinken. Sie saßen nebeneinander und starrten aufs Wasser, so wie sie es in jener Nacht getan hatten, als diese Reise begonnen hatte. „Du wirst mich nun verlassen, nicht wahr?" Ninas Stimme war nur ein heißeres Flüstern und Lola nickte langsam. „Es wird Zeit, ich werde an anderer Stelle gebraucht und du hast Alles erfahren, was du wissen musstest, um deine Entscheidung neu zu überdenken." Nina strich sich verzweifelt die feuchten Haare aus der Stirn. „Aber ich weiß nicht, was ich machen soll. Wie kann ich weiter machen, nach Allem was ich erfahren habe? Ich habe ja nicht einmal mehr die Hoffnung, dass es besser werden wird und ich irgendwann einen Platz in dieser Welt finde." Lola legte ihr freundschaftlich einen Arm um die Schultern. „Nina, du hast so viel gelernt auf unserer Reise. Gib dir selbst ein bisschen Zeit und versuch die Einsichten wirken zu lassen. So lange du in dieser Welt lebst, gibt es immer die Möglichkeit, deinen Weg in die richtige Bahn zu lenken und Veränderungen vorzunehmen, aber das geht nicht von heute auf morgen." Nina legte den Kopf schief und schaute niedergeschlagen auf den See hinaus. „Ich habe Angst", flüsterte sie schließlich kaum hörbar und schloss die Augen. „Angst zu haben ist ok, so lange du dich von ihr nicht in die Knie zwingen lässt. Denk immer daran, du bist kein Mathematiker, lebe dein Naturell und höre auf dein Gefühl." Nina lächelte wehmütig. „Wenn ich meine Bestimmung annehme, dann wird mein Leben sicher nicht einfacher werden, als es bisher war und so wie es aussieht, ist meine zweite Hälfte, die mir helfen könnte, dies durchzustehen, zumindest für den Moment verloren." Sie seufzte tief. „Was also bleibt mir, um dieses Leben trotzdem auf die Art zu leben, wie diese Reise es mich gelehrt hat? Was kann ich tun?" Lola erhob sich und begann, die Decke, in der Nina eingewickelt gewesen war, in ihren Rucksack zu stopfen. „Weißt du, was das Wichtigste überhaupt im Leben ist? Es sind nicht die Aufgaben, es sind nicht die Bestimmungen, das sind sozusagen Deine Verpflichtungen. Aber erinnere dich, ich sagte dir bei unserem ersten Treffen, das Leben besteht immer aus Polaritäten." Lola schulterte ihren Rucksack und sah lächelnd auf Nina hinab. „Wo es eine Verpflichtung gibt, muss es also auch das Gegenstück dazu geben. Der Sinn des Lebens selbst ist leben. Darin liegt der letzte Schlüssel, den du suchst. Gib deinem Leben die Chance, dir so viele wunderschöne, einzigartige und erfüllende Momente zu schenken, wie du nur finden kannst. Tu Alles, wonach dir der Sinn steht, was dich glücklich macht, was deine Seele zum Schwingen bringt. Es wird dir zwar deine Verpflichtungen und deren Auswirkungen nicht nehmen, aber es macht sie leichter zu tragen." Sie warf einen letzten Blick auf die glatte Oberfläche des Sees. „Sammle so viele schöne Erfahrungen wie möglich und hüte sie, wie einen Schatz. So wirst du am Ende, trotz aller Entbehrungen und Schmerzen, mit viel Kraft und einem unglaublichen Vorrat, an Lebensenergie und Freude, die Heimreise antreten können. Ein Vorrat, der dich ins nächste Leben begleiten wird und dir helfen wird, die Aufgaben, die dich dann erwarten werden, zu meistern. Vorausgesetzt, du wirst dich für ein neues Leben entscheiden." Dann drehte Lola sich um und lief beschwingt und gut gelaunt, wie sie es stets auf der Wanderung getan hatte, davon.

Nina blickte ihr nicht hinterher, sie hielt die Augen aufs Wasser geheftet und dachte über Lolas letzte Worte nach. Vielleicht wäre das ja tatsächlich eine Möglichkeit und ein lohnenswertes Ziel. Egal was ihr noch bevorstand, sie konnte es sich zur Aufgabe, mehr noch, zum Sinn ihres Lebens machen, so viele schöne Momente einzufangen, wie sie nur finden konnte. Diese Reise hatte viele solcher Augenblicke für sie bereitgehalten und trotz aller Strapazen, hatte sie unglaublich viele tolle Erinnerungen, an die sie gerne zurück dachte. Es war also eine wirklich anstrengende Reise gewesen, aber trotzdem fühlte sie sich leichter, als jemals zuvor. Nachdenklich kramte Nina in ihrer Tasche, auf der Suche nach dem kleinen weißen Buch, doch es war verschwunden. Enttäuscht schloss sie die Augen, doch schon eine Sekunde später, lag ein strahlendes Lächeln auf ihrem Gesicht. In ihrem Geist, konnte sie die Seiten ihres Buches der Einsichten sehen und die dort enthüllten Botschaften, sprangen ihr förmlich ins Gesicht. Sie brauchte das Buch nicht mehr, sie würde keine dieser Weisheiten jemals wieder vergessen und nahm sich fest vor, diese, soweit sie es konnte, zu berücksichtigen.

Mit weichen Knien erhob Nina sich von ihrem Platz, am Ufer des Sees, schlang die Arme um sich und warf einen letzten Blick in die Mitte des Gewässers. Ihre Entscheidung war gefallen, sie würde heute nicht wieder in dieses Wasser steigen. Sie würde überhaupt Niemals ins Wasser steigen. Sie war keine verlorene Seele in dieser Welt, sie hatte eine Aufgabe und egal, ob sie diese annehmen würde oder nicht, sie würde sich auf den neuen Sinn in ihrem Leben konzentrieren. Sie würde so viele schöne Momente einfangen und sammeln, wie sie nur finden konnte. Wer wusste schon, wie viel Zeit ihr dazu noch bleiben würde und sie hatte genug davon, nur zu existieren, sie wollte leben. Und zwar, so wie sie war, so wie es sich gut für sie anfühlte, so wie sie glaubte, dass es richtig war und ohne sich jemals wieder so entmutigen zu lassen, dass sie die Heimreise verfrüht antreten wollte. Angst hatte sie immer noch, aber je länger sie so da stand und darüber nachdachte, desto besser fühlte sich ihre Entscheidung an. Was hatte sie schon zu verlieren und wer wusste schon, welche Wunder dieses Leben noch für sie bereithalten würde? Und vielleicht, ganz vielleicht, würde sie ja doch nicht für immer allein bleiben müssen. Und selbst, wenn die Menschen ihre Nähe nur zeitweise ertrugen und ihre Liebe sich niemals dazu entschied, den gemeinsamen Weg doch noch zu beschreiten. Wer sagte denn, dass es unbedingt ein menschlicher Gefährte an ihrer Seite sein musste? Sie dachte an den Waldläufer, mit seinem grauen Wolf und an Esmelda, die mit zwei dicken, schwarzen Katzen ihr Leben teilte und lächelte. Dann riskierte sie noch einen letzten Blick, schloss die Augen, drehte sich um und lief, beinahe ebenso unbeschwert, wie Lola, davon um in ihr neues Leben zu starten.

Ende

Ninas Einsichten

Liebe wertet nicht, Liebe urteilt nicht, Liebe ist was sie ist: Stark, Frei, Unbezwingbar - ein gar wundersames Geschenk ohne Fehl und Tadel

Einzig Du selbst solltest Deinen Wert erkennen und gut darauf achten, ihn nicht zu verschwenden – Erwarte dies nicht von Anderen, sie können nur erahnen, wozu du imstande bist

Wer die Freuden des Lebens im Außen sucht, wird sein Glück niemals finden – Wer sie im Innen findet, dem kann das Leben Nichts mehr anhaben

Wer annimmt, was er bekommt, ohne zu hinterfragen, ob es genug oder richtig sei, der hält den Schlüssel für Zufriedenheit und Freiheit in den Händen - ihm wird niemals an Etwas fehlen, oder verloren gehen können

Vertraue auf dich, auf das was ist und was sein wird – erkenne deine Bestimmung an und halte daran fest – dann ist dir Unterstützung gewiss und Einsamkeit ein Fremdwort

Wer den Glauben im Verstand sucht, wird nur Regeln und Verbote finden, die Ketten gleichkommen - Wer aber den Glauben im Herzen findet, der wird wissen was Leben ist und sich ihm ohne Zweifel hingeben

Verrate niemals Dein einzigartiges Wesen, was auch immer es dich kostet – lebe und feiere seine Perfektion mit Hingabe und Stolz – so hältst du den Schlüssel für dein Leben in den Händen